Inmitten eines Weinfeldes brennt zur Erntezeit in der Provence ein Feuer – und wie sich herausstellt, auch ein Mann. Die Polizei von Carpentras ist geschockt, allen voran die Capitaines Caterine Castel und Alain Theroux. Das Opfer kann noch nicht identifiziert werden. Albin Leclerc bekommt Wind von dem Vorfall, denn die Hinrichtung ereignete sich auf den Äckern eines Weingutes, an dem sein Freund Matteo als Investor gerade Anteile erworben hat. Matteo ist außer sich vor Wut, denn er vermutet einen politischen Angriff. Albins Interesse ist sofort geweckt – noch mehr, als schließlich bekannt wird, um wen es sich bei dem Toten handelt …

Ex-Commissaire Albin Leclerc ermittelt in der Provence –
die Provence-Krimi-Reihe.

Band 1: Tod in der Provence
Band 2: Blutrote Provence
Band 3: Mörderische Provence
Band 4: Schatten der Provence
Band 5: Düstere Provence
Band 6: Eiskalte Provence
Band 7: Trügerische Provence
Band 8: Gnadenlose Provence
Band 9: Unheilvolle Provence
Band 10: Bedrohliche Provence

Pierre Lagrange ist das Pseudonym eines bekannten deutschen Autors, der bereits zahlreiche Krimis und Thriller veröffentlicht hat. In der Gegend von Avignon führte seine Mutter ein kleines Hotel auf einem alten Landgut, das berühmt für seine provenzalische Küche war. Vor dieser malerischen Kulisse lässt der Autor seinen liebenswerten Commissaire Albin Leclerc gemeinsam mit seinem Mops Tyson ermitteln.

Weitere Informationen finden Sie auf www.fischerverlage.de

Pierre Lagrange

UNHEILVOLLE PROVENCE

Ein neuer Fall für Albin Leclerc

FISCHER TASCHENBUCH

MIX
Papier | Fördert gute Waldnutzung
FSC® C083411

Erschienen bei FISCHER Taschenbuch
Frankfurt am Main, 2024

Dieses Werk wurde vermittelt durch die
Literarische Agentur Thomas Schlück GmbH, 30161 Hannover.
Redaktion: Susanne Kiesow
Satz: Dörlemann Satz, Lemförde
Druck und Bindung: CPI books GmbH, Leck
ISBN 978-3-596-70853-6

1

Jerusalem, 27. September 1142

Niemand, dachte Bertrand de Lacoste, durfte dieses Buch jemals in die Finger bekommen. Höchstens die Eingeweihten. Die höchsten Kreise. Und nicht einmal die durften es lesen. Es müsste in den finstersten und geheimsten Abgründen für alle Ewigkeit versteckt bleiben.

Er wickelte das kaum verzierte Buch in eine unauffällige Flickendecke, steckte es dann in eine schlichte Kiste, die er abschloss, und packte die Kiste wiederum in eine größere, in der sich diverse Papiere befanden, die in Kürze in die Provence verschifft werden sollten. Draußen hallte das Geräusch von Hämmern und Sägen über den Tempelberg, der an diesem Morgen von einer gnadenlosen Sonne bestrahlt wurde. Es liefen noch einige Restarbeiten am Westflügel der Al-Aqsa-Moschee. König Balduin II. hatte sie den »Armen Rittern Christi und des Tempels von Salomon zu Jerusalem« zur Verfügung gestellt. Bertrand gehörte dem Templerorden schon seit einigen Jahren an.

Er seufzte, schloss dann die Kiste, klopfte mit den Fingerknöcheln auf das Holz und bekreuzigte sich. Es war seiner Meinung nach schlimm, dass das Buch überhaupt existierte. Die beiden Schreiber, die das Original transkribiert hatten, waren bei der Arbeit fast verrückt geworden und hatten fortlaufend gebetet. Unter Androhung von harten Strafen war ihnen Stillschweigen abgerungen worden. Aber sie waren Ordensbrüder. Von daher musste man sich keine Sorgen machen.

Die Entscheidung, den Inhalt der uralten Papyri zu sichern, hatte der Großmeister Robert de Craon selbst getroffen. Er hatte gerade erst durchgesetzt, dass die Regeln der Templer ins Französische übersetzt wurden, damit die nicht Latein sprechenden Ritter den Kodex lesen konnten. Darin hieß es auch, dass niemand im Orden nach seinem eigenen Willen kämpfen oder ruhen, sondern sich dem Befehl des Meisters unterwerfen solle, um dem Wort des Herrn nachzueifern, das besagt: »Ich bin nicht gekommen, meinen Willen zu tun, sondern dessen, der mich gesandt hat.« Folglich spielte es keine Rolle, ob Bertrand de Lacoste die Abschrift für einen Fehler hielt. Die Entscheidung war an höherer Stelle getroffen worden. Er hatte sich dem zu beugen.

Wenigstens hatte Bertrand de Lacoste durchgesetzt, dass die Abschrift nicht in Französisch oder Latein verfasst worden war – um sicherzustellen, dass niemand außerhalb des Ordens jemals in der Lage wäre, den Inhalt des Buches zu lesen. Über alles andere hatte der Großmeister nicht debattiert. Und eines musste man ihm lassen, dachte Bertrand und blickte aus dem Fenster: Seine Entscheidung war durchaus eine salomonische gewesen.

Robert de Craon hatte gesagt: »Wäre es nicht der Wunsch Gottes, würde es diese Papyri überhaupt nicht geben. Wir als seine Ritter werden den Willen des Herrn nicht hinterfragen, sondern ihn schützen, denn nicht ohne Grund sind diese Schriftrollen zu uns gelangt. Also werden wir sie einerseits für alle Ewigkeit sichern, damit sie niemals in die falschen Hände gelangen. Gleichzeitig werden wir gewährleisten, dass der Inhalt in unserem Gewahrsam überdauert, und ihn außer Landes schaffen.«

Und genau das würde nun geschehen. Die Templer verfügten über ein weitverzweigtes Netzwerk. Der Orden war einerseits gegründet worden, um den Heiligen Berg zu schützen, auf dem der Tempel Salomons und später der Tempel des Herodes gestanden hatte. Auf dessen Überresten war die Moschee kurz nach der Fertigstellung des Felsendoms gebaut worden. Die wesentliche Aufgabe des Ordens war aber der Schutz der Pilger nach Jerusalem. Gleichzeitig finanzierten die Einkünfte aus den Komtureien in Europa den Kampf im Heiligen Land, weswegen das Geld von dort regelmäßig in die Schatzkammern nach Outremer, nach Übersee, transportiert werden musste. Gelegentlich verliehen die Templer Geld, denn der Orden war sehr reich, und wie sich herausstellte, war mit dem Verleihen noch mehr Geld zu verdienen, das wiederum für den Kampf in Palästina zur Verfügung stand.

Der Reichtum der Templer war überall im Heiligen Land bekannt – und die Tatsache, dass es sich bei dem Ritterorden um einen geistlichen handelte, sozusagen um Mönche mit Schwertern und einem großen Interesse an Wissen und Weisheit. Da sie auf dem Tempelberg schalten und walten konnten, wie sie wollten, und ohnehin mit Bauarbeiten beschäftigt waren, wurde die heilige Stätte ausgiebig erkundet. Die Bundeslade sollte hier versteckt sein – und vieles mehr. Alles, was die Ritter dabei fanden, sicherten und archivierten sie und kauften außerdem an, was ihnen im Heiligen Land an außergewöhnlichen Dingen angeboten wurde.

So war es gekommen, dass an einem Wochenanfang vor drei Jahren ein unscheinbarer Mann um Einlass gebeten hatte, was nicht allzu leicht war. Dennoch hatte er sich durchgesetzt und schließlich bei Bertrand de Lacoste und Hugo de Avignon vorgesprochen. Der kleine Mann trug schlichte Kleidung und hatte einen Bart. Er stellte sich als Landwirt vor und war vier Tage lang nach Jerusalem gereist. Er hatte seinen Esel dabei, der mit diversen Taschen bepackt war, und diese Taschen waren wiederum mit länglichen Gefäßen gefüllt, in denen sich Schriftrollen befanden – uralte Papyri und Pergamente sowie einige Tontafeln. Der Mann erklärte, dass einer seiner Hirten sie in Höhlen gefunden habe und er überhaupt nichts damit anfangen könne. Gleichwohl sei er der Meinung, dass die Schriftrollen sehr alt seien und womöglich von Interesse, weswegen er sie zum Kauf anbiete.

Hugo de Avignon galt als ein an der Geschichte des Orients interessierter Ordensbruder. Wann immer es ihm möglich war, ritt er aus und besuchte Ruinen und uralte Städte. Außer Latein sprach er fließend Griechisch und hatte sich von Eingeweihten aus Ägypten und Palästina in noch viel ältere Sprachen einweisen lassen, sogar in Zeichenschriften. Deswegen erkannte er auf den Tontafeln eine Keilschrift aus den Zeiten der babylonischen oder persischen Großreiche, während die erstaunlich gut erhaltenen Papyri und Pergamente wiederum in Altgriechisch verfasst worden waren. Hugo de Avignon hatte Bertrand de Lacoste einen bedeutungsvollen Blick zugeworfen, und Bertrand hatte nicht lange gezögert. Der kleine Mann hatte daraufhin die Satteltaschen geleert, sie anschließend mit einigen Säckchen voller Goldmünzen wieder gefüllt und war mit einem seligen Lächeln von dannen gezogen.

Hugo hatte zwei weitere sachkundige Ordensbrüder hinzugezogen, um sich die Schriften und Tontafeln genauer anzusehen. Er war davon überzeugt, dass es sich um alttestamentarische Texte handelte und die Tontafeln die Originale sein könnten, auf denen die mitgelieferten Abschriften auf Pergament und Papyrus basierten.

Bertrand erinnerte sich noch gut an den Abend, als er am Fenster stand und in den Sternenhimmel blickte. Er hörte schnelle Schritte in der Halle. Dann hämmerte es an der Tür. Noch bevor er den Besucher hereinbitten konnte, wurde die Tür schon aufgerissen. Einen Augenblick später stand Hugo de Avignon im Raum. Sein Gesicht war vom Licht der kleinen Fackel erhellt, die er in seiner Rechten trug. Nur ein einziges Mal in seinem Leben hatte Bertrand de Lacoste einen solchen Blick gesehen – damals in den Augen seines Knappen, als sie unweit der Stadt eine Stelle in einer Schlucht aufgesucht hatten, in der Räuber zwei Handvoll Pilger getötet hatten, deren zerstückelte, von Tieren ausgeweidete Leichen in der Sonne verwesten.

»Ich weiß, was es ist«, hatte de Avignon mit heiserer Stimme geflüstert und sich mit der freien Hand bekreuzigt. Er hatte es Bertrand erzählt, woraufhin sich beide entschlossen hatten, unverzüglich mit dem Großmeister zu reden.

Drei Jahre hatte es nun gedauert, die Texte ins Lateinische zu übersetzen und das Lateinische wiederum in die Geheimschrift zu codieren, die die Templer für hochsensible Dokumente nach einem von Hugo de Avignon ersonnenen System verwendeten. Die lateinischen Übersetzungen waren im Anschluss an die Transkription verbrannt worden. Die Originale waren tief in den von zahllosen Gängen und Höhlen durchzogenen Tempelberg unterhalb der Moschee gebracht und dort in einer mit Felsen verschlossenen Kammer versteckt worden, damit sie niemand finden würde.

Jetzt drehte sich Bertrand herum, als zwei Ritter hereinkamen. Er zeigte auf die Kiste, und die Ritter wiederum bedeuteten vier Knappen, die Kiste auf den Wagen zu laden, der draußen hielt. Er würde rund drei Tage bis zur Küste nach Aschdod benötigen, wo es einen von einer Kreuzfahrerburg gesicherten Hafen gab. Von dort aus würde ein kleines Schiff die Kiste entlang der Küste zum weitaus größeren Hafen nach Akkon bringen, wo sie mitsamt anderen Gütern verladen und nach Marseille gebracht werden sollte. Von dort aus ging es tiefer in das Land nach Arles, dann nach Avignon und von dort aus in eine der gut gesicherten Festungen des Ordens.

Wenig später setzte sich der Karren in Bewegung. Die Ritter in der weißen Kleidung mit dem großen roten Tatzenkreuz eskortierten ihn vom Platz vor der Moschee hinab in die Straßen von Jerusalem.

Sie eskortierten das Buch, das es niemals hätte geben dürfen, dachte Bertrand de Lacoste und zitterte trotz der unerträglichen Hitze.

2

Heute

Michel Rival traf ein weiterer Schlag zwischen die Schulterblätter. Er stöhnte auf, stolperte, blieb dann mit der Schuhspitze in einer Ackerfurche hängen und stürzte. Rival war sowieso nicht mehr gut zu Fuß. Das lag am Alter und seiner verkalkten Hüfte. Meistens nutzte er einen Gehstock. Daher hatte er früher als Professor an der literaturwissenschaftlichen Fakultät der Uni einen Spitznamen gehabt: Ahab. Wie Captain Ahab in Melvilles »Moby Dick«, der mit seinem Holzbein über das Deck ging, worauf man bei jedem Schritt ein pochendes Geräusch hörte. Genauso klang es, wenn Rival den Stock auf dem Holzboden der Bibliothek aufsetzte und seinem persönlichen weißen Wal nachjagte: dem geheimen Buch, dem er so nahe gekommen war wie nie jemand vor ihm.

Rival fiel auf den Rücken, öffnete die Augen und blickte in den schwarzen Himmel. Der wirkte zerborsten, was am gesprungenen Glas seiner Brille lag. Er war außerdem voller Sterne. Eine klare Herbstnacht in der Provence. Vielleicht die letzte, die Rival erleben würde. Sehr wahrscheinlich sogar die letzte.

Im nächsten Moment wurde er vom Licht der Taschenlampe geblendet, mit deren Knauf er wie mit einem

Schlagstock über das Weinfeld getrieben worden war. Außerdem wusste Rival, dass eine Waffe auf ihn gerichtet wurde. Dieselbe, deren Lauf auf seinen Kopf zielte, als er vorhin nach dem Klingeln die Tür seiner Wohnung in Pernes geöffnet hatte.

Instinktiv wollte Michel Rival die Hände schützend von sich strecken. Aber sie waren mit Kabelbindern auf seinem Rücken zusammengebunden. Er schluchzte auf.

»Bitte«, keuchte er und kroch rücklings von dem Angreifer fort, bohrte die Hacken seiner Schuhe in die trockene Erde, schob sich mit dem längst schmutzigen Tweedsakko über die Krume, als wolle er sich unter einem der Rebstöcke verstecken. »Bitte, nicht, ich weiß nicht mehr, ich kann Ihnen nicht mehr sagen als …«

Der Rest seiner Worte ging in Sprudeln und Husten unter. Eine Flüssigkeit wurde über ihn geschüttet. Sie klatschte in Rivals Gesicht und betäubte ihn mit ihrem Gestank. Es war Benzin. Gurgelnd und glucksend leerte sich der Kanister, wurde dann zur Seite geworfen.

»Wiederholen Sie es bitte«, sagte die Stimme. »Fassen Sie es für mich noch einmal zusammen.«

»Wozu soll das gut sein, wozu …«

Rival blinzelte.

»Zusammenfassen«, herrschte ihn die Stimme an.

Rival zitterte wie Espenlaub, denn ihm war klar, warum man einen Menschen mit Benzin übergoss.

Er hatte keine andere Wahl, als noch einmal zu wiederholen, was er vorhin in seiner Wohnung bereits gesagt hatte und ein weiteres Mal, als ihm mit Kabelbindern die Hände auf den Rücken gefesselt, er unter Vorhalten der Waffe in ein Auto gezwungen und dann wieder herausgezerrt und über den nächtlichen Acker getrieben worden war.

Dennoch verstand er beim besten Willen nicht, was man von ihm wollte, denn in Kürze wäre sowieso der größte Teil seiner Forschungen öffentlich geworden. Rival war als Redner zu einer großen Ausstellung in Avignon eingeladen worden. Die Schau drehte sich um besondere Texte und Bücher und trug den Titel: »Königreich der Himmel«. Es war weltweit eine der größten Ausstellungen ihrer Art mit biblischen Schriften, uralten Papyri und vielem mehr. Angedockt daran waren wissenschaftliche Vorträge und Symposien zum Thema, und Prof. Dr. Dr. Michel Rival als einer der in Frankreich führenden Experten für alte apokryphe Texte hätte dort über verlorene und verloren geglaubte Schriften des Alten Testaments gesprochen. »Jenseits des Kanons: Die Eschatologie in der Terra Incognita apokalyptischer Apokryphen« lautete der Titel seines Vortrags, und er hatte in der Fachwelt bereits für viel Interesse gesorgt, denn Rival hatte angedeutet, dass er über spektakuläre Forschungsergebnisse sprechen werde.

Tja, aber das tat er nun nicht in Avignon, sondern, wie ein hilfloser Käfer auf dem Rücken liegend und mit Benzin übergossen, in einem nächtlichen Weinfeld, das kurz vor der Lese stand.

»Und das wissen Sie alles – woher genau?«, fragte die Stimme.

Rival hustete und zwang sich, nicht durch die Nase zu atmen. »Aus meinen Forschungen!«, rief er. »Aus Büchern, Texten, wissenschaftlichen Arbeiten, Überlieferungen! Ich weiß es von Berichten und von der Quelle, die ich aufgetan habe! Aber das habe ich Ihnen doch schon alles gesagt!«

»Quelle?«

»Natürlich!«

»Monsieur Rival, deswegen ist es gut, dass wir uns noch einmal unterhalten, denn von der Quelle haben Sie bisher noch nichts gesagt.«

Rival war irritiert. »Nicht?«

»Nein. Manchmal vergisst man etwas in der Aufregung. Deswegen sind Wiederholungen sinnvoll. Das kennen Sie doch sicher auch aus der Universität. Warum haben Sie die Quelle nicht genannt? Wollen Sie jemanden schützen?«

»Ich? Nein, ich … Es spielt keine Rolle, nur lassen Sie mich bitte gehen. Tun Sie mir nichts, ich flehe Sie an.«

»Was also ist Ihre Quelle?«

Rival erklärte es.

»Und welche Rolle spielt diese Quelle?«

Rival antwortete auch darauf.

»Sehen Sie, so war unsere Zusammenarbeit am Ende doch noch fruchtbar. Das hilft mir weiter.«

»Dann kann ich jetzt gehen?«

Rival sah, wie ein Feuerzeug aufflammte. »Ich fürchte«, sagte die Stimme, »das wird leider nicht möglich sein.«

3

Laurent Fournier leerte sein letztes Glas Rotwein und klopfte allen noch mal auf die Schulter. Dann verabschiedete er sich von der kleinen Fête du Vin und schlenderte mit Schlagseite zum Parkplatz an der Stadtmauer. Die Kirchturmuhr von Pernes-les-Fontaines schlug gerade Mitternacht.

»Fête« war natürlich ein viel zu großes Wort für den kleinen Umtrunk. Einige Winzer waren zum Petanque gekommen, um sich zu entspannen. Dazu hatten sie ein paar Kisten mitgebracht wie jedes Jahr – wenn man so wollte, war das der informelle Start der Weinlese in der Gegend. In wenigen Tagen, also Mitte September, würde auf den meisten Feldern die Lese erst so richtig beginnen. Auf manchen war sie schon längst im Gang, denn wegen der Hitze im Sommer konnte und musste zum Teil vorzeitig gelesen werden. Der Start hing vom jeweiligen Reifegrad der Trauben und damit von der Lage ab. Auf den Tag genau konnte man ihn daher nie bestimmen. Aber überall waren bereits Helfer eingetroffen und die maschinellen Erntegeräte geölt und geschmiert. Wie zu vernehmen war, sollte der aktuelle Jahrgang sehr vielversprechend werden, von daher war die Vorfreude groß und die Motivation hoch.

Der letzte Jahrgang, das musste Fournier sagen, war allerdings auch nicht von schlechten Eltern. Er hatte ziemlich einen sitzen davon, und eigentlich sollte er deswegen auf keinen Fall auf seinem Moped fahren, zumal ohne Helm. Aber meine Güte, laufen wollte er ja nun auch nicht nach Hause, so wie er torkelte. Beim Fahren würde er wenigstens sitzen und könnte sich am Lenker festhalten. Außerdem war es Nacht und die Luft angenehm. Bis er zurück in Venasque wäre, wäre er wieder frisch im Kopf, und Nicole könnte das Nudelholz in der Schublade lassen. Also: sinngemäß. Sie ging ja nicht wirklich damit auf ihn los, wenngleich es jedes Mal Ärger gab, wenn er betrunken nach Hause kam. Das geschah in letzter Zeit häufiger, seit die Druckerei ihn in den Vorruhestand geschickt hatte. Inzwischen hatte sie Insolvenz angemeldet und war schließlich von einem größeren Konzern übernommen worden. Eigentlich ein Wunder, dass der kleine Betrieb so lange überlebt hatte. Die Branche war so gut wie tot. Dem Vernehmen nach wurden dort nun Waschmittelkartons bedruckt.

Wollte man das? Damit sein Leben verbringen? Hatte Laurent dazu das Handwerk gelernt? Nein, hatte er nicht.

Trotzdem fehlte ihm eine Aufgabe. Nicole hatte noch fünf Jahre bis zur Rente und bis dahin im Supermarkt an der Kasse jede Menge zu tun. Aber Laurent, der hatte nur noch Boulespielen, Spazierengehen, Rauchen und Rotwein. Wenn eine dieser vier Säulen wegbrechen würde, dann würde sein Leben zwangsläufig in eine gewaltige Schieflage geraten. Und das wusste auch Nicole.

Laurent Fournier klappte den Ständer des Mopeds ein, nahm auf dem Sitz Platz und drehte den Zündschlüssel herum. Knatternd sprang der Motor an. Das Licht flammte auf. Dann fuhr er los.

Er nahm die Strecke über St. Didier, weil sie einerseits die kürzeste war und weil er andererseits davon ausging, dass ihn kein Polizeiauto anhalten würde. Außerdem war hier zu dieser Uhrzeit sowieso kaum Verkehr, so dass er problemlos die gesamte Fahrbahnbreite für sich beanspruchen konnte. Was er dann auch tat, allerdings eher unfreiwillig, denn mit einem betrunkenen Fahrer schlingerte das Moped reichlich.

Laurent konzentrierte sich darauf, in der Mitte der Straße zu bleiben. Das war sicherer, als rechts am Rand zu fahren. Nur ein Schlenker – und schon würde er im Straßengraben landen. Im Licht der Scheinwerfer fokussierte er den Blick auf die Fahrbahn. Wenn ihm jemand entgegenkam, würde er das bestimmt rechtzeitig bemerken.

Der Fahrtwind war angenehm. Zum Glück war es abends und nachts nicht mehr so heiß wie noch im Juli und im August.

Diesen Sommer hatte sich die Provence in einen Glutofen verwandelt. Flüsse waren ausgetrocknet, Brunnen versiegt. Mochte sein, dass es sich um Folgen des Klimawandels handelte. Andererseits hatte er schon viele unerträglich heiße Sommer erlebt. Eben hatten sie beim Petanque noch über das Wetter debattiert. Die Trockenheit und alles und dass man noch nie so früh mit der Weinlese begonnen habe wie dieses Jahr. Aber besser als die Frostperiode davor, die Hitze habe viele Schädlinge plattgemacht, weswegen mit höheren Erträgen zu rechnen sei. Der Regen kürzlich habe gutgetan und die Reife regelrecht beschleunigt. Nicht auszudenken, wenn die Hitze weiter angehalten hätte. Dazu die gerade gefällte Erlaubnis nach Jahren der Verhandlung, dass die Appellation Gigondas nun auch Weißwein produzieren dürfe und was das bedeute und ob es überhaupt sinnvoll sei.

Laurent hatte zu der Fachsimpelei meist nur genickt oder den Kopf geschüttelt. Ihm kam es eher auf das finale Produkt an und dass er dafür nicht viel bezahlen musste – wie zum Beispiel heute, wo es gar nichts gekostet hatte.

Er durchquerte das menschenleere St. Didier. Das Motorengeräusch hallte unnatürlich laut durch den kleinen Ort. Schließlich bog er auf die Straße nach Venasque ein und befand sich nach wenigen Minuten wieder mitten in der Vegetation, die hier im Wesentlichen aus Obstbaum- und Olivenplantagen und Weinfeldern bestand. Darüber spannte sich ein schwarzer Himmel voller Sterne.

Und ein orangefarbenes Flackern, das Laurent links in der Ferne wahrnahm. Fackelte da jemand nachts verbotenerweise Baumschnitt ab? Mochte sein. Denn das war wegen der Dürre verboten. Nur ein bisschen Funkenflug – und schon hatte man einen Flächenbrand entfacht. Da gab es scharfe Richtlinien, auch für den Aufenthalt in den Wäldern. Dort brauchte bloß jemand eine Flasche wegwerfen, die Sonne brach das Licht wie in einer Lupe, bündelte es, und schon war das Feuer nicht mehr weit.

Laurent blinzelte. Das sah aber verdammt groß aus. Das war kein kleines Feuerchen. Je näher er kam, desto deutlicher konnte er sehen, was dort los war. Das war ein Feuer inmitten eines Weinfeldes, oder?

Er stoppte das Mofa am Anfang eines Wirtschaftsweges. Mann, er sollte dort hingehen und den Burschen, die da etwas abfackelten, in den Hintern treten. Leider hatte er kein Handy dabei. Sonst würde er sofort die Polizei rufen oder die Feuerwehr. Er ließ das Ding meist zu Hause liegen. Hatte er noch nie gebraucht. Wer sollte ihn auch schon anrufen und wen er? Na ja, in diesem Augenblick wäre es durchaus hilfreich gewesen.

Sah tatsächlich aus, als brannte dort Baumschnitt zwischen den Reben mitten im Feld. Oder die Weinstöcke selbst. Verdammt, er sollte sich endlich eine Brille zulegen. Aber da waren diese Geräusche. Nein, das waren keine Reben, das musste junges Holz sein, das krachte, pfiff und jaulte. Kam von den Harzen, oder … Oder lief dort jemand mit einer großen Fackel auf dem Acker herum?

Laurent stellte den Motor ab, hörte genau hin. Sah genau hin.

Mit wachsendem Entsetzen begriff er, dass die Geräusche nicht von den Ästen oder Harzen stammten. Er verstand außerdem, dass es kein Holzstoß war, der da in Flammen stand. Denn der würde sich wohl kaum hin und her bewegen. Es hantierte dort auch niemand mit einer Holzfackel.

Die Fackel, begriff Laurent, der vor Schreck das Gleichgewicht verlor und mit dem Moped in den Straßengraben stürzte, war ein Mensch, der schreiend hin und her lief.

4

An diesem Morgen roch Albin den Herbst zum ersten Mal in diesem Jahr. Es war zwar noch sehr warm, aber es lag in der Luft, dass sich der Sommer seinem Ende näherte und bald die Blätter fallen würden. Dann färbte sich die gesamte Provence für ein paar Wochen in so satten Farben, als hätten sich alle Impressionisten miteinander verschworen und verabredet, nur die wärmsten Töne auf ihren Paletten aufzutragen und damit die Natur zu tünchen.

Erste braune Blätter lagen auf den Wegen. Der Wind war frisch. Es duftete schwach nach Erde. Immer wieder musste er an den Straßen Traktoren mit Anhängern ausweichen, die randvoll mit Weintrauben gefüllt waren. Auf manchen Feldern sah er die großen Erntemaschinen, die die Lese automatisch vornahmen. Ein einzelner dieser Kolosse ersetzte die Arbeit von sechzig Menschen. Auf anderen Feldern wurde nach wie vor von Hand gearbeitet. Dort sah man massenweise Pflücker, die bereits vor einigen Tagen oder Wochen aus ganz Frankreich und dem Rest Europas angereist waren, um sich bei der Ernte einen krummen Rücken zu holen und etwas Geld zu verdienen.

Manche waren darunter, die sogar Geld dafür bezahlten, in den Weinbergen und auf den Weinfeldern zu arbeiten. Das waren Touristen, Weinenthusiasten, die es großartig fanden, mittendrin zu sein und an der Entstehung der Endprodukte teilhaben zu können, die sie später verköstigten.

Das sollte Albin mal einfallen, dachte er und steckte sich im Gehen eine Gitanes an. Tyson trottete vor ihm her. Der Mops kannte den Weg der morgendlichen Gassirunde genauso auswendig wie Albin. Sie änderten ihre Routen selten. Manchmal kam es Albin in den Sinn, dass er doch lieber in Richtung Süden gehen wollte, an anderen Tagen eher nach Westen.

Kleine Abwechslungen von der Routine taten gut. Albin brauchte das. Er war seit einiger Zeit pensionierter Commissaire, und ihm wurde sehr schnell langweilig. Natürlich – immer wieder war er in der Vergangenheit bei Ermittlungen in Kriminalfällen beteiligt gewesen. Aber wenn man mal ehrlich war, dann auch nur deswegen, weil er sich selbst stets ins Spiel gebracht hatte. Wenn er darauf warten würde, dass man ihn als Polizeiberater hinzurief – da könnte er wohl bis zum Sankt-Nimmerleins-Tag auf dem Sofa hocken.

Seine Kollegen hatten ihm sogar den Mops zum Ruhestand geschenkt, damit er etwas zu tun hatte und niemandem mehr auf die Nerven ging. Vielleicht auch, um sich etwas über Albin lustig zu machen – er, der weißhaarige Mann vom Format eines Kleiderschranks, und der winzige Hund mit ebenso zerknautschtem Gesicht wie der Besitzer.

Tysons Präsenz hatte aber nicht verhindert, dass Albin den Kollegen auch weiterhin auf die Nerven ging. Er konnte einfach nicht anders. Die Polizeiarbeit war stets sein Lebensinhalt gewesen, und seine Gedanken kreisten nach wie vor darum. Er konnte nicht einfach einen An-/Aus-Knopf drücken. Er hatte es ja versucht. Aber wenn er nur eine halbe Stunde lang allein zu Hause tatenlos auf der Terrasse hockte, wurde er bereits nervös, musste aufstehen und sich mit irgendetwas beschäftigen. Er war im aktiven Dienst wie ein TGV in voller Fahrt gewesen, den man nicht einfach auf einem Abstellgleis vor einen Prellbock knallen lassen konnte. Ein Zug wie der Leclerc-Express ließ sich nicht ausbremsen, man konnte allenfalls den Fuß vom Gas nehmen und musste ihn ausrollen lassen – falls man Loks denn überhaupt so steuerte.

Diese Zeit zum Verringern des Tempos nahm sich Albin, denn die Alternative wäre … TGV, volle Fahrt, Rammbock, Unglück – eine simple Gleichung.

Albin kickte eine herabgefallene Feige vor sich her und paffte Rauchschwaden in den kobaltblauen Himmel, der mit dicken weißen Wolken betupft war. Das Licht war satter als an anderen Tagen, das Grün noch grüner, und seine Frau Veronique hatte gestern die ersten herbstlichen Dekoartikel für ihr Blumengeschäft in Carpentras ausgepackt.

Seine Frau.

Das klang immer noch ungewöhnlich. Sie hatten in der kleinen Kirche von Venasque geheiratet. Die Hochzeitsreise hatte sie nach Martinique geführt. Veronique war etwas jünger als Albin, sah aber bedeutend jünger aus. Ihre Augen hatten noch nie das Grauen gesehen, nicht in die tiefsten menschlichen Abgründe oder in den Lauf einer Pistole oder eines Gewehrs geblickt.

Kein Wunder, dass Albin die eine oder andere Falte mehr im Gesicht trug. Dennoch war er der Meinung, dass

Veronique über exzellente Gene verfügen musste, denn sie tat wirklich nur das Nötigste für ihre Haut und übertrieb es weder mit Cremes noch mit Schminke. Ihre beiden Töchter und die Enkelkinder dürften sich glücklich schätzen, wenn sie diese Anlagen erben.

Und was Albin anging – na ja, er hoffte, dass seine eigene Tochter Manon und seine Enkelin Clara so wenig wie möglich von ihm erbten. In jedem Fall verfügten Manon und Clara über einen ähnlichen Dickschädel wie Albin. Clara, die gerade in die Schule gekommen war, deutlich mehr als ihre Mutter. Äußerlich hatten beide nicht viel von Albin, der schon früh weiße Haare bekommen hatte. Manon hatte nicht eine graue Strähne, sondern dieselben kräftigen schwarzen Haare wie ihre Mutter Inés und auch deren dunkle Augen, die stets ein wenig traurig wirkten.

Clara hatte beides geerbt. Wenn man sie und Manon nebeneinander sah, lag auf der Hand: Das sind Mutter und Tochter. Und wenn man Inés, die nach der Scheidung vor mehr als zwanzig Jahren wieder ihren Mädchennamen angenommen hatte, danebenstellte, würde man sofort erkennen, wer die Oma war. Wann hatte Albin seine Ex das letzte Mal gesehen? Damals in Paris, als er vor einigen Jahren aus guten Gründen Manons Mann Gilles verdroschen hatte?

Einige Minuten später erreichten Albin und Tyson den Ortskern und spazierten die Platanenallee entlang. Albin ließ einen Lastwagen passieren, der dem Aufdruck nach den Supermarkt mit Gemüse beliefern würde. Vor zwei Tagen hatte Albin in den Auslagen die ersten weihnachtlichen Backwaren und Naschereien entdeckt. Anfang September! Bei knapp unter dreißig Grad! Aber es war ja jedes

Jahr das gleiche Spiel. Sogar im Internet machten sie einen mit Weihnachten verrückt. Manon hatte Albin erzählt, dass Spotify ihr bereits Weihnachtsplaylists vorschlug.

»Was ist denn Spotify nun wieder?«, hatte Albin gefragt.

»Das ist eine App, auf der du rund um die Uhr kostenlos Musik hören kannst«, war Manons Erklärung.

»Und wer bezahlt die Künstler?«

»Spotify?«

»Aber wenn es doch kostenlos ist?«

»Ich weiß nicht so genau.«

»Eine CD hat früher zwanzig Euro gekostet. Davon hat ein Musiker einen Teil erhalten. Wie kommen die heute an ihr Geld, wenn im Internet alles umsonst ist?«

»Es wird schon Wege geben.«

»Vermutlich gibt es deutlich mehr Wege, auf denen die Industrie an ihr Geld gelangt. Am Ende, Manon, sind die großen Firmen immer die Gewinner und saugen uns und die Kreativen aus wie Moskitos.«

Manon hatte gestutzt. »Du klingst ja wie ein alter Linker.«

»Im Zweifel lieber links als rechts. Wobei mir Politik bekanntlich gleichgültig ist. Ich weiß nur, dass es irgendwo einen Fehler im System geben muss, wenn CDs früher zwanzig Euro gekostet haben und man die Musik jetzt komplett kostenfrei anhören kann. Diese Spotify-Leute werden sich dumm und dämlich auf Kosten der Musiker verdienen. Allerdings muss doch irgendwer dafür bezahlen. Wie soll das funktionieren, wenn es umsonst ist?«

»Papa, die berühmten Musiker werden schon irgendwie an ihr Geld gelangen. Sie leben ja nach wie vor in Villen und fahren Ferraris.«

»Und was ist mit den nicht so berühmten?«

Manon hatte mit den Augen gerollt, das Thema gewechselt, und Albin hatte nur gedacht, dass die Welt doch jeden Tag ein Stück verrückter und unerklärbarer wurde.

Schließlich überquerten Albin und Tyson die Straße. Nach wenigen Schritten waren sie am Café du Midi, wo sich Albin auf dem kleinen Platz davor an den Bistrotisch setzte, an dem er immer saß. Von hier aus hatte er stets einen guten Blick auf die Straße und auf Veroniques Blumenladen schräg gegenüber, und er bekam sofort mit, wenn ein Polizeiwagen anhielt und die Besatzung ausstieg, um sich einen Kaffee oder Cappuccino to go abzuholen, was regelmäßig geschah.

Wobei »Café« eine hochtrabende Bezeichnung für das Midi war. Vielmehr handelte es sich um eine Mischung aus Bar Tabac und kleiner Kaffeebar, in der man auch Erfrischungsgetränke oder Eis kaufen konnte, Gebäck oder Sandwiches. Die rote Markise war längst von der Sonne ausgeblichen. Im Inneren herrschte stets Halbdunkel. Die Wände waren mit Bilderrahmen gepflastert, die alte Zeitungsausschnitte von Boxkämpfen oder von der Tour de France zeigten. Der prominent hinter dem Tresen aufgehängte Rahmen fasste jedoch ein signiertes Porträt von Marine le Pen ein, die im letzten Präsidentschaftswahlkampf den Vorsitz der inzwischen in Rassemblement National umbenannten Partei Front National abgegeben und stattdessen die Fraktionsführung in der Nationalversammlung übernommen hatte. Die Rechten waren drittstärkste politische Kraft im Parlament. Im Süden waren sie seit Jahren in vielen Wahlbezirken ungeschlagen, stellten jede Menge Bürgermeister und weitere Ämter.

Einer von Marine le Pens glühenden Verehrern kam gerade die drei Treppenstufen vom Café herab. Er hielt ein Tablett in der Hand, auf dem eine Tasse mit frischem Kaffee und eine Schale mit klarem Wasser standen. Der Mann war wenig jünger als Albin, aber deutlich kleiner. Unter seinem verwaschenen Polohemd spannte sich ein Bauch, der kaum preisgab, dass Matteo einmal ein sehr guter Amateurboxer gewesen war. Die uralte Jeans saß ihm tief auf den Hüften.

Matteo machte ein Gesicht wie drei Tage Regenwetter. Wortlos stellte er Albin den Kaffee hin und Tyson die Wasserschale, zog dann einen alten Putzlappen aus der Hintertasche seiner Hose und wischte damit beiläufig über den Tisch.

Albin steckte sich eine weitere Zigarette an, trank einen Schluck Kaffee und sparte sich dieses Mal eine Bemerkung über dessen miese Qualität, obwohl es nach seiner Meinung der beste Kaffee war, den man im Vaucluse bekommen konnte.

Stattdessen sagte er: »Kein Wunder, dass hier nie Gäste sitzen, wenn der Wirt beim Servieren ein solches Gesicht zieht.«

»Pah«, machte Matteo und verscheuchte eine träge Wespe. »Hast du es denn noch nicht gehört?«

Albin paffte und zuckte mit den Schultern.

»Das gibt's doch nicht. Wer hat denn den kurzen Draht zur Polizei? Schaust du auch mal in die Onlinemedien?«

Albin zuckte erneut mit den Schultern. Nein, tat er nicht. Er bevorzugte Printprodukte. Allerdings sollte er sich dem Wandel der Zeiten ein wenig anpassen. Die Onlinemedien waren schlicht und ergreifend schneller. So wie das Radio die Zeitungen eingeholt hatte, war es längst mit der Verbreitung von Nachrichten im Internet, und daran würde niemand mehr rütteln können.

»Auf der Domaine la Fontaine hat es gestern Nacht gebrannt«, erklärte Matteo und seufzte. »Mitten auf einem Feld. Es wurden jede Menge Reben beschädigt. Dazu kommt, dass nun die Ursache untersucht wird und dort alles abgesperrt ist, was natürlich die Ernte beeinträchtigt.«

»Nichts davon gehört«, erwiderte Albin und trank etwas Kaffee. »Und warum besorgt dich das?«

»Weil es ausgerechnet auf der Domaine gebrannt hat, an der ich Anteile erworben habe, und somit trifft es mein persönliches Vermögen.«

Stimmt, dachte Albin. Matteo hatte kürzlich darüber räsoniert, dass man heutzutage sein Geld nirgends mehr vernünftig anlegen konnte, weswegen er in ein Weingut investiert hatte. Dazu hatte er etwas vom »Blut unseres Landes« gefaselt und dass auf der Domaine keine Ausländer arbeiten würden, sondern ausschließlich Franzosen, weswegen sein Geld dann ja gewissermaßen im Lande bleibe.

»Ist denn großer Schaden entstanden?«

»Ich konnte mich noch nicht persönlich darüber informieren. Aber sicherlich wird es nicht unerheblich sein. Das war sowieso Brandstiftung, wenn du mich fragst. Es brennt doch nicht einfach so mitten auf einem Feld? Da hat sicher jemand gezündelt. Es würde mich nicht wundern, wenn das ein linksfaschistischer Angriff ist. Auf der Domaine arbeiten ausschließlich Franzosen, und der Besitzer ist einer unserer Abgeordneten. Dazu ich als Investor …«

»Hat der Besitzer finanzielle Probleme?«, fragte Albin und zog an der Zigarette.

»Warum?«

»Weil er doch offenbar Personen gesucht hat, die sich an seinem Betrieb finanziell beteiligen.«

Matteo blähte die Backen. »Also, bitte. Hat Microsoft finanzielle Sorgen, wenn ich Aktien von denen kaufe? Oder Air France? Das steht doch in keinerlei Zusammenhang.«

Albin machte eine »Kann sein, kann aber auch nicht sein«-Geste.

Matteo lehnte sich über den Tisch und stützte sich mit den Händen darauf ab. »Monsieur le Commissaire …«

»Ex-Commissaire.«

»Ich habe mir die Bücher zeigen lassen und kann dir versichern, dass der Betrieb auf soliden Beinen steht. Da gibt es keine finanziellen Sorgen und keine Probleme. Die Domaine will erweitern, technische Neuerungen anschaffen. Davon habe ich gehört, weil ich dort Kunde bin und Wein für das Café kaufe. Der Besitzer wollte Kredite aufnehmen, und ich habe ihm vorgeschlagen: Wie wäre es mit einer Beteiligung an deinem Betrieb, und statt Zinsen bei der Bank zu bezahlen, beteiligst du mich am Umsatz und gibst mir Vergünstigungen beim Ankauf deiner Produkte? Würde der Betrieb schlecht laufen und eine Investition wäre nicht lukrativ, hätte ich mich ja wohl kaum für eine Umsatzbeteiligung interessiert.«

»Verstehe«, sagte Albin und leerte den Kaffee. »Das ist die Domaine …«

»… in Richtung Pernes. Jawohl, mein Herr. Ich würde mir das Debakel ja ansehen und mich vor Ort über den

Schaden unterrichten lassen. Aber im Gegensatz zu manchen Pensionären habe ich zu arbeiten und ein Geschäft zu führen, das jetzt noch mehr Umsatz abwerfen muss, da es einen direkten Anschlag auf mein Vermögen gegeben hat!«

»Weißt du«, erwiderte Albin, löschte die Zigarette und stand auf, »da ich gerade nichts Besseres zu tun habe, fahre ich mal kurz vorbei und sehe mir den Fall vor Ort etwas genauer an.«

»Als mein Abgesandter, oder wie meinst du das? Oder weil es dich persönlich interessiert?«

»Nicht als Abgesandter, meine Güte. Eher als fachlicher Begutachter«, sagte Albin. »Ich lasse es mir sogar von dir bezahlen, damit du es von der Steuer absetzen kannst und deinen Umsatz verbesserst. Meine Bezahlung für den Job ist dieser Kaffee.«

Matteo schürzte die Lippen, schien kurz darüber nachzudenken, ob sich das für ihn rechnete oder nicht.

»Deal«, sagte er dann.

5

Castel blickte in den Himmel und zog die Ray Ban aus der Brusttasche ihres Jeanshemds, das sie offen über einem T-Shirt trug. Sie setzte die Sonnenbrille auf und sah sich dann weiter um.

In der Seitentasche ihrer khakifarbenen Cargohose summte das Handy. Sie zog es hervor und sah, dass eine Nachricht eingegangen war. Im Moment nicht so wichtig. Sie würde sich später darum kümmern. Dann ließ sie den Blick ein weiteres Mal über das Weinfeld streifen.

Schwer zu schätzen, aber es mussten sicherlich sechzig Rebstöcke Schaden durch das Feuer genommen haben. Die Flammen hatten in der Mitte des Feldes eine Fläche von der Größe eines halben Fußballplatzes vernichtet. Das passierte nicht einfach so aus dem Nichts. Man konnte sicher von Brandstiftung ausgehen, weswegen sie und Theroux hier waren, der nur wenige Meter weiter am Wirtschaftsweg mit dem Eigentümer stand, der wild gestikulierend auf ihn einredete.

Auf Anhieb nahm Cat an, dass jemand Brandbeschleuniger verwendet haben musste. Das war die einfachste Erklärung, und die einfachen Erklärungen waren oft die besten und zutreffendsten.

Die Feuerwehr war noch in der Nacht vom Bereitschaftsdienst alarmiert worden, nachdem ein anonymer

Anrufer das Feuer bei der Polizei gemeldet hatte. Die Einsatzkräfte hatten den Brand gelöscht, und eine Streifenwagenbesatzung hatte das Areal weiträumig mit Absperrband gesichert. Inzwischen war der Löschtrupp wieder abgerückt. Der Besitzer des Feldes war verständigt worden. Vom Feuer hatte er nach seinen eigenen Worten nichts mitbekommen, weil seine Domaine an anderer Stelle lag, etwa zwei Kilometer von hier entfernt.

Castel und Theroux waren eben erst eingetroffen und hatten sich bislang nur ein vages Bild von der Lage machen können. Das betraf vor allem die Beschreibungen des anonymen Anrufers über seine Beobachtungen. Dass jemand brennend in dem Feld hin und her gelaufen sei. Nach Einschätzung des Bereitschaftsdienstes war der Anrufer sehr aufgeregt gewesen und habe betrunken geklungen. Falls an seinen Beschreibungen etwas dran war, hätte es sich mit seiner Anonymität natürlich schnell erledigt, und die Polizei würde sich einen Gerichtsbeschluss besorgen, um den Anrufer zu ermitteln und zu befragen.

Aber noch war nichts klar. Die Streifenpolizisten hatten die Brandfläche zwar in Augenschein genommen, aber nicht im Detail, um keine Spuren zu verwischen beziehungsweise das Areal nicht mit den eigenen zu kontaminieren. Jedenfalls hatten sie oberflächlich nichts feststellen können außer verbrannter Erde, verbrannten Rebstöcken und einem großen, dampfenden Durcheinander. Von menschlichen Spuren hatten sie nichts gesehen und deswegen lieber das Areal abgesperrt und auf das spätere Eintreffen der Kriminalpolizei und der Spurensicherung gewartet, die sich sowieso alles ansehen und dann die weiteren Schritte einleiten würden. Jetzt parkten sie mit dem Streifenwagen am Eingang des Wirtschaftsweges, der ebenfalls von den Löschfahrzeugen in Mitleidenschaft gezogen worden war, neben einem Jeep der Feuerwehr, die das Areal zur Brandwache unter Beobachtung hielt: Manchmal entwickelten sich aus einzelnen Glutnestern neue Feuer.

Castel warf nochmals einen Blick zu Theroux, der nach wie vor mit dem aufgeregten Besitzer der Domaine la Fontaine debattierte. Er hieß François Mueller – ein rundlicher Mann in grauer Latzhose mit hochrotem Kopf, was an der Aufregung, zu viel Sonne, zu hohem Blutdruck oder einer Mischung aus allem liegen mochte. Castel machte mit dem Kopf eine Geste zu Theroux, die ihm bedeuten sollte, dass sie sich jetzt das Weinfeld genauer ansehen würde. Theroux antwortete mit einem Nicken, bevor er sich wieder dem Wortschwall von Mueller widmete.

Castel setzte sich in Bewegung. Die Luft roch nach Feuer und Asche. Die Erde war nass. Überall standen Pfützen. Die Reifen der Löschfahrzeuge hatten tiefe Furchen in die Erde gegraben und außerdem einige Rebstöcke beschädigt, denn die Einsatzkräfte hatten rund hundert Meter vordringen müssen, um an den Brand zu gelangen. So weit konnte kein Schlauch spritzen.

Sie wollte gerade unter der Absperrung mit rot-weiß gestreiftem Flatterband hindurchtauchen, als ihr ein silberner SUV auffiel, der an der Straße rechts ranfuhr und dort stoppte.

Castel wusste, wem der Wagen gehörte.

Sie hielt in der Bewegung inne, gab ein leises Seufzen von sich und entschied sich, noch einen Moment abzuwarten, bevor sie hin- und herlaufen müsste, denn es war ziemlich klar, was in den nächsten Minuten geschehen würde.

Zunächst sah sie einen großen, weißhaarigen Mann, der ausstieg, um den SUV herumging, den Kofferraum öffnete, seinen Hund heraushob und anleinte. Er sah sich kurz um, orientierte sich, dann ging er weiter und hob kurz die Hand in Richtung Theroux, der in Richtung des Mannes zu schimpfen schien und gestikulierte, was der Mann jedoch ignorierte. Wenige Momente später redete er mit den Streifenpolizisten und der Feuerwehr, zog irgendetwas aus der Hosentasche und hielt es ihnen vor die Nase, deutete dann in Richtung von Castel. Die Polizisten sahen sich zu ihr um, und sie erwiderte die fragenden Blicke mit einer abwinkenden »Schon gut«-Geste. Daraufhin setzte sich der Mann wieder in Bewegung und stand etwa eine Minute später vor Castel, die sich jedoch zunächst hinhockte und den kleinen Hund ausgiebig begrüßte.

Tyson freute sich fast ein Bein ab. Er war kürzlich für knapp zwei Wochen bei Castel in Pension gewesen, während die Leclercs zur Hochzeitsreise auf Martinique weilten. Er hatte sich blendend mit Mila verstanden. Mila war das schwarze Mopsmädchen, das Castels Lebensgefährten Jean Villeneuve gehörte, der Kunsthistoriker war und im Musée Granet in Aix-en-Provence arbeitete. Außerdem hatten Tyson und Mila, als Castel einmal nicht achtsam gewesen war …

Schwamm drüber. Besser, im Moment nicht drüber nachdenken.

»Hallo, Albin«, sagte Castel im Aufstehen.

»Castel«, erwiderte Albin trocken und nickte ihr zu. »Ich hörte von dem Brand, kam zufällig hier vorbei, weil ich gerade nach Avignon zum Einkaufen fahren wollte, und …«

»Avignon liegt in einer ganz anderen Richtung.«

»… dachte, ich fahre dann mal rasch über Pernes und schaue mich nach dem Brand um. Einer der Teilhaber hat mich in dieser Sache engagiert.«

»Teilhaber?«

»Sie haben richtig gehört.« Nach wie vor waren Castel und Albin nicht beim »Du«. Aus irgendwelchen Gründen wollte er weiterhin eine gewisse Distanz halten, während er Alain Theroux durchaus duzte. Die beiden kannten sich schon seit vielen Jahren, und Castel hatte Albin aus Respekt noch nicht das »Du« angeboten. Da war sie ganz oldschool – wenn, dann musste der Ältere das tun, in diesem Fall Albin, der es immerhin seit einiger Zeit hinnahm, von Castel beim Vornamen genannt zu werden.

»Wer ist denn der Teilhaber?«

»Matteo.«

Castel lachte auf. »*Der* ist Teilhaber der Domaine la Fontaine?«

»So sieht's aus. Er hat vom Feuer gehört und mich als Privatermittler beauftragt, nach dem Rechten zu sehen.«

»Als *Privatermittler*? Was bezahlt er Ihnen denn?«

»Er hat mir einen Kaffee ausgegeben. Ich will die Leute ja nicht über den Tisch ziehen, Castel. Schon gar nicht welche, die ich kenne.«

»Mhm«, machte Castel und schmunzelte immer noch.

»Also«, sagte Leclerc, zog eine zerknautschte Gitanes-Schachtel aus der Hosentasche seiner Jeans und steckte sich eine Zigarette an, »was ist hier los? Brandstiftung, nehme ich an. Fahrlässig oder mutwillig? Ein paar dumme Jungen? Ein Feuerteufel?«

Castel bückte sich und tauchte nun unter der Absperrung hindurch. Albin tat es ihr gleich. Sie erklärte: »Es gab heute Nacht einen anonymen Anrufer, der das Feuer meldete. Dem Vernehmen nach betrunken und ziemlich aufgeregt.«

»Der Brandstifter, dem das Gewissen schlug?«

»Vielleicht«, erwiderte Castel. »Er hat behauptet, jemand würde brennend in dem Feld herumlaufen.«

»Hat sich das bestätigt?«

Castel wich einigen Löschwasserpfützen im schlammigen Boden aus, die sicher bald von der Sonne getrocknet sein würden. Die Erde war matschig. An den Sohlen ihrer Chucks hatte sich bereits eine Kruste gebildet.

»Bislang nicht«, erklärte sie. »Der Feuerwehr ist nichts aufgefallen. Allerdings haben die sich wegen des Verdachts auf Personenschaden damit zurückgehalten, sich umzusehen. Den Kollegen von der Streife ist ebenfalls nichts aufgefallen. Die haben sich ebenfalls nur oberflächlich umgeschaut und wollten den Ereignisort lieber so lassen und auf unser Eintreffen warten.«

»Verstehe«, antwortete Albin und folgte Castel.

Der Boden war dunkelgrau, voller Asche und dampfte an einigen Stellen. Überall stachen verkohlte Rebstöcke schwarz aus dem Boden. Der Geruch nach Feuer war sehr viel intensiver als eben, und die Luft war schwül, was von der durchnässten Erde herrühren musste. Von sechzig zerstörten Pflanzen war anfangs die Rede gewesen. Castel nahm an, dass es sehr viel mehr sein mussten. Sie wusste nicht, wie viel ein solcher Rebstock wert war. Aber angesichts der zerstörten Fläche würde der Schaden erheblich sein.

Sie blieb stehen, sah sich um und zwang sich, nicht durch die Nase zu atmen. Leclerc stoppte ebenfalls. Er hatte Tyson hochgehoben und ihn sich unter den Arm geklemmt – zur Vorsicht, damit er sich nicht die Pfoten verbrannte und sich außerdem nicht mit dem Matsch aus Asche und Schlamm besudelte.

Albin sah sich ebenfalls um, betrachtete einige Rebstöcke und deutete nach rechts.

»Das Zentrum dürfte eher dort gelegen haben. Von da aus hat sich der Brand ausgebreitet. Man kann am verkohlten Holz ablesen, wo die Flammen länger gewütet haben. Das ist wie bei Bäumen, die an der einen Seite stärker mit Moos bewachsen sind als an der anderen. Daran erkennt man die Hauptwindrichtung. Beim Feuer kann man es auch an der Erde sehen. Weiter rechts war die Vernichtung stärker. Dort gibt es keine Pfützen, weil der Boden heißer war und das Wasser bereits verdampft ist.«

»Sie klingen wie ein Brandsachverständiger, Albin.«

»Ich hatte früher einmal mit einigen Bränden zu tun und habe nicht vergessen, was mir die Sachverständigen damals erklärten. Hätte die Feuerwehr noch ihre Fahrzeuge hier, könnten wir uns mit einer Leiter hochfahren lassen und alles aus der Luft ansehen. Dann würde man die Spur des Feuers regelrecht lesen können.«

Castel nickte.

Albin setzte sich in Bewegung und ging dann weiter nach rechts. Castel folgte ihm. Nach ihrer Einschätzung müssten sie sich beinahe im Zentrum der Brandfläche befinden. Überall lagen verkohlte Äste und Zweige auf dem Boden verstreut.

»Matteo ist Teilhaber, sagten Sie?«

»Ja«, erwiderte Albin, dessen breiter Rücken Castel die Sicht nach vorn versperrte. »Aber schlagen Sie sich aus dem Kopf, was Sie gerade denken. Der Besitzer der Domaine steckt dem Vernehmen nach nicht in finanziellen Schwierigkeiten. Ich glaube nicht, dass er auf Versicherungsbetrug aus war. Vielmehr soll es ihm wirtschaftlich sehr gut gehen. Matteos Investition hatte einen anderen Hintergrund, und ...«

Albin blieb abrupt stehen. Castel wäre beinahe gegen ihn gelaufen.

Sie sah eine dicke Dampfwolke, als er an seiner Zigarette paffte.

»Tja«, sagte er dann und blickte nach unten. »Da haben wir den Salat.«

Castel machte einen Schritt zur Seite, um zu sehen, worauf Leclerc gestoßen war.

Im ersten Moment erkannte sie nichts weiter als schwarze Asche und verkohltes Holz. Dann nahm sie allerdings einen strengen, intensiven Geruch war. Schließlich erkannte sie, dass einige der Äste keine Äste waren. Es waren Rippen, an denen eine verkrustete Substanz haftete. Und sie sah den weitgehend skelettierten Schädel, dessen Kiefer weit auseinanderklafften, was den Mund aussehen ließ, als sei er zu einem stummen Schrei geöffnet.

6

Laurent Fournier bat um ein weiteres Glas Wasser. In Castels Büro im Hôtel de Police war es warm, allerdings deutlich erträglicher als noch im Hochsommer. Fournier hatte viel geredet. Dadurch war sein Mund nun sicherlich trocken. Außerdem schwitzte er, was eher nicht an der Temperatur lag, sondern daran, dass er sehr aufgeregt war.

Castel öffnete die Wasserflasche, die auf dem Schreibtisch stand, und goss ihm noch etwas ein. Theroux blätterte derweil in seinem Notizblock, der auf seinem Oberschenkel ruhte, der in einer Jeans mit künstlichen Abnutzungen und Verfärbungen steckte, zu der er ein deutlich zu weit aufgeknöpftes Hemd trug. Modisch war er Anfang der 2000er stehen geblieben. Theroux nutzte die schlichten Spiralblöcke, während Castel für Notizen meistens kleine Büchlein mit festem Einband verwendete oder ihr Handy.

Castel schob Fournier das Glas hin, während Theroux die bisherige Aussage Fourniers laut rekapitulierte.

»Sie waren also in Pernes beim Petanque, wo es eine kleine Feier zur Weinlese gab, und hatten Alkohol getrunken, haben sich aber dennoch auf Ihr Moped gesetzt und sind gegen Mitternacht nach Hause gefahren. Auf dem Weg fiel Ihnen der Brand im Weinfeld der Domaine la Fontaine auf. Sie haben gestoppt und waren der Meinung, in einigen hundert Metern Entfernung eine Art lebende

Fackel gesehen zu haben, die sich bewegte, und einige Weinstöcke, die bereits brannten. Sie waren außerdem der Auffassung, dass Sie Schreie hörten. Sie entschlossen sich, nicht einzuschreiten, weil Sie dazu ins Feuer hätten gehen müssen und gegen die Flammen ohnehin nichts hätten ausrichten können. Also entschieden Sie sich, Hilfe zu holen, hatten Ihr Handy aber nicht dabei. Daraufhin sind Sie nach Hause nach Venasque gefahren, wo Sie etwa zehn Minuten später eintrafen. Sie riefen bei der Polizei an und meldeten sich anonym, weil Sie befürchteten, Ärger zu bekommen, da Sie angetrunken Moped gefahren waren. Sie hatten außerdem Angst, in etwas Unangenehmes verwickelt zu werden, falls im Weinfeld tatsächlich etwas Schlimmes geschehen war, und wegen möglicher unterlassener Hilfeleistung. Sie haben das Feuer gemeldet und Ihre Beobachtungen in Bezug auf eine lebendige Fackel mitgeteilt. Sie hatten aber nicht daran gedacht, dass trotz eines anonymen Anrufes Ihre Handynummer übermittelt wurde, die wir zurückverfolgen konnten. Weitere Beobachtungen am Weinfeld haben Sie nicht gemacht – keine Person wahrgenommen, kein Auto, kein Motorrad. Sie können sich nicht erklären, was dort vorgefallen ist. Alles richtig?«

Fournier nickte und trank das Glas in einem Zug halb leer. »Bekomme ich jetzt Ärger? Brauche ich einen Anwalt?«, fragte er leise.

Theroux zuckte mit den Schultern.

Castel entschied sich, Fournier die Angst vor möglichen Konsequenzen zu nehmen – ob er nun etwas mit dem Feuer zu tun hatte oder nicht. Vielleicht fiel ihm doch noch etwas ein, wenn er sich entspannte.

Castel erklärte: »Natürlich ist es verboten, betrunken Moped zu fahren. Aber es gab keine Blutprobe, also ist keine Trunkenheitsfahrt nachweisbar. Daher müssen Sie sich diesbezüglich keine Sorgen machen. Sie konnten in Ihrem Zustand und aus der Entfernung außerdem nicht verlässlich beurteilen, ob ein Mensch zu Schaden kam. Man kann schließlich nicht verlangen, dass Sie sich zur Rettung eines anderen selbst in Lebensgefahr begeben. Sie haben außerdem so schnell wie möglich Hilfe geholt. Gut, das wäre schneller passiert, wenn Sie Ihr Handy dabeigehabt hätten. Aber einerseits wird Ihre Frau bestätigen können, dass es zu Hause lag. Andererseits wird eine Ortsbestimmung Ihres Anrufes bestätigen können, dass Sie aus Venasque angerufen haben. Und wenn man die Standortdaten Ihres Handys auslesen würde, dürfte sich ebenfalls zeigen, dass es sich über einen längeren Zeitraum hinweg an Ort und Stelle befand und nicht bewegt wurde. Außerdem wird es Zeugen geben, die bestätigen, dass Sie bis Mitternacht in Pernes beim Boule waren. Und dass Sie den Anruf anonym getätigt haben – natürlich wäre es besser und einfacher für uns gewesen, Sie hätten Ihren Namen hinterlassen. Aber Sie haben uns nun glaubhaft dargelegt, warum Sie das getan haben, und das ist angesichts der Umstände und Ihrer Panik nachvollziehbar. Schlecht wäre gewesen, wenn Sie gar keinen Notruf abgesetzt hätten. Aber das ist ja nicht der Fall. Sie kamen nach Hause, haben nach Ihren Worten keine Zeit verloren, sondern sofort das Telefon genommen, uns angerufen und erst danach Ihrer Frau erzählt, was Sie unterwegs gesehen und weswegen Sie die Polizei angerufen haben.«

Fournier nickte. Kein Blinzeln, kein Zucken mit den

Mundwinkeln während Cats Vortrag, das andeuten würde, dass etwas nicht stimmte und Fournier gerade eingefallen war, dass er etwas nicht bedacht hatte. Nein, dachte Cat, der Mann war wirklich nur ein zufälliger Zeuge gewesen. Er hatte nichts zu verheimlichen. Es würde nach ihrer Meinung auch nicht ins Zeitfenster passen, dass er etwas mit dem Brand zu tun hatte. Zwischen Mitternacht, als er Pernes verließ, und seinem Notruf lagen höchstens zwanzig Minuten. In dem Zeitraum hätte er diesen Brand nicht entfachen und dabei noch jemanden töten können. Abgesehen davon konnte man nicht jeden Zeugen automatisch als Täter in Betracht ziehen – es aber auch nicht kategorisch ausschließen.

Theroux fragte: »Und es kam Ihnen wirklich kein Fahrzeug entgegen? Die ganze Strecke über nicht? Niemand hat Sie überholt?«

Fournier schüttelte mit dem Kopf.

»Vielleicht waren Sie auf dem Nachhauseweg zu aufgeregt, um das zu bemerken?«

»Nein. Ich bin zur Sicherheit mitten auf der Straße gefahren, damit ich nicht in den Graben falle.«

»Und Sie haben auch niemanden sonst gesehen?«

»Nein.«

»Kein am Straßenrand geparktes Auto, keine Fahrräder im Gras, gar nichts?«

»Nein«, wiederholte Fournier. »Ich mache mir Vorwürfe, dass ich das Telefon nicht dabeihatte. Hätte ich schneller Hilfe holen können …«

Fournier schluckte schwer und trank den Rest Wasser. Er hatte inzwischen gehört, dass jemand bei dem Feuer ums Leben gekommen war. Die Polizei hatte die Information an die Medien gegeben – in der Hoffnung, dass sich jemand melden würde, der sachdienliche Hinweise beitragen könnte. Allerdings wusste die Polizei bislang noch nichts über das Opfer – ob es ein Mann oder eine Frau war, jung oder alt … Die rechtsmedizinische Untersuchung der Leiche lief zurzeit noch. Auch der Bericht der Spurensicherung sollte erst in Kürze vorliegen.

»Man kann niemandem vorwerfen«, sagte Castel, »dass er sein Handy nicht in der Tasche hat. Es gibt keine Handypflicht, Monsieur Fournier. Wie hätten Sie denn außerdem eine brennende Person aus einem brennenden Feld retten wollen? Womit hätten Sie das Feuer und die Person gelöscht? Mit den bloßen Händen?«

»Ich weiß es nicht«, erwiderte Fournier leise.

»Den Umständen entsprechend haben Sie alles richtig gemacht und so schnell wie möglich Hilfe geholt.«

»Tja«, machte Theroux und klappte seinen Block zu. Er blickte fragend zu Cat. Die nickte ihm zu.

»Dann wären wir hier fertig, Monsieur Fournier«, sagte Theroux. »Vielen Dank für Ihre Zeit und Ihre Aussage. Bitte melden Sie sich umgehend, falls Ihnen doch noch etwas einfällt. Wir werden das ebenfalls tun.«

Castel und Theroux standen auf, um Fournier zu verabschieden.

Cat schnappte sich ihr Handy, begleitete ihn bis zum Ausgang, blieb im Treppenhaus stehen und wartete, bis Fournier verschwunden und sie allein war. Sie checkte ihre Mails und sah, dass sie dringend um einen Rückruf gebeten wurde. Von dem Mann, der bereits versucht hatte, sie zu erreichen, als sie am abgebrannten Weinfeld gestanden hatte. Sie wählte die Nummer. Es dauerte keine fünf Sekunden, bis sich die Stimme von Gabriel Martinet meldete.

»Ich dachte schon«, sagte er, »du hättest das Interesse verloren oder dir wäre etwas passiert.«

»Tu doch nicht so, als würdest du dir Sorgen machen«, erwiderte Cat.

»Aber immer.« Cat konnte am Tonfall hören, dass er süffisant lächelte. »Willst du Neuigkeiten von Vollant und seinen Freunden hören?«

Vollant gehörte zu einer Gruppe von früheren Mitgliedern der Sondereinheit BRI-BAC der Polizei in Marseille, der *Brigade de Recherche et d'Intervention et Brigade Anti-Commando*, für die Cat ebenfalls einmal gearbeitet hatte. Inzwischen waren er und drei weitere Ex-Polizisten anderweitig tätig geworden, und genau deswegen hatte Gabriel Martinet von der *Direction générale de la sécurité intérieure*, dem Inlandsgeheimdienst DGSI, Cat instrumentalisiert. Sie sollte sich in die Gruppe einschleusen und für Martinet herausfinden, was diese plante. Cat hatte sich nicht dagegen verwehren können, weil Martinet sie wegen ihrer Vergangenheit in Marseille in der Hand hatte. Außerdem hatte er ihr eine lukrative Gegenleistung in Form einer nennenswerten Eurosumme zugesagt. Das Geld könne sie verwenden, um damit die finanziellen Sorgen ihres Partners Jean Villeneuve zu lösen, die Martinet bekannt waren.

Eine schreckliche Situation. Cat saß in der Falle, war einerseits von Martinet, andererseits von Vollant & Co. bedrängt worden. Also hatte sie sich zum Befreiungsschlag entschieden.

Dieser hatte auf Château de Peyère bei Ménerbes stattgefunden, einem alten Schlösschen, das auch für Seminare, Tagungen oder Gruppenausflüge gebucht werden konnte. Es gehörte einer privaten GmbH, die weitere solcher Gebäude in Frankreich vorhielt, und Vollant hatte dort lediglich einen Raum angemietet, wie sich später herausstellte. Das Château war also mehr oder weniger nur Fassade gewesen, um Cat zu beeindrucken, damit sie annahm, das Gebäude gehöre der Organisation – einer nach Martinets Einschätzung landesweit bis in höchste Kreise vernetzten rechten Organisation aus Ex-Polizisten, Wirtschaftsbossen und Politikern, einer Mischung aus Reichsbürgern, Royalisten und Nazis.

Cat war der Führungsriege vorgestellt worden. Man wollte sie kennenlernen, nachdem Vollant sich dafür eingesetzt hatte, Cat an Bord zu holen. Sie war sogar abgehört worden, um sie zu überprüfen. Cat hatte das herausgefunden und hatte das Spiel eine Weile mitgespielt, damit Vollant & Co. sie für verlässlich hielten und davon überzeugt waren, dass sie die politischen Ziele der Gruppe teilen würde – was natürlich nicht der Fall war.

Cat hatte Blut und Wasser geschwitzt, als sie verkabelt in dem großen Zimmer im Château stand, das von einem Mann dominiert worden war, der sich als Vincent Jaubert vorgestellt hatte. Grauer Anzug, rabenschwarzes Haar. Wie sich später herausstellte, war Jaubert jemand, den der DGSI sowieso im Blick hatte. Er war Vorstandsmitglied und Abgeordneter der rechtsradikalen Splitterpartei »Grande Nation« und Führer der nationalen Bewegung »La Provence«, die für eine Abspaltung der Region vom Rest Frankreichs und deren Eigenständigkeit eintrat. Eine sehr umstrittene Figur. Außerdem gehörte ihm »Jaubert

Technics« – ein mittelständisches Elektrotechnik-Familienunternehmen aus Avignon, das sehr spezielle Bauteile herstellte. Sie wurden zum Beispiel im Kernforschungszentrum Cardache für den dortigen Fusionsreaktor ITER verwendet, der bei Saint-Paul-lès-Durance etwa vierzig Kilometer entfernt von Aix-en-Provence direkt an der Grenze der Départements Vaucluse und Bouches-du-Rhône lag.

Jaubert hatte ein wenig Unsinn über »die Provence den Provençalen« geredet und davon, wie sehr man von Paris vernachlässigt, gegängelt und von der EU versklavt werde. Er hatte darüber doziert, wie sehr kriminelle ausländische Banden das Land im Griff hätten und man mal gründlich aufräumen müsse – auch in der linksverseuchten Politik. Schließlich hatte er angedeutet, was die Gruppe plante: einen Umsturz, einen Putsch, um in Frankreich die Macht zu übernehmen. Martinet hatte alles mit angehört – und dann zugeschlagen.

»Na dann«, sagte Cat. »Was gibt es also Neues?«

»Sie sitzen allesamt nach wie vor in U-Haft, und wenn du mich fragst, werden sie anschließend in den Bau wandern. Wir haben weitere Festnahmen und Razzien vorgenommen. Insgesamt gab es bislang mehr als dreißig Verhaftungen. Es war also ein ziemlicher Erfolg.«

»Gut für dich.«

»Und gut für dich.«

»Ich bin mir nicht sicher, Gabriel. Denn sie werden längst eins und eins zusammengezählt haben und wissen, dass ich mit der Verhaftung in Verbindung stehe. Ich treffe mich mit denen, und kaum verlasse ich das Gebäude, kommst du mit den Sturmtruppen.«

»Wir haben das in den Vernehmungen entsprechend hingebogen, Cat. Wir haben durchsickern lassen, dass wir dich ebenfalls vernommen haben und ein paar Dinge über Richtmikrophone und Handyüberwachungen gedroppt. Außerdem haben sie schon vorher gewusst, dass ich dir an den Hacken klebe, oder? Doch inwieweit du wirklich involviert warst, wissen außer uns beiden nur noch drei weitere Personen innerhalb des Geheimdienstes. Es sollte keinerlei Gefahr für dich drohen.«

»Dein Wort in Gottes Ohr.«

»Cat, alles wird gut. Hätte ich Zweifel, hätte ich dir ein Zeugenschutzprogramm angeboten. Und deine Zeugenaussage und unsere Berichte lassen dich ebenfalls gut dastehen. Wer auch immer sie intern in die Finger bekommt, wird keinen Zweifel daran haben, dass wir kurz davor waren, dich zu suspendieren und ebenfalls zu verhaften.«

»Mhm«, machte Cat.

In der Tat hatten sie Cats Aussage entsprechend fingiert und alles vorher miteinander abgesprochen, da man nicht wissen konnte, wie sehr die Gruppe um Vollant vernetzt war und welche Kreise innerhalb der Polizei involviert waren, die möglicherweise Zugriff auf interne Daten hatten. Am Ende würden Dritte annehmen, dass Cat einerseits von Vollant in etwas hineingezogen und erpresst werden sollte, aber ein wenig auf eigene Faust ermittelt hatte und selbst kurz davor gewesen war, Anzeige gegen die Gruppe zu erstatten, wobei ihr jedoch die DGSI zuvorgekommen war.

»Und jetzt«, sagte Martinet, »haben wir die andere Sache arrangiert: deine Familienerbschaft. Ich habe dir gesagt, dass ich Wort halte.«

Cat merkte auf und sog die Unterlippe ein. Martinet hatte ihr zwei Dinge für die Zukunft versprochen, wenn sie bei der Sache gegen Vollant mitmachte – erstens, sie ein für alle Mal in Ruhe zu lassen, und zweitens hatte er ihr einen Batzen Geld geboten.

Martinet erklärte: »Wir haben es wie besprochen gemacht. Eine entfernte Verwandte von dir ist gestorben und hat dich in ihrem Testament benannt. Ein Konto wurde eingerichtet. Darauf ist das Geld transferiert worden. Du wirst Post von einem Notar mit den entsprechenden Informationen erhalten. Niemand wird nachvollziehen können, woher das Geld wirklich stammt. Und du hast eine Geschichte, die du deinem Verlobten präsentieren kannst.«

»Er ist nicht mein Verlobter.«

»Kann ja noch werden«, erwiderte Martinet. »Und Cat?«

»Ja?«

»Danke nochmals für deinen Support.«

»Und Gabriel?«

»Ja?«

»Wir beide sind jetzt ein für alle Mal fertig miteinander, richtig?«

»Sind wir«, bestätigte Martinet.

Cat hoffte, dass das auch zutraf. Sie beendete das Gespräch. Mit dem Telefon in der Hand ging sie zurück ins Büro und schloss die Tür.

Sie setzte sich an den Schreibtisch, während Theroux in seinem Block blätterte und noch einmal die Ergebnisse der Befragung von François Mueller durchgehen wollte, dem Besitzer der Domaine la Fontaine.

»Mueller war außer sich. Kurz vor dem Herzkasper«, sagte Theroux und lehnte sich so weit im Stuhl zurück, dass die Rückenlehne knackte. »Er hat gesagt, dass es keine Feinde gebe, keine bösartige Konkurrenz, niemanden, von dem er annehmen würde, dass er ihm am Zeug flicken wollte. Zumal man das geschickter tun könnte, als ein Weinfeld anzuzünden. Wenn du mich fragst, hat da jemand gezündelt, und dabei geschah ein Unglück, wobei der Brandstifter ums Leben kam.«

Cat hatte das bereits von Anfang an gedacht. Dennoch versicherte sie sich: »Du glaubst an einen Feuerteufel?«

»Erscheint mir am wahrscheinlichsten.«

»Wir sollten die Datenbank nach den jüngsten Bränden in der Region durchforsten.«

Theroux nickte. »Den Sachschaden kann ich nicht einschätzen. Mueller sprach von locker hunderttausend Euro. Aber das werden die Sachverständigen von der Versicherung sicher in Kürze genauer spezifizieren.«

»Albin sagte, man könne Versicherungsbetrug ausschließen. Dem Betrieb würde es gutgehen, zumindest nach den Worten von Matteo.«

»Was wir überprüfen müssen. Mueller könnte dennoch jemanden beauftragt haben, ein Feuer zu legen. Und dabei ging etwas schief.«

»Natürlich müssen wir das überprüfen.«

Theroux gähnte und rieb sich die Augen. Er war frischgebackener Vater, und seine jüngste Tochter machte der Familie das Leben zur Hölle, schlief kaum, schrie viel. Jedes Mal wenn Cat diese Geschichten hörte, dachte sie: ein Glück, dass ich kein Kind habe. Auf der anderen Seite wurde es mit Ende dreißig langsam Zeit, falls sie sich doch dazu entscheiden wollte. Aber erst einmal sollte Jean die finanziellen Angelegenheiten mit seiner Ex geregelt bekommen, wobei Cat ihn sozusagen aus dem Off und ohne dass er es mitbekam, mit Hilfe ihrer überraschenden Erbschaft unterstützen würde. Wenn dann ihr gemeinsames Leben geordnet in ruhigerem Fahrwasser verlief ... Und Mila, die kleine Möpsin, war ja auch ...

»Habe ich doch gerade gesagt«, sagte Theroux.

»Was hast du gesagt?«

»Dass wir das überprüfen müssen.«

»Ja, hast du. Und?«

»Und warum sagst du es dann noch mal?«

»Was denn?«

»Dass wir ihn überprüfen müssen?«

»Ich ... Alain. Bitte. Ich habe es nur wiederholt, um deinen Hinweis zu bekräftigen, weil ich ebenfalls dieser Meinung bin.«

Cat verdrehte die Augen. Theroux war ein wirklich exzellenter Ermittler und konnte sehr auf Zack sein. Allerdings stand er manchmal fürchterlich auf der Leitung. Dann dachte Cat, dass irgendwelche Synapsen in seinem Gehirn nicht richtig verdrahtet waren und Informationen in einen falschen Kanal gelangten, was zu gelegentlicher Begriffsstutzigkeit führte. Leider wusste man nie, wann das jeweils passieren würde. Meist geschah es wie aus dem Nichts.

Theroux sah Cat fragend an. Er öffnete gerade den Mund, um etwas zu ergänzen. Da klopfte es an der Bürotür, die eine Sekunde später geöffnet wurde. Cat war erleichtert, dass Bruno Grinamy, der Leiter der Spurensicherung, hereinkam und die Diskussion mit Theroux beendete.

Grinamy hatte längst im Ruhestand sein wollen. Aus Etatgründen hatte man ihn jedoch gefragt, ob er seine Altersteilzeit nicht noch etwas verlängern könne, was er dann getan hatte. Seine braun gebrannte Glatze glänzte, als sei sie eben erst frisch poliert worden. Grinamy hatte ein Tablet dabei und eine rote Mappe mit Papieren, die in starkem Kontrast zu seinem hellgrünen Polohemd stand.

»Guten Tag, die Herrschaften«, sagte er und warf die Mappe auf den Schreibtisch, den sich Castel und Theroux teilten. Sie enthielt vermutlich den Bericht der Spurensicherung vom Brandort. Grinamy fasste den Inhalt dennoch zusammen.

Er erklärte: »Wir haben einen Brandsachverständigen hinzugezogen, der das Feld mit einem Gasspürgerät untersuchen wird. Diese Instrumente sind hochempfindlich und werden auch vom Militär verwendet. Wenn Brandbeschleuniger eingesetzt wurde, werden wir es herausfinden. Natürlich verbrennt das meiste. Ein Teil sickert aber in den Boden, und man kann noch ein Millionstel …«

Cat kürzte ab. »Bruno, ich weiß, was diese Geräte können.«

Grinamy seufzte und fuhr sich mit der sehnigen Hand über den Schädel. »Jedenfalls gehen wir sowieso davon aus, dass Benzin verwendet worden ist. Wir haben am Tatort in Nähe der Leiche geschmolzene Reste eines Kanisters gefunden. Wir denken, es muss mindestens ein Zwanzig-Liter-Behälter gewesen sein. Über Reifen und Fußspuren können wir noch nichts sagen. Der Brand hat viel vernichtet. Dann die Löscharbeiten. Die Feuerwehr hat mit ihren Fahrzeugen alles zerfurcht. Eine wahre Freude, kann ich euch sagen. Es wird alles analysiert, und das wird einige Tage in Anspruch nehmen. Mehr als den Kanister haben wir noch nicht, wir untersuchen aktuell den Kunststoff, um mehr über den Hersteller und den Behältertyp herauszufinden. Dann könnt ihr ermitteln, wo derartige Kanister verkauft werden, und habt einen Ansatz.«

»Ein voller Zwanzig-Liter-Kanister«, überlegte Theroux, »würde ja zwanzig Kilo wiegen.«

»Hervorragend gerechnet, Theroux«, sagte Grinamy.

»Das ist schwer. Also: falls der Kanister voll war. Schwer wie zwei Getränkekisten.«

Grinamy blickte zu Cat. »Wir haben hier ein echtes Mathegenie.«

Cat unterdrückte ein Grinsen. Sie sagte: »Im Auto hat man ja für gewöhnlich die kleineren Kanister. Bei einem so großen würde ich auf einen Jeep, einen SUV oder einen kleineren Lastwagen tippen. Falls er denn aus einem Auto stammt. Vielleicht wurde er eigens für einen bestimmten Zweck erworben …«

»… und es war viel Sprit drin, weil man viel Sprit brauchte«, ergänzte Theroux.

»Mit zehn Litern«, sagte Grinamy, »kommt man auch weit, wenn man ein ganzes Feld oder sich selbst anstecken will. Aber besser, man hat mehr dabei.«

Cat spitzte die Lippen. »Sich selbst anstecken?«

Grinamy zuckte mit den Schultern. »Na ja«, sagte er, »ist zwar nicht meine Baustelle, sondern eure. Aber im Grunde gibt es doch nur drei Möglichkeiten. Entweder der Täter hat sich beim Feuerlegen versehentlich selbst angezündet. Oder die Person hat sich absichtlich selbst angesteckt, weil sie Selbstmord begehen wollte. Oder ein

Dritter hat die Person mit Benzin übergossen und angesteckt. Bei den letzten beiden Varianten sprang das Feuer dann eher als Kollateralschaden auf die Reben über.«

Cat und Theroux nickten.

»Gibt es denn schon etwas Neues zum Opfer?«

»Nein«, erwiderte Castel, »noch gar nichts. Aber bald, hoffe ich. Die Obduktion ist angesetzt für …« Sie warf einen Blick auf die Uhr und stand direkt auf. »Komm, Alain, wir müssen nach Nîmes.«

7

»Was willst du denn in Nîmes?«, fragte Manon und tippte in ihr Handy.

Albins Tochter saß auf dem Beifahrersitz neben Albin. Heute Morgen hatte er Clara in die Schule gebracht. Jetzt fuhr er ihre Mutter nach Avignon, wo sie einen Termin bei ihrer Anwältin hatte. Taxiunternehmen Leclerc.

»Nichts Besonderes«, erwiderte Albin und setzte den Blinker nach rechts, um auf den Innenstadtring in Richtung Gericht abzubiegen, in dessen Nähe die Kanzlei für Familienrecht ihr Büro hatte. »Du hast gesagt, dass du nach dem Termin noch in der Stadt shoppen willst. Und da ich schon mal unterwegs bin, dachte ich, ich schaue nach, ob der Pont du Gard noch steht, statt nach Hause und dann wieder zurückzufahren, um dich einzusammeln.«

Albin spürte Manons Blick auf sich. »Der Aquädukt steht seit zweitausend Jahren, Papa. Er wird nicht auf einmal umfallen.«

Albin zuckte mit den Schultern. »Einfach mal was anderes sehen. Ein kleiner Ausflug mit Tyson. Mehr nicht. Auf dem Rückweg hole ich dich dann irgendwo in der Stadt ab.«

»Und als Snack hast du für den Ausflug die Schokocroissants gekauft?«

Sie lagen in einer Bäckereitüte im Fußraum auf Manons Seite, damit sie dort von der Klimaanlage gekühlt wurden und die Schokolade nicht schmolz.

»Genau«, log Albin.

»Mhm«, machte Manon, blickte zurück nach vorn und schwieg wieder.

Seit den Vorfällen im vergangenen Sommer war sie immer noch sauer auf Albin. Nachtragend wie ein Elefant. Genau wie ihr Vater. Ein ums andere Mal hatte er das Gespräch mit Manon gesucht. Veronique ebenfalls – und schließlich hatte Manon beschlossen, dass die Dinge ebenso wenig zu ändern waren wie ihr Vater. Also hatte sie sich mit den Geschehnissen abgefunden.

In Kürze stand nun Manons Scheidungstermin mit diesem psychopathischen Autoverkäufer Gilles aus Paris an – endlich. Gilles hatte Manon körperlich und mental misshandelt und unterdrückt, was sie jahrelang über sich ergehen ließ, bis sie endlich aus Paris zu Albin und Veronique nach Carpentras geflohen war.

Albin hatte die toxische Beziehung schon früher beenden wollen, weil Manon nicht die Kraft hatte, daraus auszubrechen. Er hatte es nicht ertragen können, dass jemand seine Tochter schlug, die es über sich ergehen ließ, ohne sich zu wehren. Manon war stark, starrköpfig – aber auf der anderen Seite sehr viel verletzlicher, harmoniebedürftiger und unselbständiger, als Albin angenommen hatte. Es war ihm einfach alles vollkommen unverständlich gewesen, obwohl er ja die Psychodynamik gewalttätiger Ehen und ihre Folgen aus der Praxis der Polizeiarbeit kannte. Doch es war etwas vollkommen anderes, wenn man solche Situationen von außen betrachtete oder selbst mittendrin steckte. Außerdem hatte er sich insgeheim Vorwürfe gemacht, denn vielleicht hatte die Scheidung ihrer eigenen Eltern Manon so sehr geprägt, dass sie Clara etwas Ähnliches nicht zumuten wollte und deswegen Gilles' Misshandlungen erduldete. Vielleicht hatte die Situation außerdem Manons Charakter in jungen Jahren auf eine Art und Weise definiert, dass sie später einem manipulativen Narzissten wie Gilles Tür und Tor öffnete.

Vielleicht waren es auch nur ihre mütterlichen Gene, denn Inés hatte es ja sehr lange mit Albin ausgehalten und viel über sich ergehen lassen – zum Beispiel den Umstand, dass er damals mehr mit dem Job verheiratet war als mit seiner Frau. Albin hatte zweifellos viele Fehler gemacht – Fehler, die sich niemals wiederholen sollten und aus denen er zumindest teilweise gelernt hatte. Inzwischen kannte er seine charakterlichen Defizite recht gut, wenngleich er ein Meister darin war, sich um die meisten davon nicht zu scheren.

Jedenfalls war er damals nach Paris gefahren und hatte sich Gilles vorgeknöpft. Er hatte ihm eine kräftige Ohrfeige verpasst und eine Treppe hinabgeschubst – verbunden mit den Worten: »Na, wie fühlt sich das an, wenn man selbst mal die Treppe runterfällt?« Denn solche angeblichen Unfälle waren Manon häufiger passiert: Mal war sie gestürzt, mal hatte sie sich versehentlich am Auge weh getan. Für alles gab es Ausreden und Erklärungen, die allerdings nichts anderes als ein Schema waren, das Albin recht schnell erkannt hatte.

Jedenfalls war das mit der Ohrfeige und der Treppe ein ziemlicher Fehler gewesen, denn Gilles hatte den Vorfall instrumentalisiert, um einen noch größeren Keil zwischen Albin und Manon zu treiben und sie noch mehr zu isolieren.

Gilles hatte ihr haarsträubende Dinge darüber berichtet, dass er von Albin schwer verprügelt worden sei. Vier Jahre lang sprach sie daraufhin kein Wort mehr mit Albin – allerdings hatte Albin später erfahren, dass Gilles jede Menge dazu beigetragen hatte, den Kontakt zu unterbinden. Er hatte Manon nämlich verboten, mit ihrem Vater zu sprechen, und Albin außerdem damit gedroht, dass er seinen Job verlieren würde, wenn er ihn wegen Körperverletzung anzeige.

Es waren noch viel mehr Dinge geschehen. Aber bald wäre dieses unselige Kapitel beendet. Für Manon bot sich dann ein kompletter Neuanfang. Sie hatte immer wieder gesagt, dass sie erst die Scheidung von Gilles brauche, bevor sie ihr Leben neu ausrichten und wieder daran denken könne, sich auf eine neue Bekanntschaft einzulassen.

Albin verlangsamte das Tempo und suchte eine Möglichkeit, vor dem Gebäude der Anwaltskanzlei rechts ranzufahren, fand aber keine. Er nahm sich vor, nach der nächsten Ampel, die gerade auf Rot sprang, eine Kehrtwende zu machen.

»Lass mich einfach hier aussteigen«, sagte Manon, als Albin schließlich an der Lichtzeichenanlage stoppte.

Albin nickte. »Ruf mich an, wenn ich dich wieder einsammeln soll, und sag mir, wo.«

»Mache ich«, erwiderte sie, schnallte sich rasch ab und drückte Albin einen Kuss auf die Wange, bevor sie ausstieg.

Die Ampel sprang wieder auf Grün. Albin fuhr an und

betrachtete seine Tochter im Rückspiegel, bis er sie nach einer Kurve nicht mehr sehen konnte.

»Es geht doch nichts über Tochterküsse«, murmelte er mit einem Lächeln.

Sie hat dich sowieso durchschaut, schien Tyson aus dem Kofferraum zu sagen, wo er auf seiner Transportmatte lag.

»Durchschaut?«

Sie weiß ganz genau, dass du dich nicht für den Pont du Gard interessierst und niemals Schokocroissants isst, und sie weiß außerdem, wer in Nîmes arbeitet.

»Ach«, sagte Albin und fuhr in Richtung Autobahn. »Wer denn?«

8

»Das kannst du vergessen, mein Lieber«, sagte Berthe und nahm sich das zweite Schokocroissant vor. Sie hatte einen süßen Zahn, das wusste Albin, und außerdem eine besondere Vorliebe für das Gebäck mit Füllung.

»Du bist eine harte Frau, hat dir das schon mal jemand gesagt?«

Berthe lachte auf und wischte einige Krümel vom grünen Arztkittel. Das Sonnenlicht, das durch das Fenster in ihrem Büro im Rechtsmedizinischen Institut in Nîmes einfiel, blitzte in den Gläsern ihrer roten Nerdbrille. »Mein Mann sagt es mir immer wieder. Und außerdem ein gewisser Rentner …«

»… Pensionär«, verbesserte Albin.

»… ein gewisser Pensionär, der es immer wieder schafft, sich vom Eingang unter Vorwänden bis zu mir vorzumogeln. Vielleicht sollte ich ein ernstes Wort mit dem Empfang über dich wechseln.«

»Aber deine Kollegin dort passt gern auf Tyson auf. Sie freut sich jedes Mal.«

»Sie sollte dich aber jedes Mal wieder nach Hause schicken, anstatt auf deine Tricks hereinzufallen.«

»Tricks?«

Berthe kaute zu Ende, legte dann das Croissant auf der Papiertüte ab. »Albin. Glaubst du wirklich, wir würden das nicht alle verstehen? Meinst du ernsthaft, die Kollegen bei der Polizei oder hier im Institut wüssten nicht alle genau, wer du bist und dass du dich ständig an ihnen vorbeischummelst? Und ich durchschaue deine Bestechungsversuche mit den Croissants, die du jedes Mal mitbringst, wenn du etwas von mir wissen willst, obwohl dir nur zu gut bekannt ist, dass ich dir eigentlich nichts sagen darf.«

»Aber sie schmecken dir doch?«, erwiderte Albin und schob die Papiertüte dichter zu Berthe, die daraufhin erneut zugriff. »Außerdem sind das lediglich freundschaftliche Besuche. So lange, wie wir uns schon kennen …«

Berthe lachte erneut auf.

»Zudem hast du eben ein ganz entscheidendes Wort gesagt.«

»Richtig, mein Lieber. Das Wort ›nein‹ habe ich gesagt, und zwar mehrfach.«

»Ich meinte eher das Wort ›eigentlich‹, das viel wichtiger ist.«

Albin grinste. Berthe rollte mit den Augen. Dann betrachtete sie Albin einige Momente und schien nachzudenken. Das Für und Wider abzuwägen. Schließlich kam sie zu einem Entschluss, aß den Rest Croissant, stand auf, wischte sich die Hände ab und sagte: »Dann komm mit.«

Albin folgte ihr durch den Flur des Institut médicolégal, das an die Universitätskliniken angedockt war.

»Du hast Caterine und Alain übrigens knapp verpasst«, erklärte Berthe im Gehen. »Sie waren eben zur Obduktion hier. Die beiden hätten sich sicherlich außerordentlich gefreut, dich hier zu sehen.«

Albin sparte sich einen Kommentar.

»Caterine erscheint mir in letzter Zeit etwas bedrückt zu sein. Geht es ihr gut?«

Albin hatte eine ähnliche Wahrnehmung. Er wusste, dass da irgendetwas mit ihrer Vergangenheit in Marseille im Schwange war. Ereignisse von früher schienen sie einzuholen. Theroux hatte Albin kürzlich ebenfalls darauf angesprochen und gesagt, dass im Moment irgendetwas komisch sei und merkwürdige Leute aufkreuzten, um Dinge mit Castel zu bereden. Sogar dieser Gabriel Martinet vom DGSI war aufgetaucht. Sie winke jedoch immer nur ab. Ob Albin etwas wisse? Aber Albin wusste nichts, denn ihm gegenüber schwieg Castel ebenso. Sie war nicht der Typ, der Probleme nach außen kehrte.

Albin hatte allerdings das Gefühl, dass ein Einsatz des DGSI an einem Château möglicherweise im Zusammenhang mit Castels schlechter Laune stehen könnte. Er hatte von zwei Streifenpolizisten davon gehört, als diese sich bei Matteo einen Kaffee kauften. Man musste nur einige Faktoren zusammenzählen: Martinet war beim DGSI, der DGSI hatte einen Einsatz in Castels Zuständigkeitsbereich, und es waren dem Vernehmen nach ehemalige BRI-BAC-Polizisten aus Marseille verhaftet worden. Castel hatte früher in Marseille und außerdem in der Brigade gearbeitet. Voilà. Seither wirkte Castel wieder entspannter. Vielleicht hatte sich alles erledigt.

»Ich denke, es geht ihr gut«, erwiderte Albin. »Vielleicht private Probleme mit ihrem Lebensgefährten oder den Eltern.« Wie Albin wusste, lebten Castels Vater und Mutter in einem Pflegeheim bei Marseille.

»Ich hoffe, es ist nichts Ernstes.«

»Das hoffe ich auch.«

Schließlich erreichten sie den Eingang zum Obduktionsraum und gingen hinein. An zwei Metalltischen liefen gerade Autopsien. Im grellen Licht der OP-Lampen waren sie umringt von Ärzten und Assistenten, die wie Berthe Kittel trugen, über die sie einen weiteren Kittel aus Kunststoffgewebe gezogen hatten. Alle trugen außerdem Handschuhe, Hauben und Mundschutz. Niemand blickte auf. Einer drehte sich beiläufig zur Seite und legte einen rötlichen Klumpen auf eine Waage. Albin wollte lieber nicht wissen, was das war.

Er sah wieder fort und folgte Berthe. Sie erreichten eine Wand aus poliertem Edelstahl mit diversen rechteckigen Türen, jeweils drei über- und acht nebeneinander. Platz für vierundzwanzig Leichname oder menschliche Überreste, je nachdem. Berthe öffnete eines der Fächer und zog eine Bahre an einem Mechanismus heraus. Auf der Liegefläche befand sich ein Körper in einem hellen Bodybag, dessen Reißverschluss Berthe nun öffnete.

Albin betrachtete den teilweise bis auf die Knochen verbrannten Körper. Opfer von Feuer fand man häufig in einer sogenannten Boxerstellung mit angezogenen Armen, weil sich durch die Hitze die Sehnen verkürzten. Mörder, die eine Leiche verbrennen wollten, um sie zu beseitigen, trauten den Flammen oft zu viel zu. Sie erwarteten, dass alle Beweise und die komplette Leiche vernichtet würden. Aber das geschah eher selten. Wenn man jemanden anzündete, brannte es für gewöhnlich nicht überall gleichmäßig. Brandbeschleuniger und brennbare Textilien waren irgendwann aufgebraucht. Es blieb meist jede Menge Körpersubstanz übrig, die man untersuchen konnte – es sei denn, eine Leiche war über einen sehr langen Zeitraum hinweg extrem heißen Temperaturen ausgesetzt.

Zudem wurden die höchsten Grade nicht im Inneren des Feuers verursacht, sondern in und am Rand der Flammen. Ein normales Holzfeuer loderte zum Beispiel bei dreihundert bis sechshundert Grad. Im Krematorium wurden achthundertfünfzig Grad eingesetzt. Eine Einäscherung dauerte bei voller Flammenlast rund eineinhalb Stunden, und selbst dann blieben noch Zähne und Knochen übrig, die später gemahlen und in Urnen gefüllt wurden. Jemanden mit Benzin zu übergießen und einige Minuten brennen zu lassen war folglich nicht mit dem Schaden vergleichbar, den ein Großfeuer in einem Gebäude anrichtete oder ein sehr heiß brennendes in einem Fahrzeugwrack.

»Die Person ist männlich und zwischen fünfundsechzig und siebzig Jahre alt«, erklärte Berthe. »Der Mann hat noch gelebt und geatmet, als er brannte. Darauf deuten Verbrennungen in den Atemwegen und Rußpartikel hin. Die Art der Verletzungen am Körper lässt den Rückschluss zu, dass eine Flüssigkeit über ihn gegossen und angezündet wurde, was dann zum Tod führte. Dazu passt, dass die Spurensicherung Reste eines Benzinkanisters fand.«

»Hat sie?«

»Ups«, machte Berthe und hielt sich die Hand wie nach einem versehentlichen Versprecher vor den Mund.

»Fremdeinwirkung?«, fragte Albin.

»Das kann ich nicht sagen. Andere Verletzungen als die des Feuers habe ich nicht feststellen können. Falls es oberflächliche Wunden gab, sind die natürlich verkohlt.«

»Irgendetwas zur Identität?«

Berthe zurrte den Reißverschluss wieder zu, schob die Bahre zurück in das Fach und verschloss es. Sie fasste in die Kitteltasche, zog ihr Handy hervor und hantierte damit herum, bis sie gefunden hatte, was sie suchte. Sie hielt es Albin hin. Es war ein Foto, das einen Beweismittelbeutel aus transparenter Folie zeigte. Das Original hatten sicherlich Castel und Theroux mitgenommen. Albin hatte keine Ahnung, was sich in dem Beutel befand. Irgendein technisches Gerät, eine flache Metallscheibe mit einer Art daran befestigtem Draht. Das Metall sah aus, als sei es graviert.

»Was ist das?«, fragte er.

»Unser Freifahrtschein zur Identität des Toten. Wir brauchen kein forensisches Zahngutachten, keine DNA-Bestimmung oder Röntgenaufnahmen, was jeweils Monate dauern würde, bis wir einen Treffer haben. Es ist ein Herzschrittmacher, Albin. Ein Herzschrittmacher mit einer Hersteller-ID und einer Seriennummer. Das ist fast so gut wie ein Personalausweis«, sagte Berthe und klopfte mit den Knöcheln gegen das Fach mit der Leiche. »Ich denke«, sagte sie, »dass es nicht sehr lange dauern wird, bis wir wissen, wer unser vorübergehender Gast ist.«

9

»Michel Rival ist tot? Lebendig verbrannt?«

Jean Villeneuve war sichtlich geschockt. Er hielt sich an einem Glas Sekt mit Orangensaft fest, Albin ebenfalls. Sie standen im Innenhof des Papstpalastes in Avignon. Der Abend tauchte den Himmel in Lavendelfarben. Bald würde es schlagartig dunkel werden. Die Scheinwerfer strahlten die gotischen Bogengänge an, die die Rasenfläche einfassten. Menschen standen in kleinen Grüppchen zusammen, manche an Cocktailtischen, unterhielten sich angeregt zur leichten Jazzmusik eines in den Arkaden platzierten Pianospielers und lachten.

Nur Villeneuve lachte nicht.

Er hielt die kleine schwarze Möpsin Mila an der Leine, Tysons Flamme, rückte sich die Nerdbrille auf der Nase zurecht und fuhr sich durch das verwuschelte schwarze Haar. »Cat hat gar nichts davon erzählt. Andererseits habe ich sie heute noch gar nicht gesehen oder gesprochen. Ich war den ganzen Tag über hier – zur Eröffnung, einem Vortrag, dem kleinen Umtrunk.«

»Sie wird sehr beschäftigt sein«, erwiderte Albin, der Manon am Nachmittag in Avignon wieder abgeholt hatte und auf dem Rückweg in Carpentras bei einer Routinekontrolle angehalten worden war und mit den Polizisten einen kurzen Schwatz gehalten hatte, weil er deren Väter kannte. Bei der Gelegenheit hatte er gehört, dass eine Hausdurchsuchung in Pernes anstand, und zwar bei einem Michel Rival, bei dem es sich um den Toten aus dem Weinfeld handeln sollte. Albin hatte das Handy genutzt, um den Namen zu googeln, und zunächst überlegt, nach Pernes zu fahren, sich aber für Avignon entschieden, nachdem er aus dem Internet erfahren hatte, um wen es sich bei Michel Rival handelte und wo dieser auf der Rednerliste stand.

»Er sollte eigentlich einen Vortrag auf dem Symposium halten. Meine Güte, das Programm wird geändert werden müssen«, erklärte Villeneuve, den Albin hier bei dem abendlichen Umtrunk eher zufällig entdeckt hatte. Eigentlich hatte er sich nach der Kongressleitung umsehen wollen. Aber Villeneuve war fürs Erste ebenso gut. Der Mann war als Kunsthistoriker aus dem Musée Granet in Aix-en-Provence an der Konzeption und Umsetzung der Ausstellung in Avignon beteiligt gewesen. Außerdem schien er Michel Rival zu kennen und eine Rolle in irgendeinem Leitungsgremium zu spielen.

Und was für eine grandiose Ausstellung das war. Sie war heute Morgen eröffnet worden, trug den Titel »Königreich der Himmel« und wurde unter einem aufwendigen Sicherheitskonzept umgesetzt. Albin hatte jede Menge Security gesehen. Und das war kein Wunder, denn viele der Exponate dürften äußerst kostbar, vielleicht sogar unbezahlbar sein.

Das Palais des Papes war ein riesiges Gebäude. Der Palast hatte den Päpsten zwischen 1335 und 1430 als Residenz gedient, nachdem sie aus Rom geflohen waren und sich der Nabel der Welt vorübergehend nach Avignon verlagert hatte. Das Gebäude galt als eines der wichtigsten gotischen Bauwerke Europas. Albin fand allerdings immer, dass es von außen ziemlich hässlich, kantig und mit seinen Türmen und Zinnen eher wie eine Trutzburg aussah – vielleicht ein Ausdruck der wilden Zeiten, in denen es errichtet worden war. Im Inneren gab es zahllose und zum Teil riesige Hallen, Gänge und Räume. Alle waren reichlich schmucklos. Hier und da hatten sich einige Fresken erhalten. Im Grund sah man aber überall nur hellen Kalksandstein und Gebälk, keinen Pomp, gar nichts.

Das musste zu den Hochzeiten des Papsttums völlig anders gewesen sein, denn die Kirchenführer hatten sich ihre Residenz nach allen Regeln der damaligen Kunst einrichten lassen. Im Inneren soll es wie in prächtigen Schlössern ausgesehen haben. Doch nachdem die Päpste wieder nach Rom gezogen waren, war das Gebäude mehrfach geplündert und regelrecht ausgeweidet worden. Vor allem während der Französischen Revolution. Fast gar nichts hatte man an Ort und Stelle gelassen, Verkleidungen wurden abgerissen, sogar Fresken abgetragen und verscherbelt. Später war der Palast in eine Kaserne umgewandelt und damit endgültig verschandelt worden.

Viele der kargen Säle standen nun voller Ausstellungsvitrinen. Die Wände waren mit großen Bildern behangen. »Königreich der Himmel« befasste sich mit seltenen Schriften und der kirchlichen Literatur ganz allgemein. Ausgestellt waren nicht nur besondere, sehr alte und sehr prächtige Bücher, sondern auch kleine und zumindest optisch eher unspektakulär wirkende Inkunabeln und sogar antike Papyri. Alles stammte aus öffentlichen und privaten Sammlungen, manches sogar aus den Archiven und der

Bibliothek des Vatikans, der eine Reihe von Leihgaben zur Verfügung gestellt hatte. Kein Wunder, dass die Schau auf ein weltweites Interesse stieß.

Zudem gehörte zum Papstpalast, den man normalerweise wie ein Museum besuchte, auch das *Centre International des Congrès du Palais des Papes* mit vielen Räumen, die für Seminare und Kongresse vorgesehen und entsprechend mit Technik ausgestattet waren. In diesen fanden zu »Königreich der Himmel« diverse wissenschaftliche Fachtagungen, Vorträge und Symposien rund um ein Füllhorn an Themen zu den alten Büchern oder apokryphen biblischen Schriften und der Bibel selbst statt. Es sollte sogar demnächst im *Salle du Conclave* des Palastes eine große Auktion von seltenen Büchern und Schriften geben, die dem Vernehmen nach auf internationales Interesse bei Sammlern, Museen und Archiven stieß.

Michel Rival stand jedenfalls auf der Rednerliste von »Königreich der Himmel«, weswegen Albin angenommen hatte, dass er vor Ort einiges über den Mann erfahren würde. Zudem war er überrascht gewesen, dass eine solche Kapazität wie Rival in Pernes lebte, ohne dass Albin jemals davon gehört hatte. Andererseits: Was hatte er schon mit Büchern und Literaturwissenschaft zu tun? Ungefähr so viel wie ein Mops mit Nukleartechnologie.

»Kannten Sie Rival?«, fragte Albin.

Villeneuve zuckte mit den Schultern. »Kennen wäre zu viel gesagt. Natürlich weiß ich, wer er war – ein bedeutender Experte. Er wollte über apokryphe Texte und verschwundene Schriften des Alten Testaments sprechen, sein Spezialgebiet. Aber – Gott, Michel Rival, und dann so ein fürchterlicher Tod. Verbrannt.«

»Kann man wohl sagen.«

»Wie ist denn das nur geschehen?«

»Da wird Cat mehr wissen als ich.«

»Sie spricht selten über die Arbeit.«

Das konnte Albin nachvollziehen. Er tat es auch nicht und hatte es früher im aktiven Dienst selten getan. Manches ließ man besser draußen vor der Tür wie ein paar schmutzige Schuhe.

Villeneuve fragte: »War es denn Selbstmord – oder ein Unglück?«

»Das ist unklar«, erwiderte Albin. »Hätte Rival denn nach Ihrer Meinung Anlass zu einem Selbstmord gehabt?«

Villeneuve leerte sein Glas. »Er war ein ziemlicher Einsiedler, allerdings auch nicht sehr mobil, weil er wegen Hüftproblemen auf einen Gehstock angewiesen war. Kein einfacher Mensch. Seit er nicht mehr als Professor an der Uni arbeitete, wirkte er manchmal depressiv, aber das muss nichts heißen. Ich kannte seinen Namen nur als fachliche Autorität und kann über ihn als Privatmensch wenig sagen. Aber ausgerechnet so kurz vor dem Vortrag … Ich weiß nicht. Rival hatte sich akribisch darauf vorbereitet und angedeutet, dass ein Raunen durch die Fachwelt gehen würde. Es klang, als hätte er einen wirklich großen Moment in seiner Karriere angekündigt. Und dann Selbstmord kurz davor? Zudem eine Selbstverbrennung? Verbrannt wie ein …« Villeneuve suchte nach Worten. »Wie ein mittelalterlicher Ketzer? Das kann ich mir nicht vorstellen.«

»Ketzer? Rival? Tot? Verbrannt?«

Albin und Villeneuve drehten sich um, als sie die andere Stimme hörten. Dicht hinter ihnen stand ein Mann im mittleren Alter. Sein nach hinten gekämmtes Haar war so schwarz wie das an eine Soutane erinnernde Hemd, das er zu einer ebenfalls schwarzen Hose trug. Im Kragen steckte ein weißes Kollar. Trotz der kirchlichen Kluft wirkte er sportlich, trainiert und der vitalen Hautfarbe nach wie jemand, der viel Zeit draußen verbrachte. Der Blick aus den dunklen Augen war durchdringend.

»Es ist ganz schrecklich«, sagte Jean Villeneuve.

Albin musterte sein Gegenüber, das Villeneuve nun vorstellte.

»Monsignore Alberto Grassi«, sagte Villeneuve. »Und das ist Monsieur Albin Leclerc, Polizeiberater und Ex-Commissaire. Monsignore Grassi stammt aus Rom. Er begleitet einige der Exponate, die hier ausgestellt werden.«

»Sehr erfreut«, sagte Grassi, ohne zu lächeln, und nickte Albin zu. »Und verzeihen Sie, dass ich Teile Ihres Gespräches mit anhörte. Es war unvermeidbar. Ich wollte Ihnen eigentlich nur einen guten Abend wünschen, Monsieur Villeneuve.«

Grassi sprach exzellent Französisch, nur mit einem leichten Akzent. So sahen also italienische Priester aus, dachte Albin. Wie jemand, den man sich in anderer Kleidung auch gut in einem Mafiafilm vorstellen konnte oder der in einer Autowerbung mit Sonnenbrille im Cabrio entlang der Amalfiküste brauste.

»Was ist Rival denn genau zugestoßen?«, fragte Grassi und musterte Albin.

Albin umriss die Geschehnisse in kurzen Worten und teilte nur mit, was ohnehin öffentlich bekannt war. Ein Feuer in einem Weinfeld. Eine verbrannte Leiche, die als Michel Rival aus Pernes-les-Fontaines identifiziert worden war. Unbekannte Hintergründe in Bezug auf das Motiv, weswegen nunmehr umfänglich Ursachenforschung betrieben werde.

»Entsetzlich«, sagte Grassi. »Ich hatte seinen Vortrag mit Spannung erwartet. Ergab denn die Hausdurchsuchung etwas Wissenswertes?«

»Warum?«, fragte Albin.

»Wird das nicht für gewöhnlich so gemacht? Man sieht sich bei einem unter mysteriösen Umständen Verstorbenem nach Hinweisen um?«

»Wie kommen Sie auf mysteriöse Umstände?«

»Ein angesehener Wissenschaftler verbrennt bei lebendigem Leib auf einem Feld. Das halte ich für mysteriös. Vielleicht fand man einen Abschiedsbrief bei Rival.«

»Falls es Selbstmord war. Vielleicht war es auch ein Unfall und …«

»In jedem Fall mysteriös«, erwiderte Grassi.

Albin nahm die Gitanes-Packung aus der Tasche, nahm sich eine Zigarette heraus, steckte sie an und betrachtete Grassi schweigend.

Grassi sagte: »Sicherlich wird die Wohnung versiegelt? Der Inhalt gesichert? Rivals Forschungen dürften nach wie vor hochinteressant für die Wissenschaft sein.«

Für einen Priester kannte sich Grassi ziemlich gut mit der Polizeiarbeit aus, dachte Albin.

»Woran genau«, fragte Albin, »hat er denn gearbeitet?«

Villeneuve erklärte: »Das sollte ja laut seiner Ankündigung das zentrale Thema seines Vortrags sein. Er hat es vorher nicht verraten.«

»Gewiss«, ergänzte Grassi, »dürfte sich das aus Rivals Unterlagen ergeben. Es wäre sehr spannend und sehr viel angenehmer gewesen, über den Inhalt seiner Forschungen beim Vortrag zu erfahren als ... als auf diese sehr traurige Art und Weise beziehungsweise als gar nichts zu erfahren.«

Grassi schien auf einmal jemanden anderen zu sehen und grüßte ihn mit einer Handbewegung und einem Lächeln. Schließlich entschuldigte er sich, weil er offensichtlich dringend mit dieser Person sprechen wollte, wünschte Albin und Villeneuve noch einen guten Abend und verschwand in Richtung Kreuzgang.

Albin blickte ihm hinterher. Grassi ging durch die Arkaden und verschwand dann hinter einer Tür. Er hatte offenbar doch niemanden gesehen, sondern nur so getan, als ob.

»Alberto Grassi aus Rom?«, fragte Albin Villeneuve. »Bedeutet das: Vatikan?«

»Ja, Vatikanische Apostolische Bibliothek. Rom hat einige sehr kostbare und bedeutende Exponate geschickt. Die will man offenbar nicht aus den Augen lassen.«

»Nein«, murmelte Albin und paffte, »offenbar nicht.«

Dann klingelte Villeneuves Handy. Er klemmte sich Milas Leine unter den Arm und nahm das Gespräch an. Er war einer dieser Telefonierer, die ihre Handys auf Lautsprecher schalteten und die Geräte dann wie eine Scheibe Baguette vor den Mund hielten, um ins Mikrofon zu sprechen. Vielleicht tat er das aber nur, damit Albin mithören konnte.

»Cat«, sagte Villeneuve mit einem Lächeln. »Alles klar?«

10

»Eigentlich schon«, erwiderte Castel. Sie ging die Stufen hinab, während hinter ihr die Spurensicherung die Haustür von Michel Rival versiegelte. Theroux stand schon am Dienstwagen, der hinter dem Kastenwagen der Forensiker parkte. Es war beinahe schon dunkel. Man spürte, dass der Herbst kam. »Ich werde hier noch etwas Zeit brauchen«, erklärte Cat. »Aber du kommst wahrscheinlich sowieso später?«

»Ja, auf jeden Fall«, erwiderte Jean. »Hier geht es gerade erst richtig los. Und ich muss gleich das Organisationskomitee vom Tod Michel Rivals in Kenntnis setzen. Er sollte hier eine Rede halten. Du hast gar nichts davon erzählt?«

Cat stoppte auf den Stufen. Woher wusste Jean das denn? Und Rival – als Redner im Rahmenprogramm der Ausstellung?

»Ich wusste nicht«, sagte sie, »dass er in Avignon als Redner sprechen sollte. In welchem Zusammenhang denn?«

Jean erklärte es ihr.

»Und woher weißt du, dass er tot ist?«, fragte sie und setzte sich wieder in Bewegung.

»Ich habe es ihm erzählt.«

Cat stoppte erneut. Sie kannte diese Stimme.

»Albin?«, fragte sie.

»Höchstpersönlich«, erwiderte Leclerc.

Er musste neben Jean in Avignon stehen und das Telefonat mitverfolgen, weil Jean es auf Lautsprecher geschaltet hatte. Was sie nun ebenfalls tat und hinüber zu Theroux ging.

»Albin«, sagte Cat, »was treiben Sie in Avignon, und woher wissen Sie …«

»Castel. Wollen Sie unsere Zeit damit verschwenden, indem Sie sich darüber wundern, dass ich meine Hausaufgaben gemacht habe? Ich habe von einer Durchsuchung bei Rival in Pernes gehört und eins und eins zusammengezählt. Dann habe ich Rival gegoogelt und ihn auf der Rednerliste zur Ausstellung ›Königreich der Himmel‹ gefunden. Das hätten Sie auch finden können, wenn Sie sich moderner digitaler Ermittlungsmethoden bedienen würden.«

Cat keuchte. »Sie sollen es, bitte schön, unterlassen, sich hier einzumischen, und …«

»Ich mische mich nicht ein«, erwiderte Leclerc. »Ich bemühe mich lediglich für meinen Auftraggeber, Licht ins Dunkel der Sachbeschädigung an seinem Teileigentum zu bringen.«

»Sprechen Sie von Matteo und Ihrem Honorar, dem Kaffee?«

»Exakt.«

Cat machte ein genervtes Geräusch. Theroux hingegen schlug sich patschend die flache Hand gegen die Stirn. In dem Moment fiel Cat siedend heiß etwas ein.

»Jean?«

»Ja?«

»Ist Mila bei dir?«

»Natürlich.«

»Hast du … Du hast doch nicht?«

»Ehm. Ach so. Nein, natürlich nicht.«

Na, zum Glück, dachte Castel.

»Was denn?«, fragte die Stimme von Leclerc.

»Gar nichts«, erwiderten Jean und Cat unisono.

»Was ist mit Mila?«

»Alles in Ordnung«, fügte Cat hinzu und wechselte schnell das Thema. »Albin, wenn Sie sich schon einmischen, dann dürfte Sie interessieren, dass ich ein Gewaltverbrechen nicht mehr ausschließen kann.«

»Mord an Rival?«

»Mhm«, machte Cat.

Es verhielt sich so: Die Haustür war zwar nicht aufgebrochen worden. Aber im Inneren der Wohnung von Rival konnte man durchaus darauf schließen, dass ein Kampf stattgefunden hatte. Die Räume hatten sie nach der Wohnungsöffnung durch einen Schlüsseldienst zunächst in einem gelinden Chaos vorgefunden – allerdings der Art von Chaos, die jemand um sich herum verbreitet, der nicht viel von Ordnung hält. Die Küche stand voller Geschirr. Im Schlafzimmer stapelte sich die Wäsche neben dem ungemachten Bett. Im Wohn- und Arbeitszimmer quollen Bücher und Papierstapel aus den Regalen, zwischen denen gerahmte Ernennungsurkunden an den Wänden hingen: Rival, eigentlich Prof. Dr. Dr. Rival, war emeritierter Professor der Universität von Lyon und trug noch weitere Titel. Außerdem sah Cat Stiche von alten Burgen und einige Fotos, die Rival abbildeten, wie er mit anderen Männern posierte, sowie eines, das ihn alleine zeigte – es wirkte wie ein offizielles Bild, vielleicht von seiner Verabschiedung als Professor, denn Rival sah darauf älter aus als auf den restlichen und hielt einen Blumenstrauß in der Hand. Auch auf seinem Schreibtisch herrschte Chaos.

Wegen der allgemeinen Unordnung waren die Kampfspuren auf Anhieb nicht deutlich gewesen. Aber im Flur lag eine umgefallene Vase auf dem Boden, die mitsamt einiger Aktenordner von einer Anrichte gestürzt sein musste. Der Schreibtischstuhl war umgefallen. Die Anordnung der Papier- und Bücherstapel und Staubreste auf dem Schreibtisch ließen darauf schließen, dass dort ein Laptop gestanden haben musste, der nun nicht mehr da war. Unter dem Tisch lagen außerdem herausgezogene Kabel mit USB-Anschlüssen und ein Netzkabel, die wiederum von herabgefallenen Papierstapeln verdeckt gewesen waren.

Alles in allem konnte man sich angesichts der Art und Weise, wie die Gegenstände auf dem Boden verstreut lagen, vorstellen: Rival hatte jemandem die Tür geöffnet und war sofort bedrängt worden, wobei er gegen die Anrichte stieß. Er wurde ins Arbeitszimmer gedrängt, wo bei einer Rangelei Bücher- und Papierstapel umfielen, dann der Schreibtischstuhl, als die Kabel aus dem Laptop gerissen wurden, um ihn mitzunehmen. Und Rival war ebenfalls mitgenommen worden.

Das alles warf nun ein völlig anderes Licht auf die Geschehnisse im Weinfeld. Es sah jetzt nicht mehr nach einem spektakulären Selbstmord aus – wenngleich es natürlich sein mochte, dass Michel Rival aus welchen Gründen auch immer außer sich geraten war, seinen Selbstmord beschloss, den Laptop mit sich nehmen wollte und in der Hast einige Gegenstände umwarf. Allerdings hatte die Spurensicherung im Weinfeld keine Rückstände von einem mobilen Computer gefunden. Rival hatte auch keinen Abschiedsbrief hinterlassen. Sein Auto stand noch im Carport – ein alter VW-Käfer in einem verblichenen Rotton. Im Haus fehlten außerdem keinerlei Wertgegenstände – abgesehen von dem Computer. Rivals Uhrensammlung war noch da, seine Geldbörse lag auf dem Ablagebrett einer antiken Garderobe …

Cat gab Albin eine kurze Zusammenfassung. »Tja«, erwiderte er. »Da habt ihr ein ganz schönes Schlamassel am Hals.«

»Aber wer …«, hörte Castel Jeans Stimme, »sollte denn, um Gottes willen, den armen Michel Rival umbringen, und warum?«

»Das werden wir hoffentlich herausfinden«, antwortete Castel. »Jean, ich muss jetzt …«

»Ich ebenfalls, Cat. Ich muss mit der Festivalleitung sprechen.«

»Kein Wort über die Details, ja?«

»Nein, keine Sorge.«

»Und du, Albin«, rief Theroux ins Mikro, »fährst bitte jetzt nach Hause und hältst die Füße still!«

»Ha!«, machte Leclerc. »Hat der junge Vater auch etwas zu melden, der sich nachts lieber auf der Straße herumtreibt, statt bei seiner Familie zu sein?«

»Als ob du jemals besser gewesen wärst!«

»Ich hätte besser sein sollen«, erwiderte Leclerc.

Cat und Theroux sahen sich erstaunt an. War das gerade ein Hauch von Selbstkritik? Aus Leclercs Mund?

Schließlich beendeten sie das Gespräch.

»Was ist denn mit Mila?«, fragte Theroux.

»Nichts weiter«, sagte Cat und schnallte sich an. »Können wir uns beeilen?«

»Wieso, hast du noch was vor?«

»Ich muss noch einkaufen«, sagte Cat.

»Einkaufen?«

»Ja, ein paar Besorgungen.«

»Um die Uhrzeit?«

Cat machte ein genervtes Geräusch und blickte auf die Uhr.

»Alain, wann hätte ich denn heute sonst einkaufen sollen, der Supermarkt hat sicherlich noch geöffnet. Können wir jetzt bitte losfahren?«

»Ist ja schon gut«, antwortete Theroux und ließ den Motor an.

11

Christophe Coulon liebte es, im Licht der kleinen Flammen zu malen. Überall in seinem Atelier standen Kerzen: auf Tischen, in Kandelabern, auf dem Boden, auf Schränken. Sie erhellten den großen Raum, dessen Wände aus rohem Bruchstein bestanden. Dicke Balken stützten das Dach des Hauses, das möglicherweise noch aus dem Mittelalter stammte wie so viele hier in Oppède, dem Geisterdorf im Luberon.

Coulon war Künstler wie sein Vater, der vor den Nazis hierher geflüchtet war. Er war hier geboren und lebte immer schon in Oppède. Sein Rücken war gebeugt, seine langen, weißen Haare zum Pferdeschwanz gebunden. Coulon sah sich als Allroundkünstler. Früher hatte er viele Auftragsarbeiten erledigt, Sanierungen an Fresken, Böden oder alten Möbeln. Bis vor einigen Jahren hatte er auch Kurse geleitet und kunstbeflissenen Touristen, die ihren Urlaub mit einem Lehrgang der Malerei in der Provence bereichern wollten, auf die Sprünge geholfen. Inzwischen war er zu alt, hatte keine Lust mehr dazu und widmete sich nur noch seiner Malerei, von der er eher schlecht als recht leben konnte. Manchmal verkaufte er ein Bild in einer der kleinen Galerien in den umliegenden Ortschaften. Damit hatte es sich.

Heute Nacht widmete er sich einem weiteren Bild in

seiner neuen Serie, die er »Communication« nannte. Kommunikation spielte in seiner abstrakten Malerei ohnehin eine große Rolle. Sie war angereichert mit Schriftzeichen, die allerdings keine Bedeutung hatten, weil man sie nicht entschlüsseln konnte. Rätselhafte Schriftzeichen. Ihre bildhafte Wirkung übte seit der Kindheit eine magische Anziehung auf Coulon aus, seit er die erste Begegnung damit gehabt hatte.

Er griff nach dem Weinglas, trank einen großen Schluck und trat etwas von der Leinwand zurück, betrachtete das große Ganze, inhalierte den unvergleichlichen Geruch von Ölfarbe, Verdünner und Malmittel. Schließlich stellte er das Glas wieder zur Seite, nahm die Palette zur Hand und den Pinsel, dippte ihn in das Anthrazit und trug weitere Lettern auf. Sie waren geschwungen, kunstvoll verschnörkelt und glichen einer Mischung aus arabischen Schriftzeichen, Keilschrift sowie gotisch anmutender Textura.

Er legte den Pinsel wieder zur Seite, um nach einem weiteren zu greifen, mit dem er den Phantasietext verwischen wollte, hielt dann aber einen Augenblick inne. Sein Gehör war nicht mehr das allerbeste. Aber von draußen und durch das weit offen stehende Fenster hindurch waren Geräusche zu vernehmen. Schritte? Dann klopfte es an der Tür.

Coulon wartete einen Moment, um sicherzugehen, dass er sich nicht geirrt hatte. Denn normalerweise kam niemand hierher in diesen menschenleeren Teil des Ortes, erst recht nicht mitten in der Nacht. In der Nacht war das Dorf wahrlich noch gottverlassener als tagsüber.

Oppède-le-Vieux lag im Luberon auf halben Weg zwischen Cavaillon und Lacoste und war eine Gemeinde von knapp tausend Einwohnern. Während es im unteren Dorf einige Restaurants, Ferienwohnungen und eine Handvoll Geschäfte gab, war der Ort oben, wo Coulon lebte, nach wie vor ein Geisterdorf. Überreste einer Festung aus dem 13. Jahrhundert thronten auf dem Gipfel des Berges, auch die alte Kirche und einige alte, verfallene Häuser. Mehr gab es nicht.

Der Ort war 1048 gegründet worden. Die engen, verwinkelten Gassen, durch die kein Auto kam, der steile Aufstieg und viele andere Gründe hatten dafür gesorgt, dass Oppède Anfang des vergangenen Jahrhunderts verlassen wurde und die Wohnhäuser zu Ruinen verfielen. Mittlerweile war der Ort zum Teil wiederaufgebaut und belebt worden, insbesondere touristisch: Viele Menschen kamen her, um den morbiden Charme zu erleben und sich einige Jahrhunderte in der Zeit zurückversetzt zu fühlen.

1936 hingegen lebten nur noch zehn Menschen in Oppède. Weil das Dorf als verlassen galt, entwickelte es sich wenige Jahre später zu einem Versteck und Rückzugsort für Künstler und Kunsthandwerker, die den Nazis und dem Vichy-Regime entkommen wollten. Zu der Gemeinschaft in der Künstlerkolonie Groupe d'Oppède gehörten mehr als vierzig Menschen, neben Malern auch viele Architekten, darunter Bernard Zehrfuss, der später viele Großwohnsiedlungen baute und auch an der Planung des Unesco-Hauptsitzes in Paris beteiligt gewesen war. Von den Kreativen wurden Teile des Ortes wiederaufgebaut, bewohnt und genutzt, um zu arbeiten. Außerdem publizierte die Gruppe ein Manifest, das dem Faschismus Werte wie Freiheit, Gleichheit und Brüderlichkeit im Widerstand entgegensetzte. 1941 verschlug es auch Consuelo de Saint-Exupéry in den Ort, die aus El Salvador stammende Ehefrau von Antoine de Saint-Exupéry. Der Autor und Pilot war nach dem Einmarsch der Nazis nach New York geflohen, während seine Frau sich im Luberon in Oppède niederließ.

Consuelo war Bildhauerin, Autorin und Malerin. Sie war mit surrealistischen Malern befreundet, stilistisch von diesen beeinflusst und saß später auch Modell für Fotografien von Man Ray. 1942 folgte sie ihrem Mann in die USA und schrieb dort ihre Erinnerungen an den kleinen Ort und das dortige Leben in dem Buch »Oppède« auf.

Antoine de Saint-Exupéry wiederum verfasste in dem Zeitraum »Der kleine Prinz«, das nach der Bibel am meisten verkaufte Buch der Welt, in dem er Consuelo ein Denkmal setzte: Sie ist die Rose, die der kleine Prinz so sehr liebt, während ein Blumenfeld, das er auf der Erde entdeckt, wohl Saint-Exupérys zahlreiche Affären widerspiegelt und für seine aus den Fugen geratene und von Turbulenzen geprägte Ehe steht.

Christophe Coulons Vater hatte damals zu denen gezählt, die sich in Oppède vor den Nazis versteckt hatten. Er war Arzt, doch seine Leidenschaft gehörte der Kunst. Nachdem er als Kommunist unter der Vichy-Regierung in keinem Krankenhaus mehr praktizieren durfte, war er mit seiner jungen Frau und dem kleinen Christophe nach Oppède geflohen. Dort widmete er sich ganz der Malerei und behandelte gelegentlich verletzte Widerstandskämpfer und andere Menschen.

Coulons Eltern waren schon vor vielen Jahren gestorben. Aber er lebte immer noch in dem alten Gemäuer, durch das er nun in Richtung Tür schritt, denn es hatte noch einmal geklopft – dieses Mal lauter und energischer. Er fragte sich erneut, wer um Himmels willen zu dieser Uhrzeit etwas von ihm wollte. Irgendein Tourist, der sich verirrt und Licht im Fenster gesehen hatte? Jemand, der Hilfe benötigte?

»Schon gut, komme ja, komme ja«, murmelte Coulon.

Er öffnete die Tür – und sah seinem Tod ins Antlitz.

12

Wochenende – und damit ein ausgiebiges Frühstück im Hause Leclerc. Croissants standen auf dem Tisch, jede Menge Konfitüren, frisches Brot, Orangensaft, Früchte. Clara hatte schulfrei, wenngleich sie mit einer Klassenkameradin verabredet war, zu der sie Albin gleich chauffieren würde. Manon musste nicht arbeiten – sie hatte einen Job in der Nachmittagsbetreuung der Schule angenommen, zumindest vorübergehend, wie sie sagte. Allerdings würde sie Veronique heute im Blumenladen aushelfen, denn dort war erfahrungsgemäß viel los. Veronique hatte Albin eben eine Einkaufsliste geschrieben. Nachdem er Clara bei der Freundin abgeliefert hatte, sollte er einige Besorgungen machen, weil sie für Sonntag kochen wollte. Es würde eine Daube geben – eine Art provenzalisches Gulasch, das über Nacht mariniert werden musste – mit Rotwein, Oliven, Knoblauch, Nelken und Möhren. Anderntags briet man das Fleisch mit Speck an, rührte Mehl hinzu, goss dann den kräftigen Rotwein hinterher, gab Knoblauch, Thymian, Rosmarin und Lorbeer sowie etwas Bouillon hinzu, anschließend schwarze Oliven, Möhren und Tomatenmark und ließ das Ganze vier bis fünf Stunden köcheln.

Veronique war bereits fertig und lief zwischen Küche und Frühstückstisch hin und her. Mal brachte sie etwas weg, stellte dann etwas Neues hin, schrieb dazwischen mit ihren beiden Töchtern und erkundigte sich über den Zustand ihrer Enkel, was sie ohnehin regelmäßig tat. Manchmal hatte Albin das Gefühl, sie sei mit ihrem Handy mehr verheiratet als mit ihm.

Außerdem war sie seit der Hochzeitsreise auf Martinique ein Fan von Hörbüchern geworden und trug permanent ihre EarPods. Gelegentlich sprach Albin sie an, und sie reagierte gar nicht, weil sie ihn nicht hörte. An anderen Tagen redete er sehr laut mit ihr, damit sie ihn bemerkte – und dann trug sie aber ihre Stöpsel gerade nicht und fuhr ihn an, dass er nicht so schreien solle und sie ja nicht taub sei.

Abends, beim Fernsehgucken, hörte sie ebenfalls oft ihre Bücher, was manchmal zu kuriosen Situationen führte. Kürzlich zum Beispiel hatte Albin »Lawrence von Arabien« angesehen, und in dem dramatischen Moment, als Peter O'Toole in der Hauptrolle nach stundenlangem Nachdenken den entscheidenden Satz »Akaba – von der Wüste aus« sagte, hatte Veronique laut losgelacht, weil sie ein lustiges Buch auf der Playliste hatte und gerade an einer witzigen Stelle war. Albin war außer sich gewesen – was denn daran witzig sei: Akaba, Lawrence, ein großer Moment, da kann man doch nicht lachen! Aber Veronique hatte ihn nur mit ihren großen Rehaugen angeblickt, einen EarPod aus dem Ohr gezogen und »Was?« gefragt.

Manon war ebenfalls mit ihrem Handy beschäftigt, Clara mit einem Nintendo-Spielgerät, und Tyson lag im Schatten auf der Terrasse und sah den Bienen hinterher. Albin hingegen befasste sich ausschließlich mit seinem

Croissant und einem Kaffee, dachte über Michel Rival und den Vatikan nach sowie darüber, was Castel und ihr Lebensgefährte ihm verheimlichen mochten. Sie hatten sich beim Telefonieren merkwürdig verhalten. Als sei etwas mit ihrem Hund nicht in Ordnung, doch Albin konnte sich nicht erklären, warum er davon nichts wissen sollte. Er zog die Möglichkeit in Betracht, dass Tyson und Mila, als Tyson während Albins und Veroniques Hochzeitsreise für zwei Wochen in Pension bei Castel gewesen war … Also. Könnte es womöglich sein, dass die beiden Möpse eventuell in einem Augenblick, in dem Castel oder Villeneuve nicht richtig aufgepasst hatten … wäre es gegebenenfalls denkbar, dass es um das Resultat eines solchen Augenblicks ging, indem die Tiere eventuell miteinander …

»Oh, Maman will kommen«, sagte Manon und lächelte.

Albin verschluckte sich an einem Croissantkrümel.

»Wer?«

»Na, Maman. Sie hat mir gerade eine Nachricht geschickt. Sie wollte nun endlich einmal ihre Enkeltochter und mich wiedersehen und schauen, wie wir hier so leben. Ich meine«, Manon blies sich eine lose Haarsträhne aus dem Gesicht, »es wird auch höchste Zeit. Sie wollte schon längst mal gekommen sein, aber es war immer etwas los. Eure Hochzeit, und davor wusste ich ja nicht, wie sich alles hier für mich entwickeln würde, aber jetzt …«

»Sie kommt her? Inés?«

»Ja, Papa.« Manon verdrehte die Augen.

»Oh!«, rief Veronique mit einem strahlenden Lächeln. »Das ist aber schön. Da lerne ich sie endlich mal kennen! Wie du schon sagst – es wird höchste Zeit, und sie wird sicherlich brennend neugierig sein. Wann genau kommt sie denn? Dann lade ich sie zum Kaffee ein, zum Brunch oder zum Abendessen, ganz egal.«

Albin hustete, räusperte sich, trank schnell etwas Kaffee und stand dann auf.

»Das wird doch bestimmt reizend«, sagte Veronique und kniff Albin im Spaß in die Wange.

»Unbedingt«, erwiderte Albin. »Bringt sie denn ihren … den Dings. Bringt sie den auch mit? Den Lebensgefährten?«

»Ich weiß nicht, Papa, vielleicht?«, erwiderte Manon und hackte mit dem Finger in das Telefon, um ihrer Mutter zu antworten. »Oma kommt nächste Woche zu Besuch zu uns, Clara«, sagte Manon.

»Yeah!«, rief Clara und streckte die Arme in die Luft.

»Und, ehm«, machte Albin und wischte sich den Mund mit dem Handrücken ab. »Wo kommt sie unter?«

»Sie hat schon gebucht. In Avignon.«

Veronique sagte: »Bitte richte ihr aus, dass dein Papa und ich uns ebenfalls sehr freuen und ich sie sehr gerne kennenlernen möchte.«

»Na, klar!« Manon lächelte. Sie freute sich wirklich von Herzen.

Und Albin, der schnappte sich seine Zigaretten, um vor dem Haus eine zu rauchen, und dachte: Meine Ex zu Besuch – das kann ja heiter werden.

13

Albin setzte Clara bei ihrer Freundin ab und steuerte den SUV in Richtung Innenstadt, um die Einkäufe zu erledigen. Erste welke Blätter wehten über die Straßen. An der Ampel tippte er beim Warten auf das Handydisplay und suchte Castels Nummer. Er hatte beschlossen, Castel danach zu fragen, was sie und Jean Villeneuve da für ein Geheimnis hätten und ob es etwas mit Tysons Aufenthalt bei ihnen zu tun haben könnte sowie mit der Möpsin Mila. Mit Tyson brauchte er darüber nicht zu reden. Der würde sowieso nur mit einem »Wuff« antworten und ansonsten schweigen wie ein Grab.

Albin fand die Nummer und wählte sie. Wie durch ein Wunder verband sich das Gerät automatisch mit der Anlage im Wagen. Manon hatte sich kürzlich ein Herz genommen und die Verbindung für Albin neu eingerichtet, nachdem sie ihn ein weiteres Mal beim Telefonieren am Steuer erwischt hatte. Das Telefon war zwar schon einmal mit der Anlage verbunden gewesen, hatte aber aus irgendwelchen Gründen den Kontakt wieder verloren – vielleicht weil Albin irgendeine falsche Taste am Handy gedrückt hatte.

Es dauerte, bis Castel dranging. Albin hatte es sicherlich zehnmal klingeln lassen. Entsprechend genervt klang sie. Und gehetzt.

»Ja! Albin, meine Güte!«

»Warum gehen Sie denn nicht ans Telefon, wenn ich anrufe?«

»Weil ich beschäftigt bin!«

»Oder weil Sie etwas zu verheimlichen haben?«

»Ich? Ich habe nichts zu verheimlichen.«

»Wirklich nicht?«

»Albin. Bitte. Was wollen Sie?«

»Mich nach meinem und Ihrem Hund erkundigen, denn …«

»Ich habe dafür keine Zeit.«

»Sie weichen aus.«

»Nein, ich habe hier Arbeit, meine Güte.«

»Sie wechseln das Thema.«

»Albin, es gibt einen sehr außergewöhnlichen Vorfall, der sich gestern Nacht ereignet hat.«

»Oh?«, machte Albin und verlagerte seinen Interessenschwerpunkt innerhalb von einer Sekunde. »Wer? Wie? Wo? Wann?«

Castel sagte es ihm. Die Ampel schaltete endlich auf Grün. Albin fuhr an und machte unmittelbar eine Kehrtwende, um die Fahrtrichtung zu wechseln. Der Supermarkt konnte warten.

»In Oppède?«, fragte er. »Und warum ungewöhnlich?«

»Wissen Sie, was?«, hörte Albin Castels Stimme. »Kommen Sie einfach her und sehen es sich an. Es kann nicht schaden, und vermutlich würden Sie hier ja sowieso vorstellig werden.«

»Nein, ganz und gar nicht«, log Albin, der bereits in Richtung Oppède unterwegs war. »Ich bin eigentlich sehr beschäftigt und habe keine Zeit. Aber wenn Sie unbedingt

Wert darauf legen und die Polizei mich als Berater vor Ort benötigt, könnte ich möglicherweise eine Ausnahme machen und die Sache einmal rasch begutachten.«

Castel machte ein genervtes Geräusch und beendete das Gespräch grußlos.

Albin legte das Handy zurück in die Mittelkonsole. Er konnte sich ein selbstzufriedenes Grinsen nicht verkneifen.

14

Albin stellte den Wagen auf einem Parkplatz im unteren Dorf ab, hob Tyson aus dem Kofferraum und machte sich auf den Weg, der durch schmale, zum Teil mit Kopfstein gepflasterte Gassen bergauf führte. Einige waren geradezu malerisch, die Häuser links und rechts mit bunten Fensterläden aus Holz versehen, mit Efeu und Blumen bewachsen. Alles war still. Man kam sich vor, als sei man mit einer Zeitmaschine fünfhundert Jahre zurück in die Vergangenheit gereist. Alles, was noch fehlte, war ein Schwert am Gürtel.

Er erreichte einen kleinen Platz unterhalb der Kirche, orientierte sich und gelangte nach wenigen Schritten an eine Polizeiabsperrung. Das heißt: Am Eingang der entsprechenden Gasse standen zwei Gendarmen, die Albin durchließen, nachdem er sich ausgewiesen hatte und erklärte, dass man ihn erwartete. Wenn das mal immer so einfach wäre, dachte er. Es hatte doch etwas für sich, offizieller polizeilicher Berater zu sein.

Albin ging um eine Hausecke – und dann sah er, weswegen die Gasse abgesperrt worden war und was Castel mit »ungewöhnlich« gemeint hatte. Wobei das dramatisch untertrieben war.

In die enge Straße fiel kein Sonnenlicht. Alle Häuser wirkten verlassen, bis auf eines. Wie die anderen war es aus unverputztem Stein gebaut und sicherlich einige hundert Jahre alt. Es verfügte über drei Geschosse. Vor dem Haus standen Castel und Theroux mit zwei Streifenpolizisten, die mit einer Leiter hantierten. Außerdem war Bruno Grinamy mit einem kleinen Team der Spurensicherung vor Ort, und Albin sah Berthe mit Assistenten von der Rechtsmedizin aus Nîmes. Fast wirkte es bei der Menge an Personen, als werde in der engen Gasse eine Art Straßenfest gefeiert.

Bloß, dass der Gastgeber nicht mehr lebte.

Der Tote baumelte vor der Fassade an einem schmalen Strick oder einer Art Leine etwa eineinhalb Meter über dem Boden. Das andere Ende führte zu einem Fenster im Obergeschoss, wo es möglicherweise an einem Balken befestigt worden war. Der Mann musste von dort gesprungen sein. Oder er war gestoßen worden, je nachdem.

Sein Alter war schwer zu schätzen. Sein Gesicht war angeschwollen und fast schwarz vom gestauten Blut. Die Haare waren weiß, was darauf schließen ließ, dass er nicht mehr der Jüngste gewesen war. Sein Kopf war seitlich abgeknickt, was bei Erhängten in der Regel bedeutete, dass das Genick gebrochen war. Lange hatte der Mann also nicht leiden müssen. Sein Tod dürfte nur Sekunden gedauert haben. Außerdem steckte etwas in seinem Mund. Es sah aus wie ein Tuch, ein Lappen.

Die Leiche war noch nicht abgeschnitten worden – wohl deswegen nicht, weil erst alle relevanten Personen den Körper so sehen sollten, wie er aufgefunden worden war, um Schlüsse daraus zu ziehen und Aufnahmen zu machen. Aber man war wohl gerade dabei, das zu ändern, wofür die Leiter sprach, die einer der Gendarmen nun an die Hauswand lehnte – eine moderne aus Aluminium, die man sich vermutlich irgendwo im Ort geborgt hatte.

Albin ging zu den anderen, grüßte sie und betrachtete die Leiche, während Tyson rundherum alle begrüßte – völlig außer sich vor Freude. Bruno Grinamy und zwei seiner Mitarbeiter gingen ins Haus. Sie trugen einige Alukoffer und hatten ihre faserfreien Overalls an.

»Darf ich vorstellen«, sagte Castel. »Das ist Christophe Coulon. Einundachtzig Jahre alt, wohnhaft in genau diesem Haus, seit je als Künstler und Kunsthandwerker tätig, verstorben gestern Nacht, aufgefunden heute Morgen von Touristen. Wir wollten ihn gerade abschneiden.«

»Selbstmord?«, fragte Albin.

»Wissen wir noch nicht«, sagte Theroux. Einer der Gendarmen lehnte die Leiter an die Wand und hielt sie fest. Ein Assistent von Berthe kletterte hinauf. Ein anderer machte sich unten mit dem anderen Polizisten bereit, um den Körper aufzufangen. »Aber es sieht ganz danach aus«, ergänzte Theroux. »Vielleicht war Coulon krank, hatte keine Lust mehr.«

»Abschiedsbrief?«

»Nein, gar nichts.«

»Ich hatte ein schlechtes Gefühl wegen dem, was ihm im Mund steckt«, sagte Castel. »Deswegen war es mir lieber, zunächst alles zu sichern und begutachten zu lassen.«

»Sieht aus wie ein Lappen«, sagte Albin.

Castel nickte. »Ich wüsste nicht, warum man sich ein Tuch in den Mund steckt, wenn man sich erhängen will. Normalerweise ist Selbstmord außerdem eine stille Sache. Man springt für gewöhnlich nicht mit einem Strick um den Hals aus dem Fenster und exponiert seinen Körper derart.«

Albin erwiderte: »Man begibt sich auch nicht mit einem Spritkanister in der Hand in ein Weinfeld und zündet sich dort an.«

»Vielleicht«, sagte Theroux, »ist der Lappen mit irgendeiner betäubenden Flüssigkeit getränkt. Er knipst sich damit aus und fällt dann aus dem Fenster, weil er sich nicht traute zu springen. Vielleicht wollte Coulon außerdem sicherstellen, dass man seine Leiche findet und er nicht wochenlang im Dachstuhl baumelt, bevor es bemerkt wird.«

»Und Rival verbrannte sich in einem Feld, damit es ebenfalls bemerkt wird?«, fragte Albin.

Theroux zuckte mit den Schultern. Castel schwieg. Sie schien ähnliche Gedanken wie Albin zu haben. Schließlich schnitt der Mitarbeiter von Berthe die Leine durch, bei der es sich um einen fingerdicken, gelben Strick handelte, der nach Albins Auffassung aus Kunststoff bestand – die Art von Seil, die man in jedem Baumarkt bekam.

Der Körper sackte ab, wurde von dem anderen Mitarbeiter und dem Gendarmen an den Beinen gehalten. Aber der Oberkörper knickte ab. Die beiden Helfer konnten nicht schnell genug reagieren und mit den Händen höher greifen, um die Leiche zu halten. Weswegen sie durch die plötzliche Gewichtsverlagerung aus der Balance gerieten und stolperten.

Die Leiche rutschte ihnen aus den Händen und schlug der Länge nach auf dem Boden auf, das Gesicht voran, und blieb auf dem Bauch liegen.

»Tja«, sagte Albin und betrachtete den Rücken des Toten. Er sah, dass Berthe neben ihn trat und sich dann zum Leichnam hockte, um ihn zu begutachten. Allerdings war es offensichtlich: Das Hemd von Coulon war auf der Rückseite blutdurchtränkt und teilweise löchrig. Die Art von Löchern, die durch kurze Schnitte hervorgerufen wurden. Oder …

»Das sind Stiche«, sagte Berthe, »die dem Opfer mit einem spitzen Gegenstand zugefügt worden sind. Sie sehen nicht tief aus.«

Und damit, dachte Albin, stand der mutmaßliche Selbstmord von Christophe Coulon mit einem Mal auf einem ganz anderen Blatt.

»Er steht oben am Fenster«, sagte Theroux. »Er hat die Schlinge um den Hals. Jemand steht hinter ihm und sticht mehrfach zu, um Coulon zu zwingen zu springen oder ihn zu Fall zu bringen.«

Albin sah Castel nicken. »Mist«, zischte sie, blickte mehrfach zu dem Leichnam, wieder nach oben und zurück. Dann setzte sie sich in Bewegung, um ins Haus zu gehen, und ließ sich von einem der Forensiker Überzieher für die Schuhe geben.

»Halt mal«, sagte Albin und drückte Theroux Tysons Leine in die Hand. Theroux war zu perplex, um zu protestieren. Außerdem versuchte der Mops unmittelbar, an Therouxs Wade hochzuklettern: Er wusste, dass Theroux stets einen oder zwei Salamisnacks in der Tasche hatte, und konnte die Würste wohl durch die Verpackung wittern.

Albin nahm sich ebenfalls ein Paar Überzieher für die Schuhe, zog sie an und folgte Castel ins Haus, wo Grinamy und sein Team bereits konzentriert bei der Arbeit waren, sich umsahen und an diversen Stellen schon einige

Spuren gesichert und markiert hatten. Coulon musste ein sehr umtriebiger Maler gewesen sein, dachte Albin, als er sich im unteren Geschoss umsah, das im Prinzip aus einem einzigen großen Raum mit unverputzten Wänden bestand. Überall standen Leinwände herum, bemalte und unbemalte, außerdem jede Menge Kerzen, Tische, Stühle, Paletten mit Farben, Tuben, Pinsel, drei Staffeleien ... Es roch intensiv nach Atelier, angenehm harzig und gleichzeitig nach Verdünner. Insgesamt herrschte ein ziemliches Chaos. Schwer zu sagen, ob hier ein Kampf stattgefunden hatte.

Castel stand neben Albin und blickte sich ebenfalls um. »Im Haus von Rival«, sagte sie beiläufig und zog ein paar Latexhandschuhe über, »haben wir Spuren gefunden, die drauf schließen lassen, dass es eine Auseinandersetzung gab. Rivals Schlüssel, Geldbörse mit allen Papieren – nichts fehlte. Auch sein Auto war noch dort.«

»Er wird kaum zu Fuß mit einem Spritkanister zum Selbstmord gegangen sein«, sagte Albin und betrachtete die Gemälde.

»Nein«, antwortete Castel abwesend, drehte sich dann um und ging zum Treppenhaus.

Albin trat näher an die Leinwände heran, blätterte durch die an die Mauer gelehnten Stapel wie durch Zettel in einem Karteikasten. Die Gemälde waren abstrakt, Mischungen aus Farben und Formen. Sie überlagerten merkwürdige Schriftzeichen, manchmal drangen die Lettern auch durch die malerischen Strukturen in den Vordergrund. Das musste irgendeine Phantasiesprache sein, nahm Albin an. Er hatte solche Buchstaben noch nie gesehen und konnte sich auch nicht vorstellen, zu welchem

Kulturkreis sie gehören könnten – arabisch, kyrillisch, japanisch, indisch – nein, das sah alles nicht danach aus. Eher ein Konglomerat. Er nahm sein Handy aus der Tasche und machte einige Fotos von den Gemälden. Dann ging er zum Treppenhaus, um Castel zu folgen.

Im ersten Stockwerk stand ebenfalls alles voller Bilder. Dort war eine Küche, ein Schlafzimmer. Überall herrschte ziemliches Durcheinander. Im zweiten Stock gab es ein Bad und eine Art Lagerraum, der mit Bildern und Rahmen vollgestopft war. Castel war aber bereits im dritten Stock unter dem Dach. Hier gab es keine Steintreppe mehr, sondern eine aus Holz. Die Stufen knarzten unter Albins Schritten. Der Dachboden war ebenfalls aus Holz und staubig. Man konnte mehrere Fußabdrücke sehen, die bereits mit farbigen kleinen Aufstellern markiert worden waren.

Albin ging darum herum, gab sich Mühe, der Spur zu folgen, die Castel hinterlassen hatte, um sprichwörtlich in ihre Fußstapfen zu treten. Sie stand an einem der Fenster des leeren Raumes und blickte zur Decke. Dort war der gelbe Strick an einem Balken unterm Dach festgebunden worden. Wer das getan hatte, musste sich auf einen Hocker gestellt haben. Das Fenster reichte bis zum Boden. Das heißt: Es war eher eine unverglaste Öffnung im Mauerwerk mit sich nach außen öffnenden Läden aus verblichenem Holz, eine Art große Luke. Möglicherweise war der Durchlass in früheren Jahrhunderten dazu verwendet worden, um mit einem kleinen Kran oder einer Winde Güter von unten auf den Dachboden zu transportieren oder die hinabzulassen, die man oben lagerte.

Am Fenster war der Staub auf dem Boden großflächig

verwischt. Es sah aus, als habe sich jemand auf dem Boden gewälzt.

»Hier sind keine Blutspuren«, murmelte Castel, die dem Verlauf des Stricks mit dem Blick folgte.

»Mehrere schnell ausgeführte Stiche von hinten in den Rücken«, sagte Albin. »Coulon wird die Treppe hinaufgetrieben. Vielleicht wird er niedergeschlagen, fällt am Fenster zu Boden. Der Täter bindet den Strick fest, widmet sich dann wieder Coulon, richtet ihn auf, legt ihm den Strick um den Hals. Er stopft ihm den Lappen in den Mund, damit seine Schreie erstickt werden. Er fordert ihn auf zu springen. Coulon springt nicht. Also hilft er mit einer Reihe von Stichen in den Rücken nach.«

»Er hätte ihn auch einfach stoßen können«, erwiderte Castel. »Er hätte sich gar nicht erst die Mühe machen müssen, ihn nach hier oben zu schleppen, sondern hätte ihn auch im Erdgeschoss töten können, nachdem Coulon ihm die Tür geöffnet hatte oder er ins Haus eingedrungen war. Oder ihn im Bett ersticken, falls Coulon am Schlafen war.«

»Stimmt«, sagte Albin. »Aber der Täter legt Coulon die Schlinge um den Hals, stellt ihn an die Öffnung und lässt ihn in den Abgrund blicken. Coulon weiß genau, was passieren wird, wenn er hinabstürzt. Der Täter steht hinter ihm, sticht ihn immer wieder in den Rücken. Coulon will ausweichen. Aber es gibt nur den Weg voran, nach unten und in den sicheren Tod. Warum macht der Täter das?«

»Weil er ein Sadist ist.«

»Oder weil er zwischen den Stichen Fragen stellt und etwas von Coulon wissen will. Er bedroht ihn mit dem Tod und foltert ihn.«

»Aber Coulons Mund ist mit einem Knebel verstopft. Er wird nicht antworten können.«

»Der Knebel dient in erster Linie dazu, dass niemand Coulon schreien hört und die Polizei ruft. Der Täter könnte fragen: Redest du jetzt, dann nicke. Dann nimmt er den Knebel heraus und hört sich die Antwort an.«

»Aber der Lappen steckte im Mund, als Coulon schließlich in den Tod stürzte. Also hat er nicht geredet.«

»Oder der Täter hat ihm nach den Antworten den Lappen wieder in den Mund gestopft, damit kein Aufschrei zu hören ist, wenn er Coulon schließlich stößt.«

»Auch möglich.«

»Was er von vornherein plante: Coulon zu töten, damit er den Täter nicht beschreiben und auch niemandem berichten kann, was der Täter von ihm wollte.«

Castel kaute auf den Lippen, betrachtete erneut den Strick, schwieg.

Albin fragte: »Und Rival?«

»Sie glauben …«

»Ich glaube gar nichts. Aber im Grunde könnte man jemanden mit Benzin überschütten und damit drohen, ihn anzuzünden, falls man keine Information erhält. Der Täter würde ihn nicht in der Wohnung anzünden, weil dann großer Schaden entstünde. Und vielleicht befindet sich etwas in der Wohnung, das er haben will und sich nach dem Mord besorgen möchte. Also fährt er mit Rival in einen menschenverlassenen Bereich, wo niemand etwas sieht oder hört. Er will nicht weit fahren. Also wählt er ein abgelegenes Weinfeld.« Albin nahm seine Zigarettenschachtel aus der Tasche, klemmte sich eine Gitanes zwischen die Lippen. »Und nachdem der Täter hatte, was er wollte …« Albin steckte sich die Zigarette an und inhalierte. »Wusch«, sagte er und paffte eine weiße Wolke aus.

Castel musterte Albin, dachte nach. »Muss das mit dem Rauchen jetzt sein?«, fragte sie.

Albin nickte.

»Dann gehen Sie doch bitte vor die Tür, okay? Hinterher wird hier irgendetwas mit Asche …«

Albin hob abwehrend die Hand und nickte. Natürlich würde er schon darauf achten, dass er den Tatort nicht kontaminierte. Es war nicht das erste Mal, dass er an einem Mordschauplatz rauchte. Dennoch wendete er sich ab und ging wieder nach unten. Draußen nahm er Theroux die Leine von Tyson aus der Hand und sagte ihm, dass er sich nach oben zu Castel begeben sollte, was Theroux postwendend tat, während Berthe und ihre Assistenten sich mit dem Leichnam befassten. Albin verabschiedete sich auch von ihnen und ging dann rauchend durch die Gassen bis zum Parkplatz, wo er den SUV mit der Fernbedienung öffnete, Tyson hineinhob und von der Leine erlöste. Er bückte sich, löschte die Zigarette auf dem Boden und sah sich nach einem Mülleimer um, fand einen und entsorgte dort die Kippe. Dann ging er zurück zum Wagen, wo Tyson auf der Ladefläche hockte, den Kopf schief legte und Albin betrachtete.

»Frag mich nicht«, murmelte Albin.

Tue ich aber, Chef, schien Tyson zu erwidern.

»Ich habe keine Ahnung, was der eine Fall mit dem anderen zu tun haben könnte. Ein Schriftwissenschaftler verbrennt. Ein Künstler stürzt mit Schlinge um den Hals aus dem Fenster. Nach Selbstmorden sieht es mir jedenfalls nicht aus.«

Und wenn es so war, wie du sagst? Dass der Täter etwas aus Rival und Coulon herauspressen wollte?

»Dann stellt sich die Frage: Was?«, erwiderte Albin in Gedanken und kraulte Tyson unter dem Kinn, der sich das gerne gefallen ließ. »Ich habe nicht den geringsten Schimmer.«

Ich stehe total drauf, wenn du das mit meinem Kinn machst, weißt du das?

»Und ob.« Albin wuschelte über Tysons Kopf, kraulte ihn zwischen den Ohren.

Die Frage aber ist, schien Tyson genüsslich zu sagen, *falls es Mord war: Was ist das verbindende Element zwischen Rival und Coulon?*

»Ich habe keinen Plan.«

Womit befasst sich ein Schriftwissenschaftler wie Rival, der einen Vortrag über verlorene Schriften in Avignon halten wollte?

»Mit Büchern.«

Und womit genau?

»Mit Schrift«, erwiderte Albin.

Und womit befasst sich ein Künstler wie Coulon?

»Mit Malerei.«

Und womit befasst er sich in seinen Bildern genau?

Leck mich, dachte Albin …

15

» ... **mit Schrift und Sprache** ist das so eine Sache«, sagte Victor Picard. Er schlenderte neben Albin her. »In erster Linie wollen wir damit Informationen vermitteln, Monsieur le Commissaire. Aber wenn es um sensible Informationen geht, dann wollen wir sicherstellen, dass sie nur den Empfänger erreichen. Was tun wir dann? Wir sprechen in Rätseln, im Subkontext, wir verschlüsseln die Sprache oder die Schrift.«

»Ex-Commissaire«, korrigierte Albin und blickte auf die sprudelnde Sorgue.

Sie entsprang in Fontaine-de-Vaucluse. Man konnte direkt bis zur Quelle in einer tiefgrünen Schlucht gehen – einer der größten Quellen der Welt, zu der ein weitverzweigtes Netz von unterirdischen Flüssen gehörte. Jedes Jahr kamen Zigtausende von Touristen hierher. In der Hauptsaison glich der Ort deswegen einem Jahrmarkt. In früheren Zeiten war es sicherlich deutlich ruhiger gewesen. Francesco Petrarca, der große italienische Dichter, hatte hier im Mittelalter gelebt und gearbeitet und der Provence mehr als ein literarisches Denkmal gesetzt. Und wenn sich jemand mit Schrift und Literatur auskannte, dann war es in jedem Fall Victor Picard, der Vorsitzende der in Fontaine ansässigen Petrarca-Gesellschaft. Wie er neben Albin am Fluss entlangspazierte, glich er in seinem dreiteiligen Anzug einem alten Geier, wenngleich ihm die Aristoteles-Onassis-Sonnenbrille etwas Lässiges verlieh. Tyson trottete zwischen beiden her.

»Wie geht es der Gattin?«, fragte Picard.

»Ausgezeichnet«, erwiderte Albin. »Leider muss sie heute arbeiten. Sie führt ein Blumengeschäft.«

Picard nickte. »Ich bin immer noch am Boden zerstört über die fürchterlichen Ereignisse, die dazu geführt haben, dass wir unser Konzert nicht veranstalten konnten.«

Picard spielte auf das Verschwinden der Violinistin eines renommierten Streichquartetts an. Im Vorfeld des Konzerts hatte Albin Picard hier im Ort das letzte Mal getroffen. Zuvor hatte er ihn bereits einmal zu Rate gezogen, als es um das Verschwinden von mehreren rothaarigen Frauen ging. Picard war ein äußerst belesener und feinsinniger älterer Herr, stets höflich und jederzeit hilfsbereit. Alte Schule, wie man sagte.

»Schwamm drüber«, sagte Albin. »Sicherlich wird es wieder einmal ein Konzert geben.«

»Ganz bestimmt«, erwiderte Picard. »Trotzdem: Das war alles ganz entsetzlich. Doch um auf die Fotos der Gemälde zurückzukommen, die Sie mir eben gezeigt haben: Die Schrift darauf mag eine Phantasieschrift des Künstlers sein, die er verwendet, um Botschaften zu verschlüsseln oder um darin Kritik zu verbergen – Sie wissen schon: die Unverständlichkeit von Sprache, das Unvermögen der modernen Menschen, vernünftig miteinander zu kommunizieren. Es mag aber auch L'art pour l'art sein und einfach um die Schönheit von Schrift als bildnerisches Mittel gehen, und Inhalte spielen keine Rolle. Doch müsste ich mehr über das Œuvre des Malers wissen.«

Albin dachte nach. »Also entweder hat es etwas zu bedeuten. Oder es hat nichts zu bedeuten?«

»Richtig. Aber ich muss gestehen, dass die Schriftzeichen mir sehr ausgearbeitet erscheinen, weswegen ich eben von Verschlüsselung sprach.«

»Ein Geheimcode?«

»Möglicherweise«, sagte Picard. »Einige der Lettern erinnern mich zumindest in Grundzügen an mittelalterliche Handschriften. Ich bin jedoch zu wenig Fachmann, um hierzu eine verlässliche Expertise zu geben. Allerdings fällt mir ein, dass ich in Kürze nach Avignon zu der Ausstellung im Papstpalast fahren will, zu …«

»… ›Königreich der Himmel‹?«

»Ja. Eine sehr besondere Schau.«

»Ich war bereits dort.«

»Und? Beeindruckend?«

»Ich habe nicht so genau hingeschaut«, gestand Albin. »Ich war dort zu einem Gespräch mit einem Fachmann, mehr nicht.«

»Ich wollte Ihnen gerade vorschlagen, dort mit einem Fachmann zu sprechen, denn es versammeln sich zurzeit sehr viele dort. Mir fällt zum Beispiel Francis Weber ein, der als Referent zu einem Symposium erwartet wird. Weber gilt als einer der führenden Experten in Bezug auf mittelalterliche Handschriften und Verschlüsselungscodes. Er hat als Kryptoanalytiker bereits sehr viele Texte begutachtet, viel geforscht und hat sich für das Symposium ein entsprechendes Thema vorgenommen. ›Magische Texte‹ lautet das Motto seines Vortrags, was sehr spannend ist, geht es doch um die Verschlüsselungen von heiligen Schriften aus der Antike und dem frühen Mittelalter, die zum

Beispiel Priester verwendeten, um ihr Geheimwissen über die Götter zu verbergen.«

»Francis Weber«, wiederholte Albin.

»Er hat eine Professur an der Sorbonne. Der dürfte Ihnen weiterhelfen. Ich selbst bin vorwiegend an der Ausstellung und der Auktion interessiert, die im Rahmen der Ausstellung stattfinden soll. Dabei werden einige auch für unsere Gesellschaft sehr interessante Texte angeboten. Man kann nur hoffen, dass Mister Franklin Slade nicht alles aufkaufen wird. Sie kennen Slade?«

»Nie gehört.«

»Ein amerikanischer Entrepreneur, Millionär und Sammler von allem, was wertvoll und selten ist. Er investiert in private Raumfahrt, Elektromobilität, digitale Musik, in einfach alles.«

»Dieser Kalifornier mit dem langen Bart und den langen Haaren?«

»Genau der.«

Albin hatte in einer Boulevardsendung im Fernsehen kürzlich einen Beitrag über den Mann gesehen, der in seinen Sechzigern immer noch wirkte, als sei er in den Vierzigern und bereit, den Pazifik jederzeit in einem Kajak zu durchqueren oder den Everest auf Stelzen zu besteigen. Vermutlich hatte er einen guten Chirurgen. Veronique verschlang solche Sendungen und nahm dafür sogar ihre Ohrstöpsel heraus. Dieser Slade war mit einer riesigen Yacht vor wenigen Tagen in Marseille eingelaufen. Davon, dass er ein Sammler war und alte Bücher und Kunst kaufte, war in dem Beitrag allerdings nicht die Rede gewesen.

»Vielleicht«, sagte Albin, »sollte ich tatsächlich mal mit Francis Weber reden.«

Picard blieb stehen. Albin und Tyson ebenfalls. Picard nahm die Sonnenbrille ab und musterte Albin.

»Darf ich Sie etwas fragen, Monsieur Leclerc?«

»Sicher.«

»Stehen Ihre Nachforschungen im Zusammenhang mit einem laufenden Fall? Ohne Ihr Interesse an der Kunst in Abrede stellen zu wollen, aber …«

»Die Gemälde stammen von einem Maler namens Christophe Coulon aus Oppède.«

Picard zuckte mit den Schultern.

»Coulon ist verstorben«, erklärte Albin. »Die Hintergründe seines Todes sind gegenwärtig nicht ganz erklärbar, weswegen es polizeiliche Ermittlungen gibt.«

»Oh, verstehe. Und darin spielen die Bilder und die Schriftzeichen eine Rolle?«

»Kann ich nicht sagen. Die Polizei geht allem Möglichen nach. Es ist lediglich eine vage Spur, vielleicht auch gar keine, sondern eine Sackgasse. Kennen Sie Michel Rival?«

Picard dachte kurz nach, nickte dann. »Ich bin ihm vor einiger Zeit begegnet. Kennen wäre zu viel gesagt. Ich weiß, wer er ist.«

»Rival ist auch tot. Es ist wie im Fall von Coulon nicht deutlich, wie es dazu gekommen ist. Man muss also ausschließen, dass es Parallelen gibt. Oder herausfinden, ob welche existieren.«

»Oh, du meine Güte – dann musste deswegen sein Vortrag abgesagt werden. Ich erhielt einen Newsletter. Zwei unserer Vorstandsmitglieder hatten daran teilnehmen wollen und waren recht enttäuscht.«

»Deswegen wurde der Vortrag abgesagt, ja.«

»Und die Parallelen, von denen Sie sprechen …«

»Coulon hat Schriften in seinen Bildern verwendet. Rival war ein Wissenschaftler, der sich sehr viel mit Schrift befasst hat.«

»Ah.« Picard nickte. Es hatte Klick gemacht. »Genauer gesagt, hat sich Rival sehr intensiv mit antiken Texten befasst. Er war ein Fachmann für apokryphe Schriften des Alten Testaments – also solche Texte, die zwar in den biblischen Kanon gehören, aber aus unterschiedlichen Gründen nicht in die Buchsammlung der Bibel aufgenommen worden sind. Rival hat auch für den Vatikan gearbeitet.«

»Den Vatikan?«, wiederholte Albin.

»Ja. Warum?«

»Nichts weiter«, erwiderte Albin und dachte an den Priester namens Alberto Grassi, den er in Avignon kennengelernt hatte.

»Rival war ein sehr gefragter Gutachter und hat außerdem geforscht. Wie Sie sich vorstellen können, sind sehr viele der uralten Texte verschwunden, gleichwohl gibt es Querbezüge zu diesen verschollenen Schriften in anderen Texten. Die meisten biblischen Schriften stammen bekanntlich aus dem 2. Jahrhundert vor bis zum 4. Jahrhundert nach Christi Geburt. Sie sind in Altgriechisch verfasst und Transkriptionen von älteren Texten, die wiederum Abschriften von noch älteren sind. Das Kopieren hat sich bis ins Mittelalter fortgesetzt. Und natürlich sind im Laufe der Jahrhunderte und Jahrtausende viele Schriften abhandengekommen oder zerstört worden – bei Bränden, in Kriegen oder weil die Schriften wegen ihres Inhalts vernichtet wurden. So kann es also sein, dass in einer Inventarliste eines Klosters in Palästina aus dem 11. Jahrhundert von einem biblischen Buch die Rede ist, das wir aber nicht kennen. Oder es wird in älteren Schriften auf Texte Bezug genommen, die möglicherweise noch gar nicht entdeckt worden sind, verstehen Sie? Das war Rivals Spezialgebiet. Wenn Sie so wollen, war er ein Ermittler.«

Albin nickte und lächelte. »Wie man hört, wurde Rivals Vortrag mit großer Spannung erwartet, weil er etwas Besonderes angekündigt hatte.«

»Davon hörte ich von den Vorstandsmitgliedern. Aber nur gerüchteweise, die Details hat der gute Rival wohl mit ins Grab genommen.« Picard setzte die Sonnenbrille wieder auf. Er sagte: »Es ging angeblich um ein verlorenes Buch.«

16

11. September 1376

Francesco Lombardi blickte in die schwere Holzkiste mit den Büchern und nahm das eine zur Hand. Er schnaufte, fuhr sich mit der anderen Hand über den Wanst, der von einer simplen Tunika eher schlecht als recht verborgen wurde, trank noch einen großen Schluck Wein und betrachtete das Buch. Es hatte einen schlichten Einband aus braunem Leder, mit nur wenigen Verzierungen an den Ecken. Er war sich immer noch sicher, dass es entweder ein Wahnsinniger geschrieben haben musste oder jemand, der sich einen Scherz erlauben wollte – wenngleich der Verfasser im einen wie im anderen Fall eine Menge Arbeit investiert hatte.

Außerdem war das Tatzenkreuz der Templer am Rücken eingeprägt worden, nur klein, aber gut sichtbar. Schwer zu sagen, was das genau zu bedeuten hatte. Im Besitz des Ordens hatte es sich in jedem Fall befunden, so viel war sicher. Wahrscheinlich deutete das Zeichen genau darauf hin. Es war jedenfalls schwer vorstellbar, dass es sich um eine Auftragsarbeit der Templer handelte.

Wer würde für einen solchen Unsinn Geld ausgeben wollen? Vielleicht hatte auch jemand den Einband eines anderen Buches für seine verrückten Schriften genutzt und sich einen Spaß erlaubt. Möglich. Oder es war in einer Geheimschrift verfasst und enthielt ketzerische Texte, die man verschlüsseln wollte. Das würde ihn bei den Templern nicht wundern, die wegen ihrer Häresie verfolgt und vernichtet worden waren. Dann sollte man es am besten verbrennen wie die verdammten Ketzer selbst.

Lombardi drehte das Buch herum, betrachtete es von hinten, dann wieder von vorn, blätterte einmal kurz durch einige Seiten. Es war sicherlich alt. Das Papier fühlte sich anders an als das, was er kannte. Möglicherweise stammte es nicht vom Kontinent und kam vielleicht aus dem Outremer, wo die Herstellungsmethoden andere waren. Aber wertvoll – nein, das war es sicherlich nicht. Sonst würde es nicht unbeachtet in dieser Kiste liegen. Vielmehr hatte niemand bislang etwas damit anfangen können, und mit Sicherheit war es zuvor begutachtet und dann für nutz- und wertlos befunden worden.

Also warf er es wieder zurück zu den übrigen beschlagnahmten Büchern aus den Templerfeldzügen und blickte auf. Spielte eigentlich alles keine Rolle, dachte er. Die Frage war, was er nun mit dem Krempel machen sollte, was mit nach Rom gehen würde und was nicht, denn man konnte ja nicht alles mitschleppen. Das wäre viel zu viel. Dazu würde man eine ganze Flotte benötigen.

Draußen vor dem Papstpalast in Avignon herrschte reges Treiben. Jede Menge Karren und Kutschen wurden beladen, Pferde wieherten, Menschen riefen, erhielten Befehle oder wuchteten Möbel und Kisten wie die auf die Karren, die neben Lombardi stand. Es herrschte Aufbruchstimmung. Nein, deutlich mehr als das. Es wurde aufgebrochen.

Denn in zwei Tagen würde Papst Gregor XI. die Stadt verlassen und den Heiligen Stuhl zurück nach Rom verlegen. Eine Schande, wie Lombardi fand. Eigentlich gefiel es ihm in Avignon. Die Grafschaft Venaissin, in der die Stadt lag, war eine Beute aus den Albigenserkreuzzügen, die zur Vernichtung von Häretikern wie den Katharern geführt hatten. Sie war perfekt gelegen für die Kirche, um hier Residenz zu beziehen, was dann auch geschehen war. Der Papstpalast war noch nagelneu. Es war jede Menge Geld investiert worden, und die Ortschaft Avignon hatte sich in kurzer Zeit in eine Metropole verwandelt – mit allen Annehmlichkeiten.

Natürlich hatte das eine Kehrseite. Es gab viele Kritiker, auch Francesco Petrarca, dessen Stimme eine Menge Gewicht hatte. Über Hurerei und Dreck und Laster und Korruption hatte er geschimpft – aber meine Güte, diese Leute verstanden halt nicht, was die Kurie mit sich brachte und was es bedeutete, wenn Hunderte von Bischöfen und Kardinälen und Hunderte, nein, Tausende weitere Mitarbeiter des Pontifex sich auf einen Schlag hier ansiedelten – in ihrem Gefolge Händler, Geldwechsler, Gaukler, Bankiers, Handwerker, Freudenmädchen und mehr. Es machte einen Unterschied, ob man eine Kleinstadt in der Provinz war oder der Nabel der Welt.

Zur Kehrseite gehörte außerdem, dass der französische Einfluss immer größer geworden war und gleichzeitig in Italien das Chaos ausbrach, Kriege, Irrsinn, Revolten. Weswegen der politische Druck auf den Heiligen Stuhl immer größer geworden war.

Schließlich war Katharina von Siena persönlich nach Avignon gereist, um mit dem Papst zu reden. Sie war eine einflussreiche Mystikerin. Christus soll ihr erschienen sein und ihr als Zeichen der Vermählung seine abgeschnittene Vorhaut wie einen Ehering auf den Finger gesteckt haben. Sie hatte es schließlich geschafft, Papst Gregor von der Rückkehr nach Rom zu überzeugen.

Und das geschah nun. In zwei Tagen würde er nach Marseille aufbrechen und sich dann einschiffen – mit jeder Menge Inventar aus Avignon.

Einiges war bereits verschickt worden. Anderes würde ihn begleiten. Weiteres würde nachgeliefert werden. Aber alles konnte man beim besten Willen nicht mitnehmen, weswegen Lombardi die Aufgabe hatte, die Bibliothek zu sortieren sowie einige andere Dinge und zu entscheiden, was mit nach Rom ging und was in Avignon verbleiben würde.

Aktuell dachte er zum Beispiel über diese Kiste vor sich nach. Der Inhalt bestand im Wesentlichen aus Papieren und Büchern, zu denen auch dieses eine merkwürdige zählte. Sie war versiegelt worden und stand neben den anderen, die vor einigen Jahrzehnten in einer der Burgen beschlagnahmt worden waren.

1312 hatte König Philipp IV. den Templerorden aufgelöst und zu diesem Zweck auch Papst Clemens V. instrumentalisiert und unter Druck gesetzt, der seinen Sitz gerade erst nach Avignon verlegt und sich damit gleichzeitig in die Abhängigkeit der französischen Krone begeben hatte. Die Templer waren zu Ketzern erklärt und allesamt verhaftet, gefoltert, eingekerkert, verbrannt, geköpft, gerädert oder gevierteilt worden.

Nach Lombardis Meinung war es aber weniger um Häresie gegangen als darum, dass die Templer viel zu mächtig und reich geworden waren. Sie hatten sich zu einem Staat im Staate entwickelt und zu einer Wirtschaftsmacht, von deren Entscheidungen das Wohl und Wehe eines Königreichs abhängen konnte. In diesem Fall des französischen Königs, der wiederum keinen Zugriff auf den Templerorden hatte, der einen immensen Geldfluss kontrollierte, aber ausschließlich dem Papst gegenüber Rechenschaft schuldig war.

Das passte Philipp nicht. Außerdem war hinlänglich bekannt, dass er permanent in Geldschwierigkeiten steckte – bedingt durch die vielen Kriege und seine weiteren außenpolitischen Aktivitäten. Also nutzte er die erstbeste Chance, den Orden zu vernichten und dessen Geld einzukassieren. Ersteres funktionierte, Letzteres eher nicht, denn der Papst überantwortete einen Großteil des Templervermögens an die Johanniter.

In den Burgen der Templer und ihren Häusern hatten die Soldaten dennoch fette Beute gemacht, darunter jede Menge Bücher und Papiere. Ein Teil davon war in Avignon gelandet. Mit manchem hatte man etwas anfangen können, mit anderem nicht – zum Beispiel mit dem Krempel in dieser Kiste.

Zwei Packer betraten den Raum. Gewaltige Männer. Lebende Ochsen, die schwitzten wie die Tiere.

»Die Kiste auch?«, fragte der mit der Glatze.

Lombardi dachte noch einmal nach. Was sollte man mit diesen Büchern anfangen, vor allem mit dem einen? Gar nichts. Er schüttelte den Kopf. »Die kommt nicht auf den Karren«, sagte er. »Bringt sie zu den anderen nutzlosen Dingen, die niemand in Rom braucht. Nach unten in die Keller.«

17

Muriel trug den letzten Karton mit Büchern aus dem Keller, um ihn oben in den Geschäftsräumen auszupacken. Das Antiquariat war inzwischen vollständig eingerichtet, die Inhalte der Regale sortiert. Geschlossen war das Geschäft in L'Isle-sur-la-Sorgue zu keinem Zeitpunkt gewesen, nachdem Gerard Niemanns gestorben war. Muriel, die bei ihm angestellt gewesen war, hatte es geöffnet gelassen, den Verkauf fortgesetzt und sich mit den Angehörigen ihres früheren Chefs hinsichtlich der Übernahme unterhalten. Tja, und seit einigen Wochen war sie nun ihre eigene Chefin.

Muriel stellte den Karton auf dem Tisch ab, warf die zum dicken Zopf geflochtenen Haare nach hinten und krempelte die Ärmel des Jeanshemdes auf, zu dem sie eine weite weiße Hose trug.

Sie hatte auch keine andere Wahl gehabt, als das Antiquitätengeschäft zu übernehmen. Sie wäre sonst arbeitslos gewesen und hatte gedacht: Hier ist die Chance, dich selbständig zu machen, den Betrieb umzukrempeln und in ein Antiquariat für Bücher zu verwandeln, wovon du schon immer geträumt hast, denn Bücher sind deine Welt – vor allem die alten.

Und genau das hatte sie getan: alle anderen Antiquitäten veräußert, dann einerseits mit dem Bestand gearbeitet und ihn um weitere Bücher ergänzt. Außerdem hatte sie die Verkaufsfläche deutlich reduziert und den Außenbereich und die Räume, in denen die Möbel und übrigen Gegenstände gelagert worden waren, an einen anderen Händler vermietet.

Bücher benötigten nicht viel Platz. Eigentlich war der Verkauf im Antiquariat sowieso nur für die Touristen da. Das hauptsächliche Geschäft lief online. Für Niemanns hatte sie sich schon als Schwerpunkt um den Handel mit alten Büchern gekümmert, mit Comics, Sammelkarten und ähnlichen Druckwaren. Die Kunden stammten aus ganz Frankreich und dem Rest der Welt. Manche griffen nur auf das zurück, was im Angebot war. Andere hatten spezielle Anfragen und Wünsche. Bei weiteren Kunden wusste Muriel ganz genau, wonach sie suchten, und machte ihnen unverbindliche Angebote, wenn sie eine neue Quelle für etwas Interessantes aufgetan hatte.

Ja, Bücher waren ihr Leben. Immer schon. Bereits als kleines Mädchen war sie von den Büchern begeistert gewesen, die ihr Vater ihr gezeigt hatte. Der Geruch und die Handwerkskunst – was gab es denn Schöneres als eine wunderbare Erstausgabe? Oder noch seltenere Bücher, die aus früheren Jahrhunderten stammten?

Wenn sie ein solches verkaufen könnte, wäre sie mit einem Schlag alle finanziellen Sorgen los, denn sie hatte sich für die Geschäftsübernahme ziemlich verschuldet. Natürlich hatte sie der Bank für den Kredit einen Geschäftsplan vorlegen müssen. Und natürlich würde sie in einigen Jahren schuldenfrei dastehen, falls sich ihr Geschäft wie geplant entwickelte. Aber natürlich wäre es sehr viel schöner, wenn das schon eher geschähe. Dann könnte sie mit einem ordentlichen Budget zur Buchauktion nach Avignon fahren, die im Umfeld der Ausstellung »Königreich der Himmel« stattfand, und ordentlich abräumen. Dann würde sie auch mit einem Schlag eine große Nummer in der Branche sein und einen Namen haben. Daraufhin würde sie im Kundenauftrag zu weiteren Auktionen fahren können, und ...

Ihr Handy machte »Ping«. Sie nahm es und las die frisch eingetroffene E-Mail. Na großartig, eine weitere Rechnung. Dieses Mal vom Installateur. Muriel seufzte und klickte die Mail wieder fort. Sie warf einen kurzen Blick auf den Nachrichtenstream und rief die Online-Seite des regionalen Tourismusverbandes auf, um zu sehen, ob dort ihre Anzeige schon hochgeladen worden war. Sie lächelte, als sie dort ihren Namen las. »Muriel Koulberg – Buchantiquariat« und dann die Adresse und ihre Kontaktdaten.

Das Inserat war ebenfalls nicht billig gewesen. Aber man musste ein wenig Werbung machen. In der Tageszeitung hatte das wenig Sinn – die lasen Touristen ja nicht. Muriel klickte wieder zurück und las in den regionalen Nachrichten, dass es bezüglich des Todes des Literaturwissenschaftlers Michel Rival noch nichts Neues gab, aber dass in Oppède ein Künstler vermutlich Selbstmord begangen hatte und die Polizei deswegen ermittelte.

Muriel legte das Handy wieder zur Seite, seufzte noch einmal und begann schließlich damit, den Karton auszuräumen, um den Inhalt in die Regale zu sortieren. Nur ein einziges, wertvolles, seltenes Buch verkaufen, dachte sie und blickte aus dem Fenster auf die Straße. Nur ein einziges, und sie wäre alle Sorgen los.

Zum Beispiel ... Aber nein. Sie hatte geschworen, es

zu schützen, und genau das tat sie. Wie konnte sie da nur über Geld nachdenken?

»Reiß dich zusammen«, murmelte Muriel zu sich selbst.

18

»Das ist bemerkenswert«, sagte Francis Weber und setzte die Lesebrille auf.

Albin dachte für einen Moment daran, dass er sich ebenfalls endlich mal eine anschaffen sollte, am besten ein Gleitsichtmodell.

Weber war klein, hatte die strubbeligen grauen Haare eines Albert Einstein und war komplett in Schwarz gekleidet – abgesehen von ein paar bunten Ringelsocken und einer ebenfalls bunten Fliege, die möglicherweise eine Art Markenzeichen und Ausdruck eines nicht vollends geschmackssicheren Humors waren und etwas albern wirkten. Er und Albin saßen in einem Café auf dem Platz vor dem Papstpalast, in dem der Ausblick in den Preis des Kaffees eingerechnet wurde. Glücklicherweise war die Wasserschale für Tyson, der unterm Tisch hockte, umsonst gewesen.

Die hellen Sonnenschirme waren aufgespannt. Ein lauer Wind trieb welke Blätter über das in der Sonne gleißende Pflaster. Weber saß tief über das Display von Albins Handy gebeugt. Man hätte beinahe annehmen können, er sei ein Juwelier, der gerade den hochkomplexen Mechanismus eines Schweizer Uhrwerks analysierte.

Albin trank einen Schluck Kaffee und behielt das sündhaft teure Getränk außergewöhnlich lange im Mund, um jeden Cent Aroma zu genießen. Der Kaffee bei Matteo war in jedem Fall besser. Der beste, den man bekommen konnte. Nur würde er das Matteo niemals auf die Nase binden, sonst bildete der sich noch etwas darauf ein und erhöhte die Preise.

Albin gab Weber noch etwas Zeit, nahm seine Zigarettenschachtel, zog eine Gitanes heraus, steckte sie an, inhalierte und blies eine dicke, weiße Wolke in den makellos blauen Himmel.

»Haben diese Zeichen denn etwas zu bedeuten?«, fragte er und blickte dem Rauch hinterher.

»Das sollte der Künstler Ihnen sagen können, Monsieur le Commissaire«, erwiderte Weber.

»Ex-Commissaire«, verbesserte Albin. »Kann er leider nicht mehr. Er ist verstorben.«

Weber verzog den Mund und machte eine »Na verdammt aber auch«-Geste mit der Faust.

»Was ist so bemerkenswert an der Schrift?«, fragte Albin.

»Tja, wo fange ich an?«, erwiderte Weber mehr zu sich selbst und legte Albins Handy mit den Aufnahmen von Coulons Gemälden zur Seite. Er dachte nach, strich mit den Handflächen über die Tischplatte, legte dann die Fingerspitzen darauf wie ein Pianist, der gleich mit einem Konzert beginnen wollte. »Kryptologie«, sagte er dann, »ist eigentlich eine ganz einfache Wissenschaft. Jemand hat eine Information, die er einem anderen übermitteln oder für sich selbst verwahren will. Nehmen wir an, er möchte aus Sicherheitsgründen nicht, dass jemand anders diese Information erhält. Also chiffriert er die Information mit einer Verschlüsselungsmethode. Jemand, der über den Schlüssel verfügt, kann sie dann wieder dechiffrieren. Mehr ist es nicht. Kryptologie befasst sich mit beidem: mit Verschlüsselung und Entschlüsselung. Das Erste ist die Kryptographie, das andere ist die Kryptoanalyse. Und jetzt wird es anspruchsvoll, denn es gibt zahllose Verschlüsselungsmethoden, die immer und immer komplexer geworden sind.« Weber verschränkte die Finger ineinander. »Der eine will den Code knacken, aber sobald der Schlüssel bekannt ist, kann man die Geheimschrift vergessen, weil sie dann nicht mehr geheim sein kann. Also benötigt man einen neuen, der wiederum eine Herausforderung an die Gegenseite stellt.«

»Logisch«, sagte Albin.

Weber kicherte kindisch. »Kryptographie kennen wir seit Jahrtausenden. Die Ägypter nutzten sie, und ihre Hieroglyphen waren für uns Menschen der Gegenwart ein Rätsel, bis Jean-François Champollion sie entzifferte. Und das ist in diesem Fall wichtig: Die Schriftzeichen an sich können ein Code sein, ihre Abfolge oder beides zusammen. Nun betrachten wir exemplarisch einige altägyptische Texte, bei denen es sich zum Beispiel um religiöse Schriften handelte, deren Inhalte der Priesterkaste vorbehalten bleiben sollten und die deswegen verschlüsselt wurden. Also haben wir einerseits Schriftzeichen, die wir nicht kennen und die außerdem noch nach individuellen Systemen codiert worden sind. Ganz schön komplex. Später wurden als Verschlüsselungen die ersten Algorithmen verwendet, und Sie kennen vielleicht noch aus der Schule den Caesar-Code, in dem einfach Buchstaben des Alphabets nach einem bestimmten System verschoben werden?«

Albin zuckte mit den Schultern.

Weber fuhr fort. »Im früheren und späteren Mittelalter wurden dann zahlreiche unterschiedliche Geheimschriften verwendet, mit denen Briefe und andere Texte verschlüsselt wurden, damit niemand die Inhalte abfangen konnte. Man kann es sich ja vorstellen: Napoleonische Truppen schicken militärische Befehle hin und her, und natürlich will man verhindern, dass die Preußen einen Kurier schnappen und erfahren, was der Gegner plant. Auch für heilkundliche und manche religiöse Texte wurden sie verwendet, damit die Inhalte nur bestimmten Empfängern vorbehalten blieben – also ganz so wie ursprünglich bei den Ägyptern, von denen wir eben sprachen. Es gibt viele derartige Schriften, die uns noch heute vor große Rätsel stellen. Am bekanntesten ist wohl das Voynich-Manuskript.«

Weber blickte Albin an. Albin rauchte und blickte zurück. Er zuckte erneut mit den Achseln.

Weber erklärte: »Das Voynich-Manuskript ist ein Buch, das wohl aus dem 15. Jahrhundert stammt. Es ist wie so viele aus jener Zeit eine einzigartige Handschrift vor Erfindung der Druckkunst. Geschrieben ist das Buch in einer gänzlich unbekannten Schrift mit einem Inhalt, der sich bis heute nicht entschlüsseln lässt, zumal der Text über zahllose unterschiedliche Glyphen verfügt. Es ist außerdem voller Bilder von Pflanzen, die auf unserer Welt nicht existieren, sowie weiterer rätselhafter Zeichnungen. Auf Anhieb würde man annehmen, es handele sich um einen heilkundlichen Kodex. Aber was das Voynich-Manuskript ist, weiß man bis heute nicht. Vielleicht ist es lediglich ein sinnloses Spaßbuch. Wie eine Art Fantasyroman oder wie die Gemälde von Hieronymus Bosch.«

Albin nickte und tat so, als kenne er Bosch.

Weber erklärte: »Beim Voynich-Manuskript haben wir also rätselhafte Glyphen und einen rätselhaften Inhalt – also eine mehrfache Codierung. In meinem Vortrag ›Magische Texte‹ erwähne ich einige derartige Schriften, Beschwörungsformeln, medizinische Rezepte, Rituale aus der Antike – die Geschichte ist voll davon. Und was nun die Glyphen in den Gemälden angeht, die Sie mir gezeigt haben – ich bin mir nicht sicher, ob Coulon sie selbst erfunden hat und wegen ihrer Schönheit verwendete oder ob er sich auf etwas Konkretes bezieht. Ich kann Ihnen aber so viel sagen, dass mich die Zeichen an etwas erinnern.«

»Jetzt kommen wir zum Punkt«, murmelte Albin.

»Ohne zu sehr ins Detail zu gehen: Auf Anhieb kamen sie mir vor wie frühmittelalterliche Minuskeln mit arabisch-hebräischen Konnotationen. Man kennt derartige Kombinationen aus codierten Texten des Outremer – verschlüsselte Nachrichten, die sich zum Beispiel die Templer hin- und herschickten, um ihre finanziellen Transaktionen geheim zu halten. Darüber ist aber nur sehr wenig bekannt. Es kommt bei der großen Auktion hier in Avignon zum Beispiel ein kleines Buch mit einem solchen Geheimtext zur Versteigerung, bei dem einer der Templer-Codes verwendet worden ist. Wissenschaftlich ist es bislang nur wenig ausgewertet, und wahrscheinlich steht auch gar nichts Wichtiges drin – außer wer wem was geschuldet hat. Ich muss es wissen, denn ich habe das Büchlein für die Auktion begutachtet.« Weber kicherte erneut.

»Coulon hat also mittelalterliche Geheimschriften gemalt?«, fragte Albin.

»Sieht so aus«, erwiderte Weber.

»Woher sollte er die kennen?«

Weber zuckte mit den Schultern. »Vielleicht hat er sie irgendwo gesehen und fand sie künstlerisch reizvoll.«

»Seine Bilder sind voll davon. Er nutzte sie immer und immer wieder. Seit Jahrzehnten.«

»Vielleicht ein Markenzeichen, Monsieur Leclerc. Bemerkenswert ist aber, dass ich der Auffassung bin, dass einige seiner Lettern durchaus etwas bedeuten. Wie erwähnt glaube ich, dass mir diese Art der Geheimschrift bekannt vorkommt. Und ich glaube, dass ich etwas in den Bildern von Coulon sehe, das mich – na ja…« Weber grinste. »Entzückt.« Erneut dieses Kichern. »Und in diesem Kontext ist für Sie vielleicht interessant, dass sich der leider verstorbene Michel Rival mit etwas sehr Ähnlichem befasst hat.«

»Das heißt genau? Und was steht in den Gemälden geschrieben?«

»In den Gemälden ist nichts Konkretes zu lesen. Woraus ich schließe, dass Coulon die Lettern nur gesehen hat, sie beeindruckend fand und daher benutzte. Wie wenn Sie ein Künstler wären und ägyptische Hieroglyphen oder Schriftzeichen der Maya faszinierend fänden und aus ästhetischen Gründen benutzten. Dann würden einzelne Glyphen in Ihrer Kunst für sich allein genommen Sinn ergeben, aber im Kontext nicht. Es wäre Kauderwelsch. So wie in Coulons Gemälden. Allerdings bin ich der Meinung, das Wort ›Seraph‹ gesehen zu haben. Auch das Wort ›Apokalypse‹. Und ich weiß, dass Michel Rival einem geheimen Buch auf der Spur war, einem seit Jahrhunderten, wenn nicht seit Jahrtausenden verschollenen apokryphen

Text. Die Apokryphen sind Schriften, die aus unterschiedlichen Gründen nicht in den biblischen Kanon aufgenommen worden sind – zum Beispiel weil die Herkunft unklar ist, weil sie nicht in die Buchsammlung der Bibel hineinpassten, weil sie später entstanden oder erst später gefunden wurden. Es gibt sehr viele solcher apokryphen Bücher, Briefe oder gar Evangelien. Sie haben sicherlich von Pergamenten gehört, die in den Höhlen von Qumran erst im vergangenen Jahrhundert aufgetaucht sind und die Fragmente von Evangelien oder bislang unbekannte Texte enthalten beziehungsweise solche, von deren Existenz man zwar wusste, weil es Querverweise gibt, aber die Originale nicht kannte. Es gibt da eine ganze Reihe solcher Papyri oder Tontafeln, die über die Jahrhunderte hinweg immer wieder bei Ausgrabungen oder durch Zufall gefunden worden sind.«

Albin hatte in der Tat davon gehört. »Was genau«, fragte Albin und löschte die Zigarette, »ist das für ein Buch, von dem Sie eben gesprochen haben?«

Weber kicherte. »Wenn ich das wüsste, hätte Michel Rival seinen mit Spannung erwarteten Vortrag nicht halten müssen. Und außerdem wäre es dann kein geheimes Buch, oder?«

»Wie Sie meinen.«

»Aber es firmiert gemeinhin unter einem Titel aus diesen beiden Worten, die ich in den Gemälden von Coulon erkannt habe«, erklärte Weber. »In Fachkreisen nennt man es ›Die Apokalypse des Seraphs‹, Monsieur le Commissaire.«

19

Castel stand in der Küche und kochte – und das tat sie wirklich nicht oft. Aber wenn sie gerade ein Abendessen für Jean und sich zubereitete, fragte sie sich immer, warum sie das nicht viel häufiger tat. Einerseits machte es Spaß, außerdem war es lecker und eine vernünftige Ernährung sowieso gesund, und sie konnte gut dabei nachdenken.

Sie war vorhin nach Hause gekommen und hatte den von Martinet angekündigten Brief vom Notar im Briefkasten gefunden, ihn geöffnet, durchgelesen und beschlossen, ihn Jean später zu präsentieren, wenn er von der Ausstellung in Avignon nach Hause kam. Sie hatte zuvor ein paar Einkäufe erledigt und sich dann ans Kochen gemacht, wobei sie extra etwas zusammengestellt hatte, das sie nicht überfordern würde: Lamm mit Rosmarinkartoffeln und überbackenen Tomaten sollte es geben.

Man benötigte einige große, halbierte Tomaten, Salz und Pfeffer und briet die Tomaten mit der Schnittfläche nach unten in Olivenöl zunächst in der Pfanne bei geringer Hitze für eine Viertelstunde. Dann wurde eine Knoblauchzehe gehackt, mit Semmelbröseln, Thymian sowie Petersilie gemischt und über den Tomaten verteilt, bevor sie bei 180 Grad rund 20 Minuten in den Backofen kamen. Dazu gab es Rosmarinkartoffeln und Lammrücken –

vier mit Pfeffer und Salz gewürzte Lammfilets, die in der Pfanne bei mittlerer Hitze einige Minuten angebraten und dann in Alufolie geschlagen wurden, worin sie einige weitere Minuten ruhten. Hinterher kam der gelöste Bratensatz als Soße hinzu. Fertig.

Während Cat die Tomaten und die Kartoffeln im Ofen checkte und sich an die Zubereitung des Lamms machte, dachte sie über Michel Rival und über Christophe Coulon sowie die merkwürdigen Umstände ihres Todes nach.

Am Tatort in Oppède hatte Leclerc angedeutet, dass es zusammenhängende Morde sein könnten und dass der Täter etwas aus den Opfern herausbekommen wollte. Rival hatte man mit Benzin übergossen, um ihn mit dem Anzünden zu bedrohen. Coulon war wohl ebenfalls bedroht worden, wurde mit einem Messer gestochen und hatte eine Schlinge um den Hals.

Blieb die Frage, was man aus den beiden hatte herausbekommen wollen. Ein Maler und ein hochkarätiger Literaturwissenschaftler. Cat konnte sich keinen Reim darauf machen. Aber zwei derartige Taten in kurzer Abfolge konnten kein Zufall sein. Es musste einen Zusammenhang geben und damit die Wahrscheinlichkeit, dass der Täter in beiden Mordfällen identisch war. Damit verbunden war die Befürchtung, dass es noch weitere Opfer geben könnte, was einen zeitlichen Ermittlungsdruck bedeutete: Sie müssten schnell sein und spätestens innerhalb der nächsten achtundvierzig Stunden etwas Greifbares in der Hand halten. Abgesehen von jeder Menge Zeugenvernehmungen müssten Rivals Leben und das von Coulon auf den Kopf gestellt werden: Wo gab es verbindende Elemente oder Personen, die mit beiden Kontakt hatten?

Castel hatte gerade das Lamm fertig und nahm die Tomaten und Kartoffeln aus dem Backofen. Sie richtete alles auf zwei Tellern an und stellte sie auf den Esstisch, goss bereits etwas Rotwein ein und platzierte den Brief vom Notar dekorativ in der Mitte des Tisches. Sie konnte sich gerade noch die Hände waschen, als sich bereits die Wohnungstür öffnete und Jean hereinkam – gefolgt von Mila, die Cat ausgiebig begrüßte und sie von oben bis unten beschnüffelte: Kein Wunder, es roch ja überall nach Essen.

»Meine Güte«, sagte Jean, hängte seine Jacke auf und stellte seine Tasche ab, »was ist denn hier los? Hat jemand Geburtstag?«

Cat gab ihm einen Begrüßungskuss, zuckte mit den Achseln und antwortete: »Nein. Ich hatte einfach nur Lust zu kochen.«

»Das trifft sich bestens. Ich habe einen Bärenhunger und Durst. Es gab den ganzen Tag über fürchterlich viel zu tun und Tausende Gespräche zu führen.«

Cat nahm Jean bei der Hand und führte ihn zum Esstisch, wo er durch die Zähne pfiff und sich schließlich setzte. »Das sieht phantastisch aus, Cat. Und es duftet … Was ist das für ein Brief?«

»Gleich«, sagte Cat.

Sie nahm ebenfalls Platz, stieß mit Jean an und wünschte ihm einen guten Appetit. Sie aß ein Stück Lamm und war äußerst zufrieden mit sich. Ebenfalls mit den Kartoffeln. Und den Tomaten.

»Cat«, sagte Jean, »das hat Restaurantformat.«

»Ach, es ist doch nur ein ganz einfaches Essen.«

»Ich hatte mit einer Tiefkühlpizza gerechnet.«

»Manchmal muss es eben etwas mehr sein.« Cat lächelte, warf Jean einen Kuss zu und erklärte schließlich: »Was also den Brief angeht: Er stammt von einem Notar. Eine weit entfernte Großtante aus Nantes ist verstorben, an die ich mich überhaupt nicht erinnern kann. Sie hatte keine Kinder, keine weitere Verwandtschaft. Sie war vermögend, und ich habe einen Teil davon geerbt.«

»Ernsthaft?«

»Ernsthaft.«

Cat drehte das Schreiben so hin, dass Jean den Briefkopf lesen konnte. Für einen Augenblick übermannte sie das schlechte Gewissen. Denn natürlich tischte sie Jean nicht nur Lammrücken auf, sondern eine handfeste Lüge, was er absolut nicht verdient hatte. Jean war ein rundum ehrlicher Mann. Einer von den Guten, und mit solchen stellte man nicht das an, was Cat gerade tat. Aber sie konnte bezüglich der Hintergründe einfach nicht mit offenen Karten spielen. Wenn sie Jean gegenüber auch nur andeuten würde, was geschehen war und dass sie in Verflechtungen mit dem Geheimdienst verwickelt war, dass sie in ein Komplott von gewaltbereiten Umstürzlern involviert gewesen war – und all das, ohne Jean gegenüber auch nur das Geringste darüber anzudeuten …

Non! Das würde er nicht verstehen. Es würde ihn überfordern. Auch wenn Cat ihn von Anfang an in die Geschehnisse eingebunden und stets mit offenen Karten gespielt hätte. Es hätte ihre Beziehung massiv belastet, und Jean hätte sich verrückt vor Sorgen gemacht.

Das war der Fluch an Castels Job: Manche Dinge musste sie für sich behalten, um Jean zu schützen. Und das wiederum war etwas, was man guten Männern wie ihm zumindest schuldig war: dass man auf sie achtgab.

Mit einigen Entscheidungen war Cat ganz allein, und das würde auch immer so bleiben.

Okay, und das mit der Erbschaft – sicher, da erzählte sie ihm nicht die ganze Wahrheit. Aber was sollte sie denn tun?

Abgesehen davon war diese kleine Notlüge zu ihrer beider Besten. Und in einigen Jahren könnte sie ihm immer noch erklären, was wirklich geschehen war. Oder auch für immer schweigen.

»Über welche Art von Erbschaft reden wir hier?«, erkundigte sich Jean.

Cat leckte sich über die Lippen, trank etwas Wein. »Ich bin eine von mehreren Begünstigten. Also: Es ist der Anteil aus einem Geschäftshaus in Nantes, und ich soll dafür ausgezahlt werden.«

»Ist es viel Geld?«

Cat lächelte.

»Zehntausend?«

Cat schüttelte mit dem Kopf.

»Dreißig?«

Cat verneinte wieder.

»Fünfzigtausend?«

Cat stellte das Weinglas zur Seite und zeigte Jean mit einem Grinsen alle zehn Finger.

Jean hustete, wischte sich den Mund ab. »Du hast … hunderttausend Euro geerbt?«

Cat nickte und grinste immer noch.

»Meine Güte!« Jetzt grinste auch Jean. »Cat! Herzlichen Glückwunsch, das ist ja unfassbar!«

»Ich weiß auch nicht, wie ich dazu gekommen bin. Die Tante habe ich mein Lebtag nicht gesehen, aber in die Erbreihenfolge bin ich offensichtlich inkludiert. Das Schreiben war heute in der Post.« Sie schob Jean den Brief hin, der ihn nun überflog und nebenbei weiteraß.

»Weißt du«, sagte Cat, »ich habe darüber nachgedacht, was ich mit dem Geld tun sollte. Ich meine: Ich brauche es eigentlich nicht. Ich habe keine Schulden. Man könnte es anlegen, aber die Zinsen stehen im Moment schlecht, an den Börsen läuft es auch nicht gut. Eine Eigentumswohnung für hunderttausend – da bekommt man auch nichts Großartiges. Also dachte ich, na ja …«

Sie trank noch etwas, wie um sich Mut anzutrinken, denn sie wusste, dass Jean schon mehr als einmal regelrecht allergisch darauf reagiert hatte, wenn Cat ihm Hilfe im Finanzstreit mit seiner Ex angeboten hatte.

Jean schob den Brief zur Seite, faltete ihn zusammen. »Du dachtest …«

»Schatz«, sagte Cat, »ich möchte das Geld gerne verwenden, um ein für alle Mal die Probleme mit deiner Ex zu erledigen. Wie du weißt, hatte ich Kontakt mit ihr, und das alles hängt wie eine dunkle Wolke über uns. Ich will, dass das vorbei ist, und machen wir uns nichts vor: Es würde noch einige Jahre dauern, bis du den Hals aus der Schlinge gezogen hast. Ich will aber nicht, dass dieses Miststück dich weiter im Griff hat. Ich will dich für mich allein. Ich weiß, dass du dir nicht gern helfen lassen willst und mein Angebot über einen Kredit abgelehnt hast – aber nun kommt diese Erbschaft und …«

»Cat, ich kann das wirklich nicht annehmen, ich muss das allein schaffen, und …«

»Jean. Du wirst es niemals allein schaffen. Es ist viel zu viel Geld, und ich werde dir die Erbschaft auch auf keinen

Fall schenken.« Nein, dachte Cat, würde sie nicht, aber auch nur deswegen nicht, damit Jean seinen Stolz bewahren konnte. Und zu diesem Zweck hatte sie sich bereits alles Weitere genau überlegt. »Wir haben es doch schon mehrfach besprochen: Du kannst bei der Bank keinen Kredit bekommen, um sie auszuzahlen. Dass ich einen für dich aufnehme, willst du nicht, auch nicht mit einem Schuldschein. Also machen wir es doch so, dass wir die Erbschaft wie einen privaten Kredit für dich verwenden, und setzen dafür auch gerne ein notarielles Schriftstück auf, wenn du das so haben möchtest. Abgesehen davon wären wir beide damit auf der sicheren Seite, und niemand müsste Zinsen für Kredite zahlen, um deine Ex auszulösen.«

Jean schluckte, leerte sein Weinglas und goss sich dann nach. Er überlegte.

Cat sagte: »Das Geld würde nur nutzlos auf dem Konto bei der Bank herumliegen. Klar, ich könnte mir ein Auto kaufen. Aber ich brauche keines. Wir könnten davon einen schönen Urlaub machen. Oder wir könnten überlegen, ob wir eine gemeinsame Wohnung nehmen wollen und diese mit schicken Möbeln ausstaffieren.«

Jean blickte sie an. Sie hatten darüber schon mehrfach nachgedacht, aber Cat hatte es nun zum ersten Mal konkret ausgesprochen. Sie bohrte aber nicht weiter nach, sondern ließ es im Raum stehen und ergänzte: »Aber im einen wie im anderen Fall bliebe noch sehr viel Geld übrig, und ich finde, wir könnten es sinnvoll einsetzen. Für dich. Für mich. Für uns.«

»Dann würde ich bei dir in der Schuld stehen …«

»Aber nur, wenn du mich verlässt.« Cat grinste. »Das ist dann mein Faustpfand.«

Jean lachte.

»Ernsthaft, Jean: Du müsstest es nicht so sehen. Aber ich weiß, dass du es tust, weil du bist, wie du bist. Trotzdem: Besser bei mir in der Schuld stehen, als dass du weiterhin bei deiner blöden Ex in der Schuld stehst oder ich mich für das Miststück verschulde, oder?«

Jean nickte schwach.

»Es ist auch besser für uns beide. Und wer weiß, falls wir irgendwann einmal heiraten …« *Jetzt*, dachte Cat, jetzt hast du es wirklich gesagt, *dieses Wort*! Und es hat sich gut angefühlt. Es war ihr ganz natürlich über die Lippen gekommen, wie selbstverständlich.

»… also, dann wäre es ja sowieso egal«, fuhr sie fort. »Im Grunde. So prinzipiell.« Cat zuckte mit den Schultern und bohrte mit der Zunge von innen gegen die Wange.

»Meine Güte«, sagte Jean erneut und fuhr sich mit der Hand über den Stoppelbart. »Das ist alles etwas viel auf einmal. Vielleicht sollten wir erst warten, bis das Geld da ist, und dann überlegen …«

»Es ist schon da«, erwiderte Cat. »Zumindest steht das in dem Schreiben. Es existiert ein Treuhandkonto. Aber sicher, wir können das ganz in Ruhe überlegen. Es ging mir nur spontan durch den Kopf.«

Auch das mit dem Wort *Heiraten* und dem Wort *Zusammenziehen*, dachte Cat. Jean war wie sie selbst elegant darüber hinweggegangen. Vielleicht hatte er es aber auch nicht richtig wahrgenommen beziehungsweise reagierte deswegen nicht darauf, weil es unsinnig war, jetzt und hier und wegen Geld darüber zu sprechen.

»Abgesehen davon«, ergänzte Cat, »müssen wir uns zunächst etwas wegen Mila überlegen.«

Jean nickte, blickte zu der kleinen schwarzen Möpsin, die unter dem Tisch auf der Seite lag. Jean aß weiter und meinte: »Ich fürchte, Leclerc ahnt etwas.«

»Das befürchte ich ebenfalls«, sagte Cat.

»Wie wird er darauf reagieren?«

»Wie eine Stange Dynamit auf einen elektrischen Impuls. Wie der Zünder einer Bombe auf harten Beton.«

»So schlimm?«

»Ich fürchte schon. Noch etwas Nachschlag vom Lamm?«

»Sehr gern. Es ist köstlich«, sagte Jean, schüttelte dann nochmals mit dem Kopf und wiederholte: »Hunderttausend Euro, meine Güte …«

20

»**Meine Güte**«, sagte Albin und strich sich über den Bauch. »Ich bin voll.«

»Habe ich dich satt bekommen?« Veronique lachte beim Abräumen und tätschelte Albin den Wanst. Er hatte sich eine große Portion von der Daube gegönnt, stand schließlich auf, um seiner Frau zu helfen und alles in die Küche zu bringen. »Heute«, sagte sie und füllte den Geschirrspüler, »werde ich nichts anderes tun, als auf der Terrasse in der Sonne zu sitzen und meinem neuen Hörbuch zu lauschen.«

»Das hast du dir verdient, Madame Leclerc«, erwiderte Albin. Ein freier Sonntag: Manon und Clara waren mit Claras Freundin und deren Mutter unterwegs. Albin hatte nichts weiter zu tun, weswegen er mit Tyson eine Runde drehen würde. Vielleicht auch zwei. Was er Veronique jetzt sagte.

»Mach nur«, kommentierte sie. »Etwas Bewegung tut dir gut. Abgesehen davon hast du sicherlich zu tun.«

»Ich? Wieso?«

»Wegen dieser beiden merkwürdigen Todesfälle in Pernes und Oppède, von denen ich online gelesen und im Radio gehört habe. Du kannst zwar so tun, als würde dich das alles gar nichts angehen. Aber ich kenne dich, mein Lieber. Mir ist sehr wohl klar, dass du dabei mitmischst.«

Veronique warf den Geschirrspüler zu und stellte ihn an.

»Also«, erklärte Albin, »Castel und Theroux haben mich einerseits um meine Meinung in Bezug auf diesen angeblichen Selbstmord in Oppède gebeten. Und wegen dieser Sache in Pernes gibt es Interesse eines privaten Auftraggebers, und …«

Veronique lachte auf. »Matteo etwa?«

»Woher weißt du das denn schon wieder?«

»Wie du weißt, verstehe ich mich gut mit seiner Frau, und wir mailen gelegentlich. Er heult ihr zu Hause die Ohren damit voll, aber sie sagt ihm: ›Hör auf zu jammern, das führt doch zu keinem Bankrott des Weinguts.‹ Womit sie völlig recht hat. Und jetzt beauftragt er also dich, in dieser Sache zu ermitteln? Also wirklich. Er bezahlt dich doch nicht etwa? Ihr seid doch Freunde.«

»Na ja«, sagte Albin und ging zum Flur, um sich seine Sachen zu schnappen. Tyson stand bereits voller Erwartung an der Haustür. »Er bezahlt mich in Form von kostenfreiem Kaffee. Und es ist nicht wirklich ein Auftrag, es ist eher …«

»… ein Grund, den du bei Cat und Alain vorgibst.«

Albin stockte und sah Veronique an.

Sie lachte. »Du musst nicht glauben, dass ich deine Methoden nicht kenne, mein Lieber. Das gilt auch für Alain und Cat und die anderen. Du glaubst vielleicht, niemand wüsste das. Aber sie haben dich alle längst durchschaut.«

Albin hustete. Erst hielt ihm Berthe einen Vortrag darüber. Nun Veronique. War er etwa wirklich so leicht zu lesen?

»Das …« Albin blähte die Backen, zuckte mit den Schultern. »Also: Ist das so?«

»Natürlich.« Veronique nahm ihre Ohrstöpsel, steckte sie rein und sagte: »Und nun mach dich auf den Weg. Tyson ist schon ganz ungeduldig, und ich möchte meinen neuen Krimi hören. Es geht um einen Serienmörder, der seinen Opfern Runen in die Haut schneidet. Wer macht denn so was? Ekelhaft. Da muss man doch völlig verrückt sein, wenn du mich fragst.«

Albin wollte antworten, dass das eine unsinnige Frage war, weil es sich doch nur um Fiktion handelte. Aber Veronique hatte bereits das Hörbuch gestartet und ging auf die Terrasse. Also zuckte Albin erneut mit den Schultern, nahm dann Schlüssel, Telefon und Zigaretten sowie Tysons Leine und sagte: »Auf geht's, mein Mops.«

Mein … Mops?, fragte Tyson, als er wenig später in den Kofferraum gehoben wurde.

»Wessen Mops denn sonst?«, fragte Albin, warf die Heckklappe zu und setzte sich ans Steuer.

Das klingt so förmlich. Wie ›mein Adjutant‹ oder ›mon General‹ oder so.

»Das mit dem General könnte dir so passen«, erwiderte Albin und fuhr los. »Adjutant passt schon eher. Oder Assistent.«

Als dein Assistent muss ich dich darauf aufmerksam machen, dass die Chefin sicherlich recht hat damit, dass alle deine Methoden längst durchschaut haben. Ist dir das peinlich?

»Ganz und gar nicht. Im ersten Augenblick war ich etwas überrascht. Aber ich sehe es positiv. Wenn man mich durchschaut hat und dennoch gewähren lässt, kann ich künftig freier operieren und auf meine sogenannten Methoden verzichten.«

Da ist was dran.

»Meine *Methoden*«, spöttelte Albin. »Was ist das überhaupt für ein abschätziges Wort. Das klingt so, als ob …«

… du dich dauernd unter irgendeinem Vorwand oder dem Vortäuschen falscher Tatsachen in Angelegenheiten einmischst, die dich eigentlich nichts angehen.

»Richtig, so klingt das«, sagte Albin und bog nach rechts ab.

Genau so agierst du ja auch.

»Ich? Das ist eine unverschämte Unterstellung.«

Mhm.

Albin machte eine abschätzige Geste mit der Hand und legte sie dann wieder an den Lenker. »Höchstens manchmal. Selten. Wenn es gar nicht anders geht und mir keine Wahl bleibt.«

Wie du meinst.

»Aber wenn sie das wissen und mich dennoch machen lassen, dann bedeutet das …«

… dass sich dich und deine Meinung sowie deinen Rat insgeheim schätzen, es aber nicht zugeben wollen, damit du dir nichts darauf einbildest?

»So in der Art. Wobei ich mir niemals etwas darauf einbilden würde.«

Albin hörte eine Art Bellen, das wie ein Mopslachen klang.

»Was denn?«, rief Albin nach hinten und blickte in den Rückspiegel.

Nichts.

»Mit dir habe ich sowieso noch ein Hühnchen zu rupfen, mein Freund. Von wegen Vortäuschen falscher Tatsachen und solche Dinge: Was ist da zwischen dir und Mila gelaufen, als du in Pension bei Castel gewesen bist?«

Mila? Wer ist Mila?

Jetzt lachte Albin auf.

Ich weiß nicht, worauf du anspielst, Chef.

»Castel und Villeneuve haben Geheimnisse. Da ist etwas im Busch, und ich bin mir zu achtzig Prozent sicher, dass es dabei um dich und die kleine schwarze Möpsin Mila geht.«

Im Kofferraum herrschte Schweigen.

Oh, hörte Albin dann, *schau doch mal da draußen, die Wolken sehen aus wie kleine Pudel!*

»Lenk nicht vom Thema ab, Tyson.«

Verrückt, oder? Pudel im Himmel!

»Mhm«, machte Albin. »Ich sage nur: Kastration.«

Aber Chef!

»Schnippschnapp!«

Wohin fahren wir überhaupt?

Albin warf erneut einen Blick in den Rückspiegel. »Nach Pernes«, sagte er, »wo wir uns noch mal alles genau ansehen werden.«

21

Mit dem Weinfeld hatte Albin begonnen. Er hatte die Brandfläche begutachtet, sich noch einmal alles ganz genau angeschaut, auch den Fundort des Benzinkanisters, der durch eine spezielle Markierung am Boden zu verorten war. Er hatte den Wirtschaftsweg betrachtet, war dann wieder ins Auto gestiegen und schließlich in den Ort gefahren, wo er im Schatten geparkt hatte, denn Tyson würde einige Momente allein im Auto verweilen müssen.

Nun stand Albin vor Michel Rivals Haus und ritzte das Siegel an der Tür auf. Er würde es auf dem Rückweg ganz abknibbeln und einen der identischen Polizeiaufkleber, die er noch aus alten Zeiten im Klappfach seines SUVs aufbewahrte und von denen einer jetzt in der Hintertasche seiner Hose steckte, auf die Stelle pappen. Er zog sich ein paar Latexhandschuhe und Überzieher für die Schuhe an, öffnete dann das Türschloss mit seinem Dietrich, was nicht länger als zwei Minuten in Anspruch nahm, und betrat schließlich die Wohnung.

Überall sah er Polizeimarkierungen. Wände und Türrahmen waren mit dem Puder bearbeitet worden, das man benutzte, um Fingerabdrücke sichtbar zu machen. Albin sah sich um, erkannte mögliche Kampfspuren anhand von heruntergefallenen Gegenständen wie einer Vase und Aktenordnern, ging durch den Flur, blickte in die Küche, ins

Schlafzimmer und erreichte dann den Raum, den Rival zum Arbeiten benutzt haben musste. Er sah den Schreibtisch, lose Kabel, überall Papierstapel, Bücher in den Regalen, Bücher auf dem Boden. Er betrachtete einige Bilder an der Wand – Fotografien, die Rival mit anderen Personen zeigten, gerahmte Urkunden, außerdem Stiche von mittelalterlichen Burgen. Albin nahm sein Handy und machte ein Foto von einem der neuer wirkenden Bilder, die Rival zeigten.

Als Nächstes sah er sich die Bücher genauer an – nicht die in den Regalen, sondern die, die Rival offensichtlich zur Hand hatte haben wollen, während er an irgendetwas arbeitete. Es waren wissenschaftliche Bücher, die sich mit Schrift befassten, mit mittelalterlicher Geschichte, Templern und dem Outremer, Kreuzzügen. Albin nahm eines zur Hand, das sich mit Kryptologie befasste, blätterte es durch und legte es zurück, nahm sich dann einen Papierstapel vor. Ihm fiel ein Blatt auf, das mit unterschiedlichen Schriftzeichen beschrieben war, die er noch nie gesehen hatte. Dann ein weiteres – und die Zeichen auf diesem kamen ihm bekannt vor. Auf dem Handy rief er die Fotos der Gemälde von Coulon auf und verglich die Zeichen. Sie waren sich in der Tat äußerst ähnlich.

Albin machte eine Aufnahme von dem Blatt, legte es dann wieder zurück und verließ das Haus. An der Tür löste er den Polizeiaufkleber ab, pappte den neuen drauf und ging nach draußen. Rivals Auto stand noch im Carport – ein alter VW-Käfer in verblichenem Rot. Sicher war das längst ein Oldtimer. Der Carport war mit Flatterband von der Spurensicherung abgesperrt worden. Vermutlich würden sie in Kürze den Wagen abholen, um ihn genauer zu untersuchen, nachdem davon auszugehen war, dass Rival nicht freiwillig verbrannt ist.

Albin machte auch ein Foto von dem Auto, setzte sich dann in seines, um in Richtung Oppède zu fahren. Dort angekommen, hielt er auf dem Parkplatz, nahm Tyson aus dem Kofferraum und ging zu dem kleinen Café, das heute nahezu leer war – lediglich zwei Tische waren mit Touristen besetzt. Es lag direkt am Parkplatz, und wenn man das Oberdorf von Oppède besichtigen wollte, würde man in jedem Fall hier seinen Wagen abstellen – so wie Albin es ebenfalls getan hatte. Vom Café aus hatte man zudem alles im Blick und würde jeden sehen können, der neu ankam.

Albin wählte einen Platz im Freien, bestellte sich einen Kaffee, steckte sich eine Zigarette an und betrachtete den Himmel. Er wartete, bis ihm der Kaffee serviert wurde. Der Kellner war ein Mann im mittleren Alter mit auffälligen Geheimratsecken, einem dicken Schnäuzer und einer blassgrünen Schürze.

»Nicht viel Betrieb heute«, sagte Albin und paffte.

»Nicht sonderlich«, erwiderte der Kellner. »Eine Schale Wasser für Ihren Hund?« Tyson lag unter dem Tisch und blickte hoch.

»Gerne. Schreckliche Sache mit Coulon«, ergänzte er.

Der Kellner hatte sich gerade umdrehen wollen, um Tyson Wasser zu holen.

»Haben Sie davon gehört?«

»Gewissermaßen«, erwiderte Albin. »Ich bin polizeilicher Berater und privater Ermittler.« Er trank einen Schluck Kaffee, lächelte und sagte: »Das ist ein verdammt guter Kaffee, wissen Sie das?«

Der Kellner lächelte. »Danke. Wir bekommen oft Komplimente.«

»Sie arbeiten täglich hier?«

»Ja.«

»Kannten Sie Coulon?«

Der Mann nickte. »Jeder kannte ihn. Drinnen hängen ein paar Bilder von ihm. Damit hat er manchmal seine Rechnungen bezahlt. Sein Geschäft lief nicht gut. Mit den Jahren kam er immer seltener runter. Ist schlecht zu Fuß gewesen. Das ganze Dorf war voller Polizei, als man ihn fand. Nicht gut für uns. Und jetzt geht die Polizei von Haus zu Haus und fragt jeden aus. Ebenfalls nicht gut. Vertreibt die Touristen, macht ihnen Angst, verunsichert sie.«

»Haben die Polizisten auch mit Ihnen gesprochen?«

»Klar. Aber viel konnte ich nicht erzählen. Ich frage mich, warum sie so einen Aufstand machen. Der Alte hatte genug und hat Schluss gemacht. Dass er dazu aus dem Fenster springen muss …« Der Kellner zuckte mit den Achseln, »… ist nicht so schön. Vielleicht war er krank.«

»Wer weiß«, erwiderte Albin, zog sein Handy und rief das Foto auf, das Michel Rival zeigte. Er legte es auf den Tisch und schob es dem Kellner hin.

»Den schon mal gesehen?«

Der Kellner beugte sich über das Telefon, betrachtete das Bild, zuckte mit den Achseln. »Ich sehe hier sehr viele Menschen, Monsieur. Manche kann man sich merken, andere nicht. Kann sein, dass er hier war.«

»Fährt einen alten VW-Käfer in Rot.« Albin wischte ein Bild weiter und zeigte dem Kellner das entsprechende Foto.

»Ah«, machte der dann, streckte sich etwas und schien nachzudenken. »An den Wagen kann ich mich erinnern. Sieht man nicht oft. Irgendwas war mit dem Auspuff. Der knatterte wie ein Maschinengewehr. Doch, da stieg ein Mann aus, der dem auf dem Foto ähnelte.«

»Irgendeine Ahnung, wann das war?«

»Vielleicht vor ein oder zwei Wochen? Zweimal habe ich den gesehen.«

»Wissen Sie noch den genauen Wochentag und vielleicht die ungefähre Uhrzeit?«

»Dienstags und einmal am Wochenende, samstags. Es war jeweils gegen Mittag. Wir waren recht voll. Alle blickten auf, als die röhrende Karre hier vorfuhr. Ich erinnere mich daran, ja.«

»Wo ging der Mann hin?«

»Hoch ins Dorf. Kann nicht genau sagen, wo. Ein oder zwei Stunden später fuhr er wieder fort.«

Der Kellner wurde von anderen Gästen gerufen. Albin nickte dankend, rauchte fertig und leerte seinen Kaffee.

Rival zweimal in Oppède, dachte er. Für einen Zufall hielt er das nicht. Er glaubte vielmehr, dass Rival hier Coulon aufgesucht hatte. Den Coulon, der merkwürdige Schriftzeichen in seinen Bildern malte, die in Zusammenhang mit einem geheimen und verlorenen apokryphen Buch mit dem Titel »Die Apokalypse des Seraphs« standen. Und Rival hatte angekündigt, bei seinem Vortrag anlässlich der Ausstellung »Königreich der Himmel« eine überraschende Enthüllung zu machen, auf die sich die Fachwelt bereits freute. Zudem waren sowohl Rival als auch Coulon nun tot – und die Umstände ihres Todes deuteten jeweils auf Fremdverschulden hin. Im Haus von Rival fehlte der Laptop, auf dem sich natürlich jede Menge Daten und sicherlich auch sein Vortrag befinden würden. Im Haus von Coulon fehlte dem Anschein nach nichts.

Albin legte einen Zehn-Euro-Schein auf den Tisch, stand dann auf und setzte sich mit Tyson in Bewegung. Sie gingen eine steile Gasse hinauf ins alte Dorf, die immer enger wurde, je mehr Höhenmeter man zurücklegte. Sie würde Albin und Tyson unmittelbar zu Coulons Haus führen.

Aber warum, schien Tyson zu fragen, *wurden diese Männer umgebracht?*

»Das ist die Frage«, erwiderte Albin in Gedanken und betrachtete im Gehen seine Schuhspitzen.

Coulon wurde mit dem Messer bearbeitet. Man könnte annehmen, um etwas aus ihm herauszubekommen. Eine Art der Folter.

»Ja«, sagte Albin nachdenklich. Er stellte sich Michel Rival vor, wie er in dem Weinfeld kniete und um sein Leben flehte, tropfend nass von Benzin, und jemanden, der mit einem Feuerzeug vor ihm stand und Fragen stellte. Er stellte sich Christophe Coulon vor, wie er jedes Mal erstickt in den Lappen keuchte, wenn ihm in den Rücken gestochen wurde.

»Ein verschwunden geglaubter, uralter Text in Geheimschrift«, murmelte Albin in Gedanken. »Rival hat daran gearbeitet. Er ist bei der Recherche oder sonst wie auf Coulon und seine Bilder gestoßen. Er schlussfolgert: Coulon könnte dieses Buch gekannt oder zumindest gesehen haben. Darüber wollte er mehr wissen.«

Aber Weber hat dir in Avignon erzählt, dass es weitere

Texte gibt, die man aber bisher nicht vollends entschlüsselt hat. Er hat von einem Buch gesprochen, das in Avignon versteigert werden soll. Also kann Coulon auch irgendeinen anderen Text gesehen haben.

»Er hat aber auch gesagt, dass er die Codeworte Seraph und Apokalypse in den Gemälden entdeckt haben will. Das wird auch Rival aufgefallen sein. Und wie Weber erklärt hat: Zum Entziffern einer Geheimschrift benötigt man einen Schlüssel. Oder auch einen Dietrich.«

Du meinst, Coulons Bilder könnten ein solcher Dietrich sein?

»Weiß ich nicht. Vielleicht. Oder aber es ging eher um Hinweise, die Coulon auf Geheimschriften oder dieses verschwundene Buch hätte geben können. Vielleicht sollten wir uns diese Auktion mal genauer ansehen.«

Du meinst, weil der Text, von dem Weber sprach, als Schlüssel dienen könnte?

»Keine Ahnung, ob er als Schlüssel dienen kann«, erwiderte Albin und schlenderte um eine Ecke. In der Gasse wurde es immer dunkler. Kein Sonnenlicht fiel zwischen die mittelalterlichen Häuser. »Ist nur ein Gedanke, weil Weber es zumindest angedeutet und er diesen zur Versteigerung stehenden Text nach seinen Worten begutachtet hat. Aber es bleibt immer noch die Frage nach dem verschwundenen Buch mit dem Titel ›Die Apokalypse des Seraphs‹. Ich gehe davon aus, dass Rival an allem interessiert war, was damit zusammenhing. Er nahm an, dass Coulon etwas darüber wissen könnte, und er hat ihn daher aufgesucht.«

Und deswegen sind nun beide tot?

»Denkbar.«

Aber wer hätte denn ein Interesse daran, dass …

Albin ging um eine Hausecke und lief beinahe in einen Mann hinein.

Albin stoppte. Der Mann ebenfalls. Er trug eine schwarze Hose. Ein schwarzes Hemd, darüber eine Windjacke. Und dieses Mal kein weißes Kollar, dafür eine kleine Leica-Kamera, die ihm an einem Lederband am Hals baumelte.

»Oh«, sagte Alberto Grassi. »Monsieur Leclerc, richtig? Na, so ein Zufall.«

»Ja«, erwiderte Albin, »so ein Zufall aber auch, Monsignore Grassi.«

Grassi gab sich nach wie vor überrascht. Überraschung war ein gutes Mittel, um andere Emotionen zu überspielen. Schock zum Beispiel.

»Was führt Sie denn nach Oppède?«

»Die Geschichte«, erwiderte Albin. »Und ein paar andere Dinge.«

»Ja, na so was. Ich nutze die Zeit in der Provence für ein paar Ausflüge. Oppède hat man mir empfohlen. Und ich muss sagen: ein sehr hübscher Ort.«

»In der Tat. Ein in mancher Hinsicht bemerkenswerter Ort.«

Grassi betrachtete Albin mit einem Blick, der alles oder nichts sagen konnte. »Ich habe die Kirche besichtigt und einige Fotos gemacht. Wollen Sie ebenfalls zur Kirche hinauf?«

»Nicht direkt. Ich will zu einem Künstler. Christophe Coulon. Kennen Sie seine Arbeiten?«

Grassi verneinte. »Aber vielleicht sollte ich sie kennenlernen, wenn Sie mich schon extra darauf hinweisen.«

»Sollten Sie«, sagte Albin.

Grassi blickte demonstrativ auf die Uhr. Ein schwerer Chronograph, ebenfalls ganz in Schwarz, mit Nato-Strap aus Textil. Stealth. Nicht unbedingt das Modell, das man am Handgelenk eines Priesters vermuten würde.

»Ich muss mich leider beeilen, Monsieur Leclerc. Ich werde in Avignon erwartet. Es geht um die Vorbereitung zu der großen Auktion.«

»Hat der Vatikan dort etwas zu verkaufen?«

Grassi lächelte. »Nein. Eher zu erwerben. Ich wünsche Ihnen noch einen schönen Tag.«

»Ich Ihnen ebenfalls«, antwortete Albin und sah Grassi hinterher, der um die nächste Hausecke verschwand. Wenig später waren nicht einmal mehr seine Schritte zu hören.

»Sachen gibt's«, sagte Albin und setzte sich wieder in Bewegung, um sich an Coulons Haus nicht nur erneut umzusehen, sondern nun auch die Polizeisiegel zu überprüfen.

Du glaubst doch nicht etwa an einen Zufall?

»Ich? Nie im Leben.«

Alberto Grassi vom Vatikan mit einer Kamera und in Zivil kommt aus Richtung von Coulons Haus?

»Das war der Fall.«

Ob der wirklich ein Bibliothekar aus dem Vatikan ist?

»Hm. Würde ich annehmen. Jean Villeneuve hatte keinen Zweifel daran und kannte Grassi, oder?«

Grassi hatte aber auch etwas über Rival gewusst und über dessen Vortrag, erinnerst du dich?

»Allerdings.«

Wenn du mich fragst …

»Dann?«

... dann will ich nicht in Abrede stellen, dass er für den Vatikan arbeitet. Aber ich frage mich, für welche Abteilung genau.

»Guter Hund«, sagte Albin. »Diese Auktion im Papstpalast jedenfalls werde ich mir nun definitiv ansehen, Tyson.«

22

27. September 1821

»Moreau!«

»Ja?«

»Das ist nicht deren Ernst, oder?«

»Ich fürchte, das ist deren Ernst.«

»Das ist eine Aufgabe für ein Jahr.«

»Ist denen doch egal. Was will man machen? Ich schnappe mir jetzt ein paar Mann, und auf geht's.«

»Meine Güte.«

Nicolas Teissier blähte die Backen, wischte sich den Schweiß von der Stirn und die Hand an der Uniformhose ab. Hier unten war es zwar kühl und dunkel, aber wenn man den ganzen Tag über in Bewegung war, glühte der Körper dennoch. Und, verflucht, hatte er dafür in der Grande Armée gekämpft, war durch Leichenfelder gewatet, der Pest, dem Wundbrand und dem Gelbfieber entkommen, hatte Freunde verloren, in ganz Europa, in Preußen, in Leipzig Menschen zum Teil mit bloßen Händen getötet, damit er auf seine alten Tage in der Kaserne von Unteroffizieren als Möbelpacker herumgescheucht wurde?

Es schien so. Im Mai war Napoleon auf St. Helena gestorben, und damit waren die guten, alten Zeiten nur noch ein Teil der Geschichte, der Teissier – ganz insgeheim –

wahrlich nachtrauerte. Als er vor mehr als zehn Jahren in die Armee eingetreten war, da war man noch wer gewesen. Doch spätestens seit Waterloo war alles komplett den Bach hinuntergegangen. Doch wer war er, dass er sich über Politik Gedanken machte? Er war Soldat, fertig und aus. Er hatte nicht mehr lange zu dienen und würde seine letzten Jahre in der Provence verbringen, bis sich die Kugelreste in seiner Brust zum Herzen vorarbeiten würden und er beim Kirschenpflücken einfach tot umfiel. Könnte schlechter laufen.

Der Palast in Avignon war schon seit einigen Jahren als Kaserne genutzt worden. Mit dem nutzlosen Bau war auch sonst nichts anzufangen. Abgesehen davon: Es gab schlechtere Adressen.

»Ich arbeite im Palast«, sagte er immer, und seine Frau lachte.

Und jetzt schleppten sie seit Tagen schon Gegenstände hin und her, weil man beschlossen hatte, die Kaserne auszubauen, damit künftig rund tausend Mann in dem Garnisonsstandort einen Platz fanden. Überall hörte man Hämmern, Sägen und Klopfen. In den oberen Etagen wurden von den Pionieren für die Erweiterung Wandverkleidungen herausgebrochen. Ingenieure ließen in den hohen Räumen Zwischendecken einziehen, damit man sie vernünftig nutzen konnte, statt sinnlos Platz zu verschwenden. Die Kellerräume sollten ausgeräumt werden, um sie als Lager zu nutzen. Diverse Gewölbe waren auch früher schon dazu genutzt worden, weswegen sie immer noch mit Gerümpel vollstanden. Teissier hatte keine Ahnung, wer sie über die Jahrhunderte hinweg derart vollgepfropft hatte. Während der Revolution war zwar schon viel geplündert worden. Aber offensichtlich hatte man keine Lust gehabt, Schränke, Kisten, Tische und Stühle aus diesen Kellern hinaufzuschleppen.

Moreau und Teissier waren von ihrem Unteroffizier abkommandiert worden, um sich um diesen Teil zu kümmern. Und am liebsten hätte Teissier dem Kerl den Hals umgedreht, denn angesichts des Krempels in diesem verfluchten Gewölbe war einem allein vom Hinsehen klar, dass man sich einen kaputten Rücken holen würde.

Na, egal, dachte Teissier, Befehl war Befehl. Er trank einen großen Schluck Wasser, steckte die Flasche zurück in seine große Umhängetasche, in der außerdem die Pläne vom Palast und eine Inventarliste steckten, die er für jeden Raum anlegen musste. Aber, dachte er und strich beim Gehen mit der Hand über die alten Möbel, sollte Moreau mal machen. Sollte er sich ein paar junge Grenadiere holen, die den Mist nach oben schleppen würden.

Teissier öffnete einen Schrank, überprüfte den Inhalt, schloss ihn dann wieder. Keine Frage, dachte er, die Sachen waren alt. Teilweise sicherlich einige Jahrhunderte alt. Vielleicht hatte das Zeug im Raum eines Bischofs gestanden oder sogar einer der Päpste persönlich an einem der wuchtigen Tische gesessen, die hier übereinandergestapelt waren. Unter einem stand eine alte, mit Metall beschlagene Kiste.

Teissier hockte sich hin und öffnete die Truhe. Sie hatte eine mittlere Größe, etwa eine halbe Armspanne breit. Ein Tuch lag darin, darunter verschiedene Bücher, einige Mappen mit Papieren, die alt aussahen. Teissier blätterte sie durch. Ja, die waren ziemlich alt. Das musste er melden. Damit könnte man vielleicht noch etwas anfangen.

Auch mit den Büchern. Teissier sah sich einige an, doch die sagten ihm nichts, und lesen konnte er sowieso nicht. Aber auch die wirkten alt und ähnelten dem Inhalt nach Listen oder Tabellen. Vielleicht eine Art Buchhaltung? Er wusste es nicht.

Und da war noch ein anderes Buch. Es hatte einen schlichten Ledereinband und wirkte noch viel älter. Teissier nahm es zur Hand, schlug es auf und dachte sich: So etwas habe ich noch nie gesehen. Die Seiten waren mit fremdartigen Schriftzeichen beschrieben, teilweise verziert, handgemalt.

Teissier wusste nicht, was das für ein Buch sein sollte. Aber eines war klar: Es war sehr alt und sicherlich sehr wertvoll. Er könnte es mit auf seine Inventarliste setzen, oder …

Teissier dachte an die Kriege, das Entsetzen, den Wahnsinn, an seinen kleinen Sohn und seine Tochter, seine junge Frau und die Kugel in seiner Brust. Er dachte an den geringen Sold, an die respektlosen Unteroffiziere und daran, dass der kluge Mann stets vorbaute, für alle Eventualitäten im Leben vorbereitet sein musste und dafür, dass es seiner Familie gutging, wenn er einmal den Löffel abgab.

Also steckte er das Buch zur Inventarliste in seine Umhängetasche und richtete sich wieder auf, gerade als Moreau mit ein paar kräftigen Grenadieren in staubigen Uniformhemden zurückkam.

»Verstärkung ist eingetroffen«, sagte Moreau. »Wir räumen den Raum leer, Männer. Die Möbel kommen alle nach oben in die Halle, damit sie dort angesehen und auf ihre Brauchbarkeit beurteilt werden können.«

»Perfekt«, erwiderte Teissier und deutete auf die Truhe. »Fangt mal gleich hiermit an. Die Truhe hoch zum Unteroffizier bringen, damit er den Inhalt durchsehen kann. Es sind Bücher und Papiere. Scheinen sehr alt zu sein. Vielleicht ist etwas von Wert dabei.«

23

Alte, wertvolle Bücher, einzelne Textblätter, was auch immer es war – heute kam es im Papstpalast von Avignon unter den Hammer. Wegen der immensen Werte war der Sicherheitsaufwand sehr hoch. Draußen hatte Albin einiges an Polizei gesehen und ein paar Bekannte begrüßt. Drinnen waren private Sicherheitsdienste und ebenfalls Polizei unterwegs, was es leicht für Albin machte voranzukommen, bis er das Foyer des Salle du Conclave erreichte.

Seit langer Zeit wählten die Kardinäle einen neuen Papst, den Bischof von Rom, in der Sixtinischen Kapelle. Während der Residenz in Avignon zwischen 1309 und 1376 und einem weiteren Ausflug nach Avignon zwischen 1378 und 1417 hatten sie es hier getan, wie Albin aus einer Broschüre erfuhr, die er sich am Eingang mitgenommen hatte. Demnach war das sogenannte *Avignonesische Exil* eine reichlich komplizierte Angelegenheit in ziemlich unruhigen Zeiten gewesen. Nachdem Gregor XI. 1376 nach Italien zurückgekehrt und dort Urban VI. zu seinem Nachfolger bestimmt worden war, hatte man mit Clemens VII. in Avignon einen Gegenpapst gewählt und danach noch einige weitere. *Abendländisches Schisma* hieß dieser Zeitraum von konkurrierenden Ansprüchen zwischen Avignon und Rom auf den Heiligen Stuhl und einer Spaltung der Kirche. So etwas in der Art hatte es bereits

1054 unter der Bezeichnung *Morgenländisches Schisma* gegeben, eine Spaltung zwischen der westlichen Kirche und der östlichen Orthodoxie – mit dem Unterschied, dass diese Spaltung endgültig gewesen war. Der Riss zwischen Avignon und Rom konnte aber mit einer Papstwahl am 8. November 1417 gekittet werden, wenngleich die Krone von Aragonien noch Widerstand leistete und einen Untergrundpapst bestimmte. Der spielte faktisch keine Rolle und starb irgendwann, worauf man sich mit den Katalanen einigte, zu deren Besitztum die Grafschaft Provence einmal für einen gewissen Zeitraum gehört hatte – eine Folge von diversen Hochzeiten und Erbfolgen.

Meine Güte, dachte Albin und stopfte das Leporello in die Innentasche seines Sakkos, da sollte noch mal jemand behaupten, durch die heutige Politik würde kein Mensch mehr durchsteigen. Wenngleich ihm Politik sowieso herzlich egal war, aber was seinerzeit an der Tagesordnung gewesen war – mein lieber Mann.

Am Eingang zum Salle du Conclave wies man ihn allerdings freundlich, aber bestimmt ab, weil er keine Einladung zur Auktion vorweisen konnte, und die Plätze seien sehr begrenzt. Das konnte sich Albin gut vorstellen, denn bei einem Blick um die Ecke hatte er gesehen, dass der Saal genauso hergerichtet war, wie man es sich bei einer Papstwahl vorstellte: Links und rechts gab es in Rot gepolsterte Stuhlreihen, eng in der Höhe gestaffelt. Manchmal sah man eine solche Art der Einrichtung in den Fernsehnachrichten, wenn sich in England Politiker im Unterhaus beschimpften. Allzu viele Sitze waren es nicht – laut der Broschüre des Konferenzzentrums hundertzehn. Die hohen Wände waren grau. An beiden Seiten hingen Leinwände, auf die gerade ein Standbild vom Auktionskatalog projiziert wurde. Vermutlich würde man später darauf die jeweils zum Verkauf stehenden Angebote sehen können. An der Stirnseite befand sich auf einer kleinen Bühne ein Podium mit einem Stehpult und dahinter wiederum eine Leinwand. Dort würde sicherlich der Auktionator stehen.

»Leclerc?«

Albin drehte sich um und richtete den Blick wieder ins weitläufige Foyer, das voller Menschen in Anzügen oder geschäftsmäßigen Kleidern war, die Laptops und Kataloge bei sich hatten, Getränke in der Hand, und sich miteinander unterhielten. Dazwischen sah er auch kirchliche Würdenträger im Habit und einige Mönche und Nonnen. Kaum vorstellbar, dass die auch etwas ersteigern wollten. Aber vielleicht waren sie nur zur Ausstellung hier und ließen sich bei dieser Gelegenheit ein bisschen Auktionsluft um die Nase wehen. An einer Wand hing eine weitere Leinwand, auf der das Innere des Saals zu sehen war. Offensichtlich würde die Auktion ins Foyer übertragen werden. Damit war sie wenigstens zum Teil öffentlich.

»Was machen Sie denn hier?«

Jean Villeneuve stand vor Albin. Er trug einen schicken Anzug und schob sich die Nerdbrille auf der Nase zurecht.

»Mir die Auktion ansehen«, erwiderte Albin. »Na ja, und die Leute hier ebenfalls.«

»Mit einem bestimmten Hintergrund?«, fragte Villeneuve.

Albin lächelte. Seine Lebensgefährtin war Polizistin, und inzwischen hatte Villeneuve nicht nur so einiges erlebt, sondern kannte außerdem Albin und wusste, wie er tickte.

»Natürlich«, sagte Albin. »Und keine Sorge – ich werde

mit Castel noch darüber sprechen. Im Augenblick ist es aber noch zu früh dafür. Ich gehe eher einer Intuition nach und will ihr nicht auf die Nerven fallen.«

Villeneuve lachte. »Das wird sie sehr zu schätzen wissen. Ich denke, der laufende Fall stresst sie ein wenig.«

»Hm«, machte Albin und musterte sein Gegenüber. »Nur dieser Fall?«

»Ehrlich gesagt: Sie war in der letzten Zeit nicht ganz bei der Sache und benahm sich manchmal etwas – wie soll ich sagen?«

»Ungewöhnlich? Neben der Spur?«

»Beides.«

»Irgendeine Ahnung, warum?«

»Zu viel Arbeit, nehme ich an. Zeitweise wollte sie lieber bei mir in Aix wohnen als in ihrem Haus. Dann wieder nicht. Manchmal muss sie abends noch los, sie telefoniert viel und schiebt es immer auf die Arbeit, wirkt gehetzt. Ich weiß nicht recht …«

»Sie spricht aber nicht drüber?«

»Nein. Sie kommt mir manchmal vor, als ob sie unter zu großem Erfolgsdruck steht. Aber das kann es ja nicht sein. Sie hat viele Ermittlungserfolge und ist zuletzt auch befördert worden.«

»Hm«, machte Albin. »Es gibt unterschiedliche Arten von Druck.«

»Wie meinen Sie das?«

»Druck, den man sich selbst macht, und solchen von außen.«

Villeneuve zuckte mit den Schultern und fuhr sich über den Stoppelbart am Kinn. »Vielleicht sollten wir uns einen gemeinsamen Urlaub gönnen.«

»Schon mal über eine gemeinsame Wohnung nachgedacht?«

Villeneuve grinste, sah zu Boden, dann wieder zu Albin. »Ja. Wer weiß.«

»Das kann Wunder wirken. Weniger Hin und Her. Klare Verhältnisse. Irgendwann muss man mal Nägel mit Köpfen machen.«

Villeneuve nickte langsam. »Mal sehen«, erwiderte er.

»Mhm«, machte Albin erneut und wollte sich bei Villeneuve gerade nach Mila und Tyson erkundigen, als sich Villeneuve entschuldigte, weil er noch mit jemandem sprechen wollte und außerdem die Auktion gleich beginnen würde.

Albin sah sich weiter um, erkannte Francis Weber im Gespräch mit Personen, die bereits auf den ersten Blick wie Wissenschaftler wirkten. Dann tippte ihm jemand von hinten auf die Schulter.

»Monsieur le Commissaire, da schau an.«

Albin drehte sich um und blickte in das zerfurchte Gesicht von Victor Picard.

»Ja. Ich dachte, ich schaue mal vorbei.«

Picard nickte wissend, sparte sich aber einen Kommentar.

»Ziemliches Spektakel«, sagte Albin.

Picard winkte ab und lachte. »In der Tat. Ich bin, wie erwähnt, nur Zaungast. Die Plätze in der Auktion sind begrenzt. Unser Geschäftsführer übernimmt das. Es wird ein seltener Druck einer Petrarca-Ausgabe angeboten, den wir gerne erwerben würden. Da ist er der berufene Mann, denn er hält den Daumen ohnehin auf den Finanzen.«

»Ich war noch nie auf einer solchen Auktion. Also: auf gar keiner.«

»Dann wird es sicher spannend, den Verlauf zu verfolgen. Für heute haben sich zwei große Auktionshäuser zusammengetan«, erklärte Picard. »Zum Verkauf kommen seltene und wertvolle Bücher, Handschriften, Drucke und Graphiken. Darunter befinden sich mittelalterliche Stundenbücher und Psalter, Bibelauszüge, Karten und vieles mehr. Manches könnte sicherlich mehrere hunderttausend Euro erzielen, wenn nicht mehr. Es gibt auch einige außergewöhnliche Handschriften. Da ist zum Beispiel ein Stundenbuch aus dem frühen 14. Jahrhundert, das eine halbe Million Euro erbringen könnte. Die zur Versteigerung kommenden Werke stammen vielfach aus privatem Besitz. Wissen Sie, der allergrößte Teil des Handels läuft online. Aber anlässlich der Ausstellung hat man, denke ich, eigens zu dieser großen Auktion eingeladen, um einerseits ein wenig die Werbetrommel zu rühren und andererseits ein Statement für das Medium Buch zu setzen, für die Schrift insgesamt. Deswegen wurde ein beeindruckender Auktionskatalog erstellt. Altes Wissen, ein Stück Ewigkeit, kunstvoll von Meistern in Jahren oder Jahrzehnten hergestellt, alles in Handarbeit und viele Jahrhunderte alt«, Picard schnalzte mit der Zunge, »das ist schon etwas anderes als ein E-Book.«

»Ich hörte außerdem von einem Büchlein der Templer«, sagte Albin. »Es soll in einer Geheimschrift verfasst sein. Hat mir Francis Weber erzählt. Der Weber, den Sie mir empfohlen haben. War sehr hilfreich. Danke nochmals.«

Picard nickte lächelnd. »Immer wieder gerne. Er ist Spezialist für derlei Themen. Ich habe dieses Büchlein im Katalog gesehen – es handelt sich wohl um ein Notizbuch, das vermutlich Schuldschriften beinhaltet, Finanzkram, mit dem sich die Templer ja viel befasst haben. Inhaltlich also wohl nicht sehr interessant.«

»Das sagte Weber ebenfalls. Aber es kann spannend sein, wenn man ein Faible für Geheimschriften hat. Man kann es als Schlüssel zu einem Code verwenden.«

Picard zuckte mit den Achseln. »Ich glaube, so geheim sind diese Codes gar nicht mehr. Das Büchlein halte ich eher wegen der Codierung an sich für bemerkenswert und für eine ungewöhnliche Pretiose, die allenfalls Sammler spezieller Dinge interessieren dürfte – und deswegen, weil der Begriff Templer ja stets von Mysterien umweht ist und Menschen hellhörig macht, die ein offenes Ohr dafür haben.«

Albin nickte. Dann fragte er: »Kennen Sie ›Die Apokalypse des Seraphs‹? Schon mal davon gehört?«

»Nein. Was soll das sein?«

»Ein Buch. Ein Apokryph.«

»Nein, da bin ich kein Spezialist. Es klingt dramatisch. Aber das tun ja viele biblische Texte und Offenbarungen. Weltende, Untergang, Götterdämmerung – das Motiv der Apokalypse ist in allen Religionen weit verbreitet. Und Seraph – nun, das klingt nach einem Engel, nicht? Was interessiert Sie an dem Buch?«

»Nichts weiter«, sagte Albin. »Ich hörte den Begriff nur neulich, und ...«

Er merkte auf, als er von links Blitzlichtgewitter wahrnahm.

Wie ein Panzerkreuzer fräste Franklin Slade sich durch die Menschen, grüßte hier und da nach links und rechts, als ob er einige alte Freunde wiedererkennen würde. Vielleicht war das der Fall, vielleicht war es auch nur Show. Er trug einen blauen Anzug mit offenem weißen Hemd, hatte die langen Haare zum Zopf gebunden und ebenfalls ein kleines Zöpfchen in den von einigen grauen Strähnen durchzogenen Wikingerbart geflochten. Seine Züge waren scharf, die wachen Augen leuchtend blau, die Haut gebräunt. Kurzum, der Mann wirkte so vital, als sei er gerade durch das Mittelmeer geschwommen und anschließend von Marseille aus nach Avignon gejoggt.

In seinem Gefolge waren vier Personen, zwei Frauen und zwei Männer. Alle trugen schwarz und hatten teuer aussehende Ledertaschen. Eine der Frauen war eine Asiatin. Die andere trug bunte Tattoos und wirkte wie eine Surferin, die in ein Etuikleid gesteckt worden war, sich aber sichtlich wohl darin zu fühlen schien. Einer der Männer war ein hochgewachsener Farbiger vom Schlag Denzel Washington. Der andere reichte ihm gerade bis zu den Schultern, hatte Locken und war reichlich blass – ein ziemlich ungleiches Paar. Insgesamt wirkte Slade samt seiner paritätisch nach Geschlechtern und Ethnien aufgestellten Truppe dem Auftreten nach einerseits sehr unkonventionell, andererseits so hochprofessionell, dass man bei einer Verhandlung lieber von vornherein die Waffen strecken und sagen würde: Okay, ihr habt gewonnen und bekommt den Eiffelturm für die Hälfte und den Pont du Gard obendrauf.

Slade und seine Entourage passierten Albin in Richtung des Auktionssaals. Der Millionär blickte an Albin vorbei, machte erneut eine grüßende Geste zu jemandem mit dem Finger, nach dem Motto: Ich sehe dich. Dieses Mal bemerkte Albin, dass jemand zurückgrüßte, es war Francis

Weber. Wer nicht zurückgrüßte, war Alberto Grassi, der mit einem Glas Wasser in der Hand neben Weber stand und das Geschehen still beobachtete.

Schließlich setzten sich auch andere Menschen in Bewegung und betraten den Salle du Conclave, darunter Alberto Grassi, während Weber sich nicht bewegte. Albin blieb mit Picard ebenfalls an Ort und Stelle und wartete darauf, dass es losging.

24

Castel und Theroux blickten einander an, während Claude Montfavet ungerührt kaute. Montfavets Büro im Hôtel de Police war zweckdienlich eingerichtet. Dort standen zwei Ventilatoren, denn Montfavet war füllig und schwitzte viel. Der Polizeichef war dabei jedoch nicht fett, sondern eher massig wie ein Sandsack. Wenn man versehentlich auf dem Flur gegen ihn stieß, spürte man seine feste Körperfülle, was wie sein Stiernacken vielleicht vom jahrelangen Catchen rührte: Montfavet hatte diesen Sport betrieben und war sogar einmal bei den Polizeimeisterschaften dabei gewesen.

Auf einem Brettchen auf seinem Schreibtisch lagen eine Salami und einige Brotscheiben. Daneben stand ein kleines Glas Rotwein. Mit seinem Laguiole-Messer schnitt er sehr feine Scheiben von der Wurst ab, steckte sich eine davon in den Mund und bot Castel und Theroux etwas an. Cat lehnte ab. Theroux allerdings griff zu.

»Mein Cousin macht die Salami selbst«, sagte Montfavet und rückte die randlose Brille auf seiner Nase zurecht. »Er hat eine Boucherie bei Orange. Uralter Familienbetrieb. Ich fahre einmal im Monat vorbei und kaufe bei ihm auf Vorrat ein. Und das nicht nur wegen der Verwandtschaft, sondern weil er einfach gut ist. Wissen Sie, was sein Geheimnis ist?«

Castel sah nun auch Theroux beim Kauen zu, der den Kopf schüttelte, dazwischen aber »Hmmm« machte – es schien ihm also zu schmecken.

»Sein Geheimnis ist«, fuhr Montfavet fort und spülte mit einem Schluck Rotwein nach, »dass er stets etwas Fenchel in die Wurst gibt. Natürlich kommt es auf die Qualität des Fleisches an, gar keine Frage. Aber der Fenchel macht es aus.«

Cat würde mit den Augen rollen, wenn Montfavet nicht ihr Chef wäre. Also unterdrückte sie es und öffnete den Mund, um eine Bemerkung darüber zu machen, dass es vielleicht hier und jetzt etwas Wichtigeres zu besprechen gab als die geheime Zutat von Montfavets Lieblingssalami, nämlich das weitere Vorgehen in zwei Mordfällen. Aber Montfavet schnitt Cat bereits im Ansatz das Wort ab, indem er sie ansah und einfach weiterredete. Was ungewöhnlich für ihn war. Er machte sonst nie viele Worte.

»Was ich damit sagen will, ist: Es kommt auf die Zutaten an. Auf die Kleinigkeiten. Was sind die Kleinigkeiten in den Mordfällen Rival und Coulon?«

»Es gibt eine Menge solcher Kleinigkeiten«, erwiderte Castel. »Und wir müssen eine Sonderkommission zusammenstellen. Ansonsten kommen wir nicht weiter. Ich brauche mindestens zwanzig Kollegen.«

Montfavet aß eine weitere Scheibe Salami. »Das ist keine Antwort auf meine Frage.«

»Meine Antwort ist: Wir wissen es nicht. Es ist davon auszugehen, dass der Täter die Opfer unter Druck gesetzt und in dieser Hinsicht gewissermaßen gefoltert hat. Daraus lässt sich schließen, dass er etwas wissen wollte.

Außerdem fehlt der Arbeitslaptop von Rival. Deswegen brauchen wir deutlich mehr Ermittlungsunterstützung.«

»Auch von Leclerc?«, fragte Montfavet.

»Wieso?«, fragte Theroux.

»Weil er am Tatort in Oppède war, wie ich höre.«

»Er behauptet, als Privatermittler tätig zu sein.«

Montfavet hustete.

Cat erklärte: »Er sagt, dass sein Freund Matteo Teilhaber des vom Brand betroffenen Weinfelds ist und erfahren will, was dahintersteckt. Wir alle wissen natürlich, dass das nur eine von Albins fadenscheinigen Erklärungen ist. Er glaubt immer, dass das niemand merken würde. Aber wir lassen ihn einfach gewähren.«

»Hat er früher schon getan«, erklärte Montfavet. »Dummes Zeug erzählt und gemeint, dass jeder ihm glaubt. Braucht er vielleicht, um sich selbst gegenüber etwas zu rechtfertigen.« Montfavet machte eine abwinkende Geste. »Lasst ihn mal. Ist schon in Ordnung.«

Theroux blickte auf die Uhr. »Ich muss mich leider entschuldigen, ich habe in fünf Minuten ein Telefonat wegen der Ermittlungen.«

Montfavet nickte. Theroux stand auf. Castel wollte ebenfalls aufstehen.

»Bleiben Sie bitte noch einen Moment, Castel.«

Cat setzte sich wieder hin, während Theroux das Büro verließ. Sie blickte Montfavet an. Montfavet blickte zurück.

»Wirklich kein Stück Salami?«

Cat schüttelte den Kopf.

»Sie bekommen die Sonderkommission«, sagte Montfavet. »Staatsanwalt Luc Bonnieux steht mir ohnehin auf den Füßen. Dafür kennen wir ihn.«

Cat nickte.

Montfavet blickte Cat wiederum durchdringend an.

»Alles wieder in Ordnung?«, fragte er.

»Ähm …« Cat blinzelte und fuhr sich durchs Haar. »Wie meinen Sie das?«

»Wegen Martinet. Dem DGSI.«

»Ähm …«, wiederholte Cat. Sie wusste, dass Montfavet sich damals Sorgen gemacht hatte, als Martinet zum ersten Mal im Hôtel de Police von Carpentras aufgekreuzt war. Außerdem kannte er Cats Vergangenheit. Aber Montfavet war ein stilles Wasser, und er bekam stets sehr viel mehr mit, als man vermuten würde.

»Sie wirkten in der letzten Zeit etwas gestresst. Jetzt nicht mehr. Ich kenne die Einsätze des DGSI in unserer Gegend. Ich kenne Ihre Verbindung zu Martinet. Ich weiß von der Razzia auf dem Château. Und ich kann eins und eins zusammenzählen.«

»Klar«, erwiderte Cat und nickte.

»Ich brauche keine Details. Ich will nur wissen, ob alles wieder in Ordnung ist oder ob ich mir Sorgen machen und einschreiten muss.«

»Es ist alles in Ordnung. Sie müssen sich keine Sorgen machen oder einschreiten«, antwortete Cat.

Montfavet fuhr sich mit der Hand über den Catchernacken.

»Gut«, sagte er. »Meine Tür steht immer offen.«

»Danke.«

Montfavet nickte. »Dann wären wir hier fertig. Ab an die Arbeit.«

25

»Kann man sich das vorstellen?«, fragte Albin und trank noch etwas Wein.

»Unglaublich …«

Veronique schüttelte verstört den Kopf und räumte ab. Zum Abendessen hatte es Reste von gestern gegeben, Albin hatte die Daube aufgewärmt.

»Fast eine Million Euro für ein Buch«, sagte er. »Und das war ja nicht das Einzige. Da sind sicherlich mehrere Millionen Euro insgesamt über den Tresen gewandert.«

»Unglaublich«, wiederholte Veronique, »dass du kein Selfie mit dem gemacht hast.«

»Ich wüsste nicht, wie ich das hätte tun sollen.«

»Das Handy in die Hand nehmen?«

»Aber die Umstände waren nicht danach.«

»Ich wette, andere haben Selfies mit Franklin Slade gemacht.«

»Ja, später schon, aber … Liebste, ich spreche doch nicht einen wildfremden Mann an, um ein Bild mit ihm zu machen.«

»Wieso denn nicht? Du hättest wenigstens einfach so ein Bild aufnehmen können. Wozu hat man denn Handys, und wann sieht man schon mal so einen bekannten Mann? Das hätte ich verschicken können: Guck mal, wen Albin getroffen hat. Aber so, pff.«

Albin seufzte, leerte sein Weinglas.

Veronique ging mit den Tellern in die Küche, räumte sie in den Geschirrspüler. »Also ich hätte ein Selfie mit dem gemacht. Ich meine: Wann sieht man schon mal Franklin Slade? Vielleicht hätte er mich sogar auf seine Yacht eingeladen.«

Albin verschluckte sich und musste husten.

»Am Montag reist übrigens deine Ex-Frau an, hat Manon erzählt. Sie kommt allein. Ihr Lebensgefährte hat leider keine Zeit, was sehr schade ist. Den hätte ich ebenfalls gerne kennengelernt.«

Albin hustete erneut, räusperte sich. »Ach«, machte er und räusperte sich noch mal. Ein Frosch im Hals.

»Aber das weißt du doch, dass sie kommt?«

»Ja, aber nicht, wann genau sie kommen wollte.«

»Manon sagt, sie bleibt eine Woche und hat ein Hotel genommen. Ich habe sie gebeten, mit ihrer Mutter zum zweiten Frühstück vorbeizukommen. Dafür werde ich dann extra den Laden schließen. Damit bist du doch einverstanden?«

»Ich?« Albin massierte sich den Kehlkopf. »Aber natürlich.«

»Sicher?«

»Warum denn nicht?«, fragte Albin und klang immer noch wie Kermit.

»Nur so. Weil ihr kaum etwas miteinander zu tun habt.«

»Sie ist ja dauernd auf Kreuzfahrten mit ihrem … Liebhaber oder was das ist.«

Veronique lachte. »Du hättest deine Ex-Frau ja auch vorher schon einmal einladen können.«

»So weit kommt's noch«, erwiderte Albin und trank

etwas Wasser. »Früher oder später wäre Madame eh zu einem Besuch angerückt. Und nun kommt sie eben jetzt. Ausgerechnet zu Manons Scheidungstermin. Als wäre das so etwas wie Weihnachten.«

»So etwas in der Art ist es ja auch für Manon, und ihre Mutter möchte ihre Tochter dabei nicht alleinlassen. Ich möchte nur nicht, dass es böses Blut mit dir gibt, Albin.«

Albin räusperte sich erneut und dachte: Wer weiß. Denn natürlich nahm er es Manons Mutter übel, wie sie sich damals verhalten und sich auf die Seite ihres psychopathischen Schwiegersohns Gilles geschlagen hatte. Sie hatte erst viel zu spät begriffen, was in dieser Ehe los gewesen war. Sie hatte sich einlullen lassen, Augen und Ohren verschlossen und nicht auf Albin gehört, war stattdessen lieber von einer Kreuzfahrt zur nächsten gehüpft und hatte Albin sogar Vorwürfe gemacht, ohne sich später auch nur ein einziges Mal dafür zu entschuldigen.

Na ja, dachte Albin, dazu hätte sie ja jetzt Gelegenheit, oder etwa nicht?

Manon hatte ihre Mutter in der Zwischenzeit mit Clara zwar schon in Paris besucht. Doch es war das erste Mal, dass die gnädige Frau sich herabließ, zu ihrer Tochter und ihrer Enkelin in die Provence zu fahren. Albin fand Inés' Verhalten ganz generell immer noch sehr merkwürdig, denn sie war früher nie so gewesen – so … divenhaft, sie benahm sich wie eine Gräfin, bloß weil ihr Lebensgefährte stinkreich war und sie in einer sehr schicken Pariser Gegend lebten. Nein, früher war sie das komplette Gegenteil davon gewesen. Abgesehen davon: Zur Scheidung kam sie! Was war denn das bitte für ein Anlass? Und das bei der Vorgeschichte mit Gilles, ihrem früheren Liebling!

»Nur so«, wiederholte Veronique. »Ich freue mich jedenfalls, sie kennenzulernen.«

»Ja«, murmelte Albin, »ich freue mich auch total auf ihren Besuch.«

»Jetzt sei nicht so, Albin.«

Er brummte etwas Unverständliches. Dann stand er auf, um vor die Tür zu gehen, eine Zigarette zu rauchen und sich auf andere Gedanken zu bringen. Die Echos der Vergangenheit würden ihn schon noch früh genug einholen.

Er paffte eine dicke weiße Wolke in den Abendhimmel und dachte darüber nach, wie man einfach so fast fünfzehn Millionen Euro ausgeben konnte, als sei es nichts. Die Antwort war simpel: Man besaß jede Menge Geld. Dennoch enorm.

Bei der Auktion hatte Slade bei acht Losen zugeschlagen. Er hatte einfach nur dagesessen, mit seinem Handy herumgespielt, und seine Leute hatten den Rest erledigt, telefoniert, auf Laptops eingehackt und mitgeboten. Man hatte alles gut auf der Leinwand im Foyer mit ansehen können. Slade hatte merkwürdige Dinge ersteigert, fand Albin. Eine seltene Erstausgabe von Mary Shellys »Frankenstein«, die früher im Besitz eines bekannten Politikers gewesen war. Dann hatte er noch Graphiken mit Abbildungen von merkwürdigen Pflanzen erworben, ein mittelalterliches Buch mit medizinischen Anleitungen und eine Tontafel in Keilschrift aus dem Haus eines sogenannten Beschwörers. Außerdem hatte er ein frühmittelalterliches Buch mit Zeichnungen von Tieren aus England für fast fünf Millionen Euro gekauft und beim Bieten die British Library sowie andere Sammler ausgebootet. Mit viereinhalb Millionen Euro hatte er den Zuschlag für einen etwa

DIN-A5 großen Zettel mit Notizen von Leonardo da Vinci in dessen spiegelverkehrter Geheimschrift erhalten und damit das Institut de France überboten – sowie das Büchlein in der Geheimschrift der Templer gekauft.

Um Letzteres hatte es einen regelrechten Bieterkampf gegeben. Drei weitere Interessenten waren im Rennen. Am Ende kam sogar noch ein vierter hinzu. Zu Albins Überraschung handelte es sich dabei um Alberto Grassi, der sich offenbar nicht nur deswegen in Avignon aufhielt, um auf die vatikanischen Exponate zu achten. Den Zuschlag hatte aber am Ende dennoch Slade erhalten – für vierhundertneunzigtausend Euro.

Albin hatte es den Atem verschlagen, und auch Picard hatte nicht schlecht gestaunt. Ebenso Francis Weber, der sich zu ihnen gesellt hatte. Eine enorme Summe, hatte er gemeint.

»Ich dachte«, sagte Albin, »das sei ein so besonderes Buch?«

»Es ist kurios wegen der Geheimschrift und der Beziehung zu den Templern«, hatte Weber erklärt. »Aber der Inhalt ist nichts Besonderes. Der Preis ging nur deswegen so hoch, weil die Bieter sich ein Gefecht darum lieferten.« Weber kicherte und rückte sich die Fliege zurecht. »Wie spannend.«

»Kunst oder Bücher«, erklärte Picard, »sind immer so viel wert, wie jemand anders bereit ist, dafür zu bezahlen.«

»Mister Slade hat sowieso ein Faible für Kuriositäten und ein faktisch unbegrenztes Budget«, erläuterte Weber. »Er sammelt kreuz und quer. Er hat ein ganzes Archiv alter Tontafeln, Pergamente über aztekische Rituale, Ausdrucke von Papieren mit angeblichen außerirdischen Signalen, Originalrezepte über Betäubungsmittel von Elvis Presleys Arzt sowie eine angebliche Handschrift von Jack the Ripper.«

»Sie wissen genau Bescheid«, sagte Albin. »Hat er Ihnen das alles erzählt?«

Weber blickte zur Seite, zuckte mit den Schultern. »Nein. Irgendwo habe ich das gelesen, meine ich.«

Picard sagte: »Es klingt alles nach beträchtlichen Werten und Investitionen. Manche Sammler spezialisieren sich, und Mister Slade scheint sich auf das Ungewöhnliche zu fokussieren.«

Weber nickte.

»Zudem sind Bücher eine prächtige Geldanlage. Man bekommt berühmte Bücher und Schriften für weniger Geld als Gemälde von berühmten Künstlern, aber mit vergleichbaren Renditen. So hat jemand in den Achtzigern den *Codex Leicester* mit diversen Handschriften und Skizzen von da Vinci für fünf Millionen Euro gekauft, Mitte der Neunziger hat ihn Bill Gates für einunddreißig Millionen Euro erworben, und inzwischen ist der Codex deutlich über hundert Millionen wert.«

Absurde Dimensionen, die Albins Gehirn nicht mehr erfassen konnte.

Schließlich war die Auktion beendet. Alle strömten wieder nach draußen, und Franklin Slade grinste wie ein Honigkuchenpferd. Er gab Francis Weber High Five und redete kurz mit ihm, was Albin immerhin bemerkenswert fand. Hatte Weber mit Slade etwas am Laufen? Ging es um das Gutachten, das Weber für das Büchlein mit den Rechnungen der Templer angefertigt hatte? Schließlich rauschten sie ab – ebenso wie Alberto Grassi, den Albin kurz in der Menge entdeckt hatte und der ein Gesicht wie sieben Tage Regenwetter zog.

Tja, so war es auf der Auktion gewesen, dachte Albin draußen vor der Haustür, rauchte weiter, zog das Handy aus der Hintertasche seiner Jeans und versuchte, Castel zu erreichen. Aber sie ging nicht ran. Er probierte es bei Theroux, doch der meldete sich ebenfalls nicht. Machten die beiden Ernst damit, ihn zu ignorieren? Na, dachte Albin, löschte die Zigarette und ging wieder rein, früher oder später würde er die beiden schon erwischen.

26

Bruder Marcel fuhr den Weg aus Avignon zurück nach Le Barroux – voller Eindrücke von der Ausstellung im Papstpalast, aber mit fast leerem Tank. Doch bis zum Kloster würde er es in dem guten alten R4 noch schaffen, hoffte er.

Er zupfte die Kutte zurecht, über der er das Skapulier als Überwurf trug, hielt das Lenkrad dann wieder mit seinen von Altersflecken übersäten Händen fest und blinzelte angestrengt in die Dunkelheit der Straße. Mit seinen Augen war es in den letzten Jahren immer schlechter geworden. Wenn er in der von den Benediktinern geführten Bibliothek der Abbaye Sainte-Madeleine als deren Leiter über den Büchern saß, nahm er sich in der Regel eine Lupe zur Hand. Doch das war natürlich keine Dauerlösung, dachte Bruder Marcel und kniff die Augen noch stärker zusammen, als ihn im Rückspiegel das Licht eines anderen Autos blendete.

Er war eben von der D 938 aus Richtung Carpentras abgebogen, wo es auch in Richtung Lac du Paty ging. Links und rechts lagen abgeerntete Weinfelder und Olivenbaumplantagen. Eine Weile war er einem Trecker gefolgt, dessen mit Reben vollbeladener Anhänger auf der schmalen Straße gefährlich schlingerte und Bruder Marcel keine Möglichkeit zum Überholen gab, was mit dem R4 und bei seinen nicht gerade ausgeprägten Fahrkünsten sowie im Dunkeln ohnehin zu waghalsig gewesen wäre.

Und nun tauchte dieses Auto mit dem gleißenden Licht hinter dem Ortsausgang von Le Barroux auf, was es nicht leicht machte, dem Straßenverlauf zu folgen und die richtigen Abfahrten zu erwischen, die zum Kloster führten. Auf dem gottverlassenen Chemin de Devez wurde der Straßenbelag deutlich schlechter, und noch schlimmer wurde es, als er den Chemin des Grandes Terres erreichte, der sich ebenfalls durch abgeerntete Felder schlängelte. Kaum zwei Fahrzeuge passten auf der Straße nebeneinander.

»Mutter Gottes«, murmelte Bruder Marcel, als der Wagen hinter ihm tatsächlich zum Überholen ansetzte und ihn nach rechts drängte. Instinktiv nahm der Mönch den Fuß vom Gas, riss die Augen auf und hörte, wie das Gras vom Fahrbahnrand gegen den Radkasten schlug. Der Wagen, der sich neben dem R4 herandrängte, war sehr groß und schwarz. Bruder Marcel hielt die Luft an, bis das Auto ihn schließlich passiert hatte – und dann unmittelbar vor ihm wieder einscherte. Die Bremslichter leuchteten auf wie rotglühende Augen.

Bruder Marcel bremste auch, riss das Lenkrad nach links, um nicht aufzufahren. Das Auto vor ihm fuhr nun ebenfalls nach links. Bruder Marcel wusste, dass er es nicht schaffen würde.

Er wusste …

Im nächsten Moment spürte er einen heftigen Schlag unter dem R4. Dann prallte etwas gegen die Motorhaube und den Kühlergrill. Und noch etwas.

Bruder Marcel fräste durch das Weinfeld, riss die Hände hoch, um sein Gesicht zu schützen. Der Renault wurde durchgeschüttelt und bockte nach vorn. Bruder Marcel ruckte im Sicherheitsgurt. Seine Stirn traf gegen das harte Lenkrad, woraufhin er Sterne sah. Schließlich blieb der Wagen stehen. Der Motor ging aus, nachdem Bruder Marcels Fuß von der Kupplung gerutscht war.

Einige Momente lang sah er nur Dunkelheit, hörte ein Zischen. Es stank nach verbranntem Gummi. Dann keuchte er auf, beugte sich zurück und fasste sich ins Gesicht. Er hatte eine Platzwunde an der Stirn und blutete. Seine Brust schmerzte. Der Sicherheitsgurt hatte sie eingeschnürt. Vielleicht war sogar etwas gebrochen. Bruder Marcel schnallte sich ab, atmete tief ein und versuchte, die Fahrertür zu öffnen. Es gelang eher schlecht als recht, weil sie von Rebstöcken blockiert wurde.

Meine Güte – er hatte einen Unfall gehabt, mitten in der Nacht!

Ein Telefon hatte er nicht mitgenommen, aber die Abtei war nicht mehr weit, und der andere Fahrer hatte sicherlich angehalten, um ihm zur Hilfe zu kommen. Bestimmt war unmittelbar nach dem Überholen ein Tier über die Fahrbahn gelaufen, weswegen der Geländewagen gebremst hatte.

Bruder Marcel stieg aus, hielt sich an der Autotür fest. Ihm war schwindelig, aber ansonsten schien er in Ordnung zu sein. Er dankte Gott dafür – und dafür, dass er vorher schon das Tempo reduziert hatte und nicht in voller Fahrt in das Feld gerauscht war.

Wenige Meter entfernt stand der Geländewagen, der von der Straße in einen kleinen Wirtschaftsweg eingebogen sein musste. Die Lichter gingen gerade aus, und der Lichtkegel einer Taschenlampe flammte auf.

»Hallo!«, rief Bruder Marcel und wischte sich mit der Kapuze seines Skapuliers das Blut von der Kopfwunde aus dem Gesicht. »Hier bin ich!«

Das Licht der Taschenlampe blendete ihn. Er vernahm Schritte, Rascheln in den Weinreben.

»Alles in Ordnung?«, hörte er dann die Stimme vor sich. Der Lichtkegel glitt zu Boden, fuhr über den R4, an dem noch das Abblendlicht eingeschaltet war.

»Ja«, keuchte Bruder Marcel. »Ich bin nur leicht verletzt. Sie haben aber ein sehr gefährliches Überholmanöver vorgenommen. Oder ist etwas geschehen? Geht es Ihnen gut?«

»Ja, war etwas gewagt«, erwiderte die Stimme.

Ein Körper drängte sich an Bruder Marcel vorbei. Etwas wurde gerollt und raschelte wiederum, wurde dann abgestellt. Die Person beugte sich zum R4, aus dessen Motorraum es zischte. Gewiss stammte es von Kühlerflüssigkeit, die auf den heißen Motorblock strömte. Einen Moment später ging das Licht aus.

Dann sah Bruder Marcel die Person direkt vor sich stehen, die Taschenlampe in der einen Hand, während die andere nach links griff, um das aufzunehmen, was an den Renault gelehnt worden war.

War das ein Rad? Eines aus Holz für einen Wagen? Bruder Marcel verstand nicht ganz, was das sollte. Er trat einen Schritt zurück, deutete auf den R4 und sagte: »Ein … Verbandskasten sollte im Kofferraum sein. Ich blute. Aber es ist nicht weit bis zum Kloster, und …«

»Ich weiß«, erwiderte die Stimme. »Aber den Verbandskasten werden wir nicht brauchen. Und wir müssen uns dringend über etwas unterhalten.«

»Ich …« Bruder Marcel wischte sich erneut das Blut aus dem Gesicht. »Ich verstehe nicht ganz. Ich blute, und worüber sollten wir uns unterhalten? Was wollen Sie denn mit dem schweren Wagenrad?«

»Das«, erwiderte die Stimme, »wird uns ein wenig bei unserem Gespräch helfen, Bruder Marcel.«

27

»Mehr kann ich dir nicht sagen«, erklärte Albin, schlug die Beine übereinander und rauchte die zweite Zigarette an diesem Morgen.

Matteo wirkte nicht zufrieden, brummte und wischte beiläufig mit dem Putzlappen über den Tisch vor dem Café du Midi, an dem Albin saß und seinen Kaffee trank. Lieferwagen sausten durch die Stadt und wirbelten einige welke Blätter auf. Die Sonne färbte das Licht golden. Tyson lag unter dem Tisch und schleckte die letzten Reste aus seiner Wasserschale.

»Du bist dir sicher«, fragte Matteo und stopfte den Lappen wieder zurück in seine Hosentasche, »dass es kein Anschlag von den Linken war? Passen würde es zu ihnen.«

»Absolut. Sicher.«

»Aber es verbrennt sich doch niemand freiwillig in einem Weinfeld.«

»Das ist der Gedanke, Matteo.«

»Und es springt doch auch niemand freiwillig mit einem Strick um den Hals aus dem vorderen Fenster.«

»Ebenfalls ganz meine Meinung.«

»Dahinter steckt doch eine Methode.«

»Das«, erwiderte Albin und paffte, »könnte sein. Die Polizei wird es herausfinden.«

Albin blickte auf und sah Matteo an, der ihn musterte

und über etwas nachzudenken schien. Man konnte das stets an der strengen Falte zwischen seinen Augenbrauen erkennen. Er öffnete kurz den Mund, um etwas zu sagen, schloss ihn dann aber wieder.

»Was denn?«, fragte Albin.

»Nichts weiter.«

»Nur zu.«

»Die Malerei ist ebenfalls etwas sehr Französisches. Der Wein ist unser Blut. Unsere Künstler sind unsere Augen. Vielleicht waren es doch politisch motivierte Morde, nur dass die Linken es verschleiern.«

»Aber dann wären sie doch Vollidioten, Matteo. Sie würden sich doch zu erkennen geben, weil sie eine politische Botschaft hätten.«

»Die Linken sind ja auch Vollidioten.«

»Trotzdem wäre es unsinnig.«

»Ihre Forderungen *sind* unsinnig.«

Albin seufzte und winkte ab. Es hatte keinen Sinn, mit Matteo darüber zu diskutieren.

Der fuhr fort: »Der Inhaber des Weinfeldes hat mir jedenfalls versichert, dass sich die Schäden nicht auf meine Investition auswirken werden. Insofern habe ich Glück gehabt. Den Ausgleich berechnet er mit seiner Versicherung und sagt, dass das ein unerträgliches Hin und Her ist und sich hinziehen wird. Wo sind wir gelandet, dass die Versicherungen sich so anstellen? Wozu hat man sie denn? Am Ende muss man die noch vor Gericht zerren, um sein Recht durchzusetzen.«

»So schlimm wird es schon nicht kommen. In dieser Woche hat Manon übrigens endlich ihren Scheidungstermin.«

»Zum Glück. Dann ist sie diesen Irren los. Völlig gaga.«

Albin paffte und sagte: »Klingt fast so, als hättest du ihn mal persönlich kennengelernt.«

»Ich?« Matteo blickte zur Straße. »Wüsste nicht, wo ich den getroffen haben sollte.«

Albin sparte sich jedwede Bemerkung. »Inés kommt zu Besuch. Zur Scheidung kommt sie«, sagte er stattdessen.

»Deine Ex?«

Albin nickte.

»Die habe ich ja seit Jahren oder Jahrzehnten nicht gesehen.«

»Ich auch nicht.«

»Ist mal an der Zeit, dass sie ihren Hintern hierher bewegt, um ihre Tochter zu besuchen. Du kannst sie mal hier vorbeischicken.«

»Werde ich ausrichten.«

»Und?«, fragte Matteo. »Gutes Verhältnis mit ihr?«

»Wir werden sehen«, erwiderte Albin und merkte auf, als ein Streifenwagen vorfuhr.

Zwei Polizisten in Uniform grüßten Albin und Matteo. Albin wusste, wer die beiden waren – Perault und Fabius. Er kannte ihre Väter, die ebenfalls Polizisten gewesen waren. Sie holten sich ihren Kaffee zum Mitnehmen ab, was viele Polizisten in einer kurzen Pause in Matteos Café taten, auch Albin früher. Deswegen war es günstig, dass Albin hier sein Büro vorhielt, denn er bekam immer mit, was gerade lief, und konnte mit den Flics einen kurzen Schwatz halten.

Matteo verschwand ins Café, um ihnen zwei Becher zuzubereiten.

»Wie stehen die Aktien?«, fragte Albin.

»Immer viel zu tun«, erwiderte Perault. »Sie wissen ja, wie das ist, Leclerc.«

»Das Böse schläft nie, was?«

Die beiden stimmten Albin zu.

»Und«, fragte Albin, »was gibt es heute zu tun? Verkehrsüberwachung?«

»Wir sind auf dem Weg nach Le Barroux«, erklärte Fabius. »Kollegen ablösen. Schichtwechsel.«

»Was ist denn da los?«

Fabius und Perault wechselten einen Blick.

Also war etwas los, dachte Albin.

»Ach, ist das wegen dieser Sache?«, fragte er und wagte aufs Geratewohl einen Schuss ins Blaue.

Fabius zuckte mit den Schultern, und Perault nickte leicht. »Man fragt sich wirklich«, sagte Perault, »was mit den Leuten nicht stimmt.«

»Ja, unglaublich«, erwiderte Albin.

»Sie haben davon gehört?«

Albin nickte und sagte: »Ja, gerade eben.« Was nicht gelogen war. Er hatte erst in diesem Moment von den beiden erfahren, dass etwas los war.

»Ein Mönch«, sagte Perault und schüttelte mit dem Kopf. »Man fasst es nicht.«

»Nein«, sagte Albin, nahm seine Sachen und stand auf. »Das fasst man wirklich nicht. Ich wollte ebenfalls dorthin. Fahren wir doch zusammen.«

28

Nachdem sie aus dem Streifenwagen ausgestiegen waren, nahm Albin Tyson an die Leine. Die Straße war abgesperrt. Aber es konnte sowieso niemand dort entlangfahren, weil alles voller Fahrzeuge stand – Autos von der Polizei, der Spurensicherung …

Und wieder ein Weinfeld, dachte Albin. Er blieb einen Moment stehen, verschaffte sich einen Überblick. Er sah einen R4, der mitten im Feld stand und eine Schneise in die abgeernteten Rebstöcke gefräst hatte. Auf der Straße und im Feld waren Kollegen von der Spurensicherung in ihren faserfreien Overalls bei der Arbeit. In Nähe des Renaults erkannte Albin Castel und Theroux, die sich irgendetwas am Boden ansahen. Albin ging dorthin, grüßte auf dem Weg einige ihm bekannte Polizisten. Niemand machte Anstalten, ihn aufzuhalten oder sich ihm in den Weg zu stellen – schließlich war er in einem Streifenwagen vorgefahren. Da zweifelte sicherlich niemand daran, dass seine Mission offiziell war.

Bis auf Castel und Theroux, die es besser wissen würden und nun zu ihm aufblickten. Theroux warf die Hände in die Luft und schüttelte fassungslos den Kopf. Castel stemmte die Hände in die Hüften, blickte einmal nach unten, wie um sich zu sammeln, sah dann wieder zu Albin, der sich seinen Weg bis zum Autowrack bahnte und darauf achtgab, dass er allen Markierungen der Spurensicherung auswich.

Und schließlich sah er es.

Die Leiche, den Mönch.

Die Kutte war unverwechselbar, außerdem seine Frisur. Er mochte um die sechzig Jahre alt sein und lag auf dem Rücken. Die Augen starrten nach oben. Das Gesicht war voller getrocknetem Blut. Der Mund stand wie zu einem tonlosen Schrei offen. Auf den ersten Blick schienen seine Arme und Beine gebrochen zu sein, wofür die unnatürlich verdrehten Gliedmaßen sprachen. An dem R4 lehnte außerdem ein mit Eisen beschlagenes Wagenrad mit einem Durchmesser von etwa einem Meter – die Art Rad, die man früher für Karren verwendet hatte und sich heute in den Garten stellte oder zur Dekoration an die Wand hängte. Diese Dinger konnten ziemlich schwer sein.

»Albin«, sagte Theroux, »ich weiß bald wirklich nicht mehr, was ich sagen soll. Was, zum Teufel, tust du hier?«

Castel wiederum schwieg und hockte sich lediglich hin, um Tyson zu begrüßen.

»Perault und Fabius haben mich mitgenommen«, erklärte Albin. »Ich hörte davon, dass in Le Barroux etwas vorgefallen ist. Also komme ich vorbei und sehe nach dem Rechten.«

»Statt vorher anzurufen und zu fragen, ob du hier willkommen bist.«

»Wenn ich dich oder Castel anrufe, geht ihr ja sowieso nicht ans Telefon. Wenn ihr mich ignoriert, ignoriere ich euch ebenfalls. So einfach ist das.«

Castel stand wieder auf, atmete tief ein, rieb sich die Nasenwurzel.

»Albin«, sagte sie dann, »das Opfer ist Bruder Marcel, fünfundsechzig Jahre alt und ein Benediktinermönch, der im Kloster lebt.«

»Ist nicht weit von hier«, erwiderte Albin. »Ein Kilometer vielleicht.«

Castel nickte. »Wir haben schon eine Streife dorthin geschickt. Bruder Marcel war gestern mit dem R4 in Avignon, um sich die Ausstellung im Papstpalast anzusehen. Er ist nicht zurückgekehrt. Heute früh fährt hier ein Landwirt entlang auf dem Weg zur Weinlese. Er sieht das Auto, denkt an einen Verkehrsunfall, ruft die Gendarmerie an. Tja …« Castel stemmte erneut die Hände in die Hüften und bohrte mit der Zunge von innen gegen die Wange. »Aber das hier sieht mir nicht nach einem Verkehrsunfall aus.«

»Nein«, erwiderte Albin und blickte zwischen der Leiche, dem Renault und dem Wagenrad hin und her. »Ist er … Hat man ihn etwa … gerädert? Hat das Rad auf seine Gelenke fallen lassen, sie gebrochen und dann zum Schluss das Rad auf den Brustkorb oder auf den Hals geschmettert?« In der Tat sah es genau danach aus, dachte Albin. An Bruder Marcels Hals war eine Verletzung deutlich zu erkennen.

Gerädert, dachte Albin.

Verbrannt. Erhängt. Gerädert.

Ein Literaturwissenschaftler. Ein Künstler. Ein Mönch.

»Das wird die rechtsmedizinische Untersuchung zeigen«, sagte Castel, blickte fahrig hin und her und ergänzte: »Ich gebe zu: Ich blicke nicht mehr durch.« Sie sah Albin an. »Ich blicke außerdem nicht mehr durch, weil ich von Jean höre, dass Albin Leclerc bereits zum zweiten

Mal auf der Ausstellung im Papstpalast herumgeschnüffelt hat, zuletzt bei der gestrigen Auktion. Darf ich erfahren, warum?«

»Weil es ein verbindendes Element zwischen Rival, Coulon und Bruder Marcel geben muss.«

»Das wissen wir auch, meine Güte«, erwiderte Theroux und setzte seine goldumrandete Sonnenbrille auf, die ihn stets wie einen Pornostar aus den Siebzigern wirken ließ. »Und wie du dir vorstellen kannst, sind wir quasi rund um die Uhr damit beschäftigt, die persönlichen Verhältnisse der Opfer zu klären, Befragungen vorzunehmen und etwas zu finden, das uns erklärt, wer vom Tode Rivals oder Coulons profitieren würde.«

»Bevor ihr euch auf das *Wer* fokussiert, müsst ihr euch nach dem *Warum* fragen und nach dem verbindenden Element. Ich glaube, es ist die Schrift.«

»Schrift?« Theroux klappte der Unterkiefer herunter.

»Deswegen«, murmelte Castel, »also die dauernden Auftritte im ›Königreich der Himmel‹, oder?«

Albin betrachtete den Leichnam. Sah zur Straße und wieder zurück.

Vor seinem geistigen Auge erschien die Szene: Bruder Marcel wird von der engen Straße abgedrängt, dann aus dem Fahrzeug gezerrt und mit dem Wagenrad bearbeitet, das der Täter in seinem eigenen Fahrzeug mitgebracht hat – ebenso gefoltert, wie man Coulon mit dem Messer traktiert hatte und Rival mit Benzin. Zudem klang alles nach mittelalterlichen Methoden. Vorsätzlich ein Wagenrad mitzubringen war schon sehr außergewöhnlich.

»Ja«, bestätigte er. »Genau deswegen. Und ja, Theroux: Schrift. Rival hat sich mit Geheimschriften befasst und war einem verschollenen Buch auf der Spur. Zeichen dieser Geheimschrift hat Coulon in seinen Bildern verarbeitet, und Rival hat Coulon in Oppède aufgesucht. Dieser Code ist mittelalterlich und wurde von den Templern verwendet.«

»Templer? Albin, also wirklich …« Theroux ließ den Kopf sinken. »Das ist … Ich weiß auch nicht, was das ist.«

»Und Sie wissen das alles – woher?«, fragte Castel und musterte Albin.

Statt zu antworten, fragte er: »Was hat Bruder Marcel im Kloster getan? Hatte er eine Funktion?«

»Er war der Bibliothekar«, antwortete Castel.

29

Die Abbaye Sainte-Madeleine war wie so viele Klöster in der Provence ein Magnet für Touristen. Außerdem befanden sich in unmittelbarer Nachbarschaft die Domaine Via Caritatis und der älteste päpstliche Weinberg, der 1309 angelegt worden war. Die Domaine wurde von Mönchen und Nonnen der Abteien von Barroux mit fachkundiger Unterstützung der örtlichen Weinbaugemeinde betrieben und bewirtschaftet, was einen recht ordentlichen und nicht gerade preiswerten Wein hervorbrachte.

Albin war mit Tyson vom Tatort dorthin spaziert, was bergauf keine Viertelstunde gedauert hatte. Das Areal rund um das von den männlichen Benediktinern bewohnte Kloster – in der Nachbarschaft gab es eines für Frauen – war gut erschlossen. Es gab diverse Parkplätze, vor allem wohl für die Touristen, und gepflegte Wege, die von Olivenbäumen, Kiefern und Zypressen, Rosmarin und Lavendel gesäumt waren.

An der Domaine herrschte reger Betrieb. Albin sah zwei kleine Traktoren und Anhänger, die gerade ausgewaschen wurden. Viele Körbe mit Weintrauben standen herum – die Lese war in vollem Gang und würde sich bald ihrem Ende zuneigen. Einige Mönche in blaugrauen und weißen Arbeitskutten luden gerade eine Fuhre von einem weiteren Anhänger ab und trugen sie in eine Halle, in der Albin einige große Holzfässer sah. Die Mönche und Nonnen nahmen Albin gar nicht wahr, der schließlich das Areal der Abtei erreichte.

Die schlichte Klosterkirche strahlte in der Sonne. Ihr kleiner Turm strebte dem Himmel entgegen wie die pfeilgeraden Zypressen, die sie umgaben. Dahinter befanden sich weitere Gebäude. Alles wirkte so gut in Schuss, als wäre es erst kürzlich erbaut worden, was nicht ganz verkehrt war: Die Abtei war erst 1980 gegründet worden. Die Gebäude samt der Kirche hatte man in einem Stil gebaut, den Albin romanisch nennen würde – jedenfalls wirkte alles alt und passte gut in die Gegend. Sogar der spätere Papst Kardinal Ratzinger war Mitte der Neunziger hier gewesen, erinnerte sich Albin, denn es hatte strenge Sicherheitsmaßnahmen rund um den Besuch gegeben.

Vor der Kirche orientierte sich Albin und sah drei Mönche am Rand eines kleinen Lavendelfelds miteinander reden. Sie wirkten betroffen, sprachen leise. Albin ging zu ihnen, stellte sich als polizeilicher Berater vor und zeigte sein Kärtchen mit dem entsprechenden Aufdruck. Er hatte es von Castel und Theroux zum Geburtstag bekommen – verbunden mit der durch die Staatsanwaltschaft bewilligten Berufung in diese Funktion. Es hatte vor allem den Zweck, ihn rechtlich abzusichern, denn wenn Albin als Privatmann ständig in die Ermittlungen grätschte und an Tatorten herumlief, konnte das später für juristische Probleme sorgen. Und da man ihn davon nicht abhalten konnte, hatten sich die Polizei und Staatsanwalt Luc Bonnieux entschlossen, Albins Tätigkeit wenigstens auf dem Papier offiziell zu machen.

Die Mönche trugen Tonsuren und ein anderes Habit

als die arbeitenden, nämlich einen braunen Überwurf. Alle waren mittleren Alters. Zwei trockneten sich gerade die Tränen auf der Wange, als sich der Größere als Bruder Théo vorstellte, als Dekan des Klosters und damit als Vertreter des Priors, der wiederum Vertreter des Abts war.

»Wir sind entsetzt«, sagte Bruder Théo, »und voller Trauer über die schrecklichen Ereignisse. Wir haben Ihren Kollegen bereits gesagt, dass wir uns unmöglich erklären können, warum jemand so etwas Bruder Marcel antun würde. Es muss sich um ein schreckliches Missverständnis gehandelt haben oder um einen heimtückischen Mord aus den allerniedrigsten Beweggründen. Wir werden viel für ihn beten und auch für die Polizei, damit sie den Täter fasst. Wir werden auch für dessen Seele beten, denn sie muss vom Bösen besessen sein.«

Albin nickte. Die Mönche waren fassungslos, das war zu spüren, was gut nachvollziehbar war.

Er fragte: »Bruder Marcel war bei der Ausstellung in Avignon?«

»Ja. Er führt unsere Bibliothek, und er war sehr daran interessiert. Unsere Büchersammlung ist nichts Außergewöhnliches, und sie ist nicht alt, aber er hat sie von seinem Vorgänger übernommen, der sie mit Leidenschaft aufgebaut hat, und hat sie mit ebensolcher Leidenschaft weitergeführt.«

»Wollte er sich in Avignon mit jemandem treffen?«

»Darüber wissen wir leider nichts. Er wollte sich einfach nur die Schau ansehen und einen Blick auf die große Auktion werfen.«

»War er als Bieter dabei?«

»Nein, dafür haben wir leider kein Budget. Es gab mal

eines, das wurde aber bis zum Letzten ausgereizt. In den vergangenen Jahren mussten wir wichtige andere Investitionen tätigen und das Kloster ausbauen.«

Albin nickte. Er fragte: »Von einem Michel Rival hat er nie gesprochen?«

Die Mönche schüttelten den Kopf.

»Francis Weber?«

Schulterzucken.

»Schon mal von einem Christophe Coulon gehört?«

Der Dekan erwiderte: »Aber natürlich kennen wir Monsieur Coulon.«

30

14. September 1942

»Mein Gott«, murmelte Gerard Coulon und wischte sich mit dem Unterarm über die trockenen Lippen. Seine Hände waren noch mit Blut verschmiert. Das Licht der Lampen im Keller brach sich in seiner besprenkelten Brille, die er nun abnahm, um sie ebenfalls zu säubern. Er drehte sich zur Seite, ging zwei Schritte und war bereits am Waschbecken.

»Werden sie durchkommen?«, fragte Teissier.

Coulon spülte die Hände ab, dann die Brille und nickte. »Die beiden schon. Für die Frau kann ich nicht garantieren. Sie hat viel Blut verloren.«

Teissier nickte, schluckte schwer und stützte sich auf den Karabiner, als sei es ein Krückstock.

Im Keller des Bauernhauses in der Nähe von Oppède sah es aus wie in einem Feldlazarett. Coulon hatte in der Nacht zunächst versucht, die Frau zu retten. Für die andere – keine Hoffnung, das war ihm klar gewesen, als er die Bauchschüsse gesehen hatte. Sie war nach wenigen Minuten gestorben. Der anderen steckte eine Kugel im Hals. Zum Glück hatten die unverletzten Kämpfer der Resistance-Gruppe ihr einen Druckverband anlegen können. Dennoch hatte sie sehr viel Blut verloren und würde die

Nacht vielleicht nicht überstehen. Die Chancen lagen bei achtzig zu zwanzig, dass sie es nicht tat.

Die beiden Männer waren nur leicht verletzt worden. Der eine hatte lediglich einen Steckschuss in der Schulter und der andere einen in der Wade. Oben saßen die Kämpfer, die es nicht erwischt hatte, und tranken. Zwei der Frauen hatten Coulon bei der medizinischen Versorgung geholfen. Sie wuschen sich gerade, wollten dann frische Luft schnappen, etwas essen und mit den anderen im Schutz der Dunkelheit zurück in den Wald gehen, um die Leichen der drei toten Kameraden zu holen, falls die Deutschen ihnen nicht zuvorgekommen waren.

Die Kampfgruppe um Teissier hatte eine Bahnlinie sprengen wollen und außerdem einen Wachtposten der Wehrmacht am kleinen Bahnhof. Nur deswegen waren sie mit fünfzehn Personen losgezogen. Für die Bahnlinie allein wären sie mit weniger als der Hälfte ausgekommen.

Aber es war etwas schiefgegangen, und eine Streife von zwei Motorrädern mit Beiwagen hatte die Widerstandskämpfer entdeckt. Beim Schusswechsel waren zwar alle Deutschen getötet worden, aber ihre Maschinenpistolen und Handgranaten hatten die vergleichsweise schlechter bewaffnete Resistance-Gruppe nahezu halbiert.

Dann war Teissier mit dem Motorrad zu Coulon nach Oppède gekommen, um ihn um Hilfe anzuflehen. Coulon hatte sich bei seiner Frau Natalie, die gerade fünfundzwanzig geworden war, versichert, dass es in Ordnung wäre. Sie stand in der Tür des Kinderzimmers, hatte Christophe gerade eine Geschichte zum Einschlafen vorgelesen und genickt. Dann hatte er seine Tasche mit den Instrumenten und die andere Tasche mit Medikamenten geschnappt und sich zu Teissier auf das Motorrad gesetzt.

Gerard Coulon war mit seiner jungen Familie vor etwa einem Jahr aus Paris geflohen, um sich vor den Nazis und dem Vichy-Regime zu verstecken. Er hatte seine Anstellung im Krankenhaus einfach quittiert. Seine Eltern hatten ihn gezwungen, Medizin zu studieren, wobei er viel lieber Maler geworden wäre. Um aufzubegehren, war er heimlich in die kommunistische Partei eingetreten und regelmäßiger Gast bei konspirativen Treffen von Künstlern gewesen, wo er die deutlich jüngere Natalie kennengelernt hatte, die Bildhauerin war. Sie hatten sich sofort verliebt und bald darauf geheiratet. Natalie wurde schwanger, und dann kam der kleine Christophe auf die Welt, die sich innerhalb weniger Jahre deutlich verändert hatte.

Als die Deutschen Frankreich besetzten, war für Coulon klar, dass er abtauchen musste. Er hatte von Oppède gehört und von anderen, die dorthin gegangen waren. Also, hatte er sich gedacht, werden wir das ebenfalls tun.

In der kurzen Zeit, die er in dem Ort lebte, war er regelrecht aufgeblüht. Zwar konnte er nicht mehr als Arzt praktizieren, sich aber mit der Malerei beschäftigen, seiner großen Leidenschaft. Natürlich kamen immer wieder Menschen zu ihm, die gehört hatten, dass er Mediziner war. So hatte er nebenbei den Lebensunterhalt der Familie gesichert, indem er Menschen für einen Schinken, eine Flasche Wein oder ein paar Hühner kurierte – sogar ein Kalb hatte er auf einem Hof zur Welt gebracht.

Schließlich waren die Deutschen vorgerückt und hatten beschlossen, den nicht besetzten Teil Südfrankreichs doch zu besetzen. Coulons Anteil am Kampf gegen die Nazis war gewesen, dass er gelegentlich Widerstandskämpfern geholfen hatte, die ihm im Gegenzug Medikamente aus Überfällen auf deutsche Transporte besorgt hatten. Von einem hatte er sogar einmal eine kleine Skizze von van Gogh als Bezahlung erhalten. Eigentlich hatte er sie ablehnen wollen, aber man hatte darauf bestanden, und Coulon wollte niemanden vor den Kopf stoßen.

Heute Abend, dachte er und rollte die Hemdsärmel wieder herunter, hatte er jedenfalls seinen bislang größten Kampf ausgefochten. Er war müde, aber gleichzeitig noch aufgekratzt, griff nach der Flasche Wein und leerte sie zur Hälfte.

»Die Verletzten werden Medikamente benötigen«, sagte Teissier.

»Reichlich«, erwiderte Coulon. Er deutete auf seine Tasche. »Ich habe einige dabei. Es sind meine letzten. Aber ihr werdet sie brauchen. Ich sage euch, wie ihr sie verabreichen müsst – Penicillin, Schmerzmittel …«

Teissier nickte. Er lehnte den Karabiner an einen der Tische, auf denen die zwei verletzten Männer lagen und schliefen.

Er öffnete einen alten Schrank, holte einen Lederrucksack heraus und ging damit zu Coulon. »Wir werden neue Medikamente besorgen, Doktor, schon bald. Die bekommen Sie dann alle als Ersatz, um Ihre Vorräte wieder aufzustocken«, sagte er und öffnete den Rucksack.

Coulon machte eine abwehrende Geste. Er konnte sich schon denken, dass Teissier ihm Geld geben wollte. Aber er würde kein Geld annehmen, unter keinen Umständen.

»Teissier«, sagte er, »nein, bitte, vergessen Sie das. Ich will keine Bezahlung, ich …«

»Doktor, bitte«, erwiderte Teissier und hielt Coulon den Rucksack hin. »Wir haben kein Geld. Aber Sie haben Leben gerettet. Ich will, dass Sie das hier bekommen. Ich weiß nicht, was es wert ist, aber es ist alt und sicher kostbar...«

»... Teissier, ich bitte Sie ...«

»... nein, ich bitte Sie, Doktor«, erwiderte Teissier mit festem Blick, den Coulon erwiderte.

Er wusste, dass er den Mann zutiefst beleidigen würde, wenn er nicht annehmen würde, was sich in dem Rucksack befand. Und nicht nur Teissier – die gesamte Widerstandsgruppe würde er vor den Kopf stoßen. Diese Kämpfer hatten ihren Stolz und ihre Ehre – vielleicht das Letzte, was ihnen geblieben war.

Coulon atmete tief ein und aus und stellte die nun leere Weinflasche zur Seite. Er öffnete den Rucksack und nahm heraus, was sich darin befand, betrachtete es von allen Seiten, blätterte darin herum.

»Das Buch ist ein Familienerbstück«, erklärte Teissier. »Mein Ururgroßvater hat es gefunden. Es wurde stets für schlechte Zeiten aufbewahrt, weil es sicher sehr alt und wertvoll ist und – nun, jetzt haben wir schlechte Zeiten.«

»Ich kann das nicht annehmen, Teissier.«

»Doch. Das können Sie. Vielleicht ist es auch gar nicht so wertvoll. Ich meine: Man kann ja nicht einmal darin lesen.«

Coulon schmunzelte, blätterte in dem Buch. Es sah sehr alt aus und fühlte sich auch so an. In den Ledereinband war ein Tatzenkreuz eingeprägt, das Zeichen der Templer.

»Ich habe noch nie eine solche Schrift gesehen«, sagte Coulon.

»Niemand, den ich kenne, hat das je.«

»Es sieht ein wenig so aus wie die Schrift von meinem kleinen Sohn. Das Buch wird ihm sicher gefallen, wenn ich es ihm zeige.«

Coulon lächelte. Teissier lächelte ebenfalls. Die beiden Männer nickten sich zu. Coulon ließ das Buch wieder im Rucksack verschwinden.

»In Ordnung«, sagte er. »Vielen Dank. Dafür haben Sie noch etwas gut, Teissier. Der Morgen graut bereits. Holen Sie mich morgen Nacht noch einmal ab, um nach den Verletzten zu sehen.«

Teissier nickte. »Kommen Sie, wir müssen los, bevor die Sonne aufgeht.«

Coulon blickte ein letztes Mal zu der Frau. Sie atmete nur sehr schwach. Die Kugel hatte ihre Atemwege zum Glück nicht zerfetzt. Vielleicht würde sie morgen noch leben. Sie war höchstens Mitte zwanzig wie seine Frau und hatte das ganze Leben noch vor sich.

Coulon war kein religiöser Mann. Dennoch bekreuzigte er sich.

31

»Monsieur Christophe Coulon ist tot?« Bruder Théo bekreuzigte sich.

»Das ist der Fall«, erwiderte Albin und zog seine Zigarettenschachtel aus der Hosentasche. »Stört es, wenn ich rauche?«

Der Dekan verneinte. »Was ist Monsieur Coulon denn geschehen? Er war nicht mehr der Jüngste.«

Albin steckte sich eine Gitanes an, stieß den Rauch durch die Nasenlöcher aus und blinzelte in die Sonne. »Nein«, sagte er, »er war nicht mehr der Jüngste«, ging aber nicht auf die näheren Umstände des Todes ein. »Woher kannten Sie ihn?«

»Er hat vor einer Reihe von Jahren auf unserer Baustelle gearbeitet. Er war nicht nur Maler, sondern eine Art Universalkünstler. Er hat einige Fresken für uns angefertigt und Regale für die Bücherei aufgearbeitet. Wir hatten zunächst gebrauchte, bevor wir uns neue leisten konnten.«

»Wann war das?«

»Mitte der neunziger Jahre. Dennoch ist er mir gut im Gedächtnis geblieben, zudem …« Der Dekan seufzte. »Na ja, das ist eine andere Geschichte.«

Albin sah ihn an, rauchte. »Welche Geschichte?«

»Es ist unerquicklich, aber fraglos kein Verschulden von Monsieur Coulon.«

Albin machte mit der Hand eine Geste, die Bruder Théo zum Weitererzählen bewegen sollte. Was er dann auch tat.

»Wie erwähnt, hat Monsieur Coulon viel in der Bücherei gearbeitet und Kontakt zu unserem damaligen Bibliothekar gehabt. Eines Tages brachte er ein sehr altes Buch mit, um unsere Einschätzung dazu zu hören und uns außerdem das Buch zum Kauf anzubieten, denn er war notorisch knapp bei Kasse – trotz unserer Aufträge. Es handelte sich um eine mittelalterliche Schrift – es war sehr erstaunlich, dass Monsieur Coulon sie besaß. Er berichtete, dass sie ein Erbstück seines Vaters sei. Der wiederum habe sie im Krieg von einem Resistancekämpfer als Bezahlung erhalten, denn er war Arzt und hat Verletzte behandelt. Der Partisan wiederum erzählte, das Buch sei ein Familienerbstück – sein Ururgroßvater hatte es beim Brandschatzen im Papstpalast an sich gebracht, als dieser in eine Kaserne verwandelt wurde, und es als Pfand für schlechte Zeiten im Familienbesitz behalten.«

Albin rauchte und spürte dieses Kribbeln auf der Kopfhaut, das ihm sagte, dass er auf der richtigen Fährte war. Eine Vorahnung wie bei Tieren, wenn sie fühlten, dass bald ein Gewitter aufzog.

»Was war das für ein Buch?«, fragte Albin.

»Es war in einer verschlüsselten Schrift verfasst. Niemand konnte etwas damit anfangen. Aber unser Bibliothekar meinte, dass wir es unbedingt ankaufen sollten. Er war überzeugt davon, dass es sich um einen apokryphen biblischen Text handelte und das Buch sehr alt war, möglicherweise aus dem 12. Jahrhundert. Zudem befand sich diese Prägung am Rücken – ein Tatzenkreuz, das Zeichen des Templerordens. Er meinte, dass es eigentlich gleichgültig sei, was in dem Buch stehe – die Tatsache, dass es in einer Geheimschrift verfasst sei, zeige ja bereits, dass der Inhalt wichtig sein müsse. Und allein schon das Alter mache es wertvoll. Ein Jahr später verfügten wir über mehr finanzielle Mittel und kamen zu dem Schluss, dass wir das Buch erwerben sollten, wenn Monsieur Coulon mit dem Preis einverstanden wäre. Unser Bibliothekar hatte einen Wert ermittelt und sich kundig gemacht, worauf wir schließlich eine namhafte Summe anboten, wenngleich wir darauf hinwiesen, dass Monsieur Coulon an anderer Stelle sicherlich mehr Geld dafür bekommen könnte. Er und unser Bibliothekar hatten zwischenzeitlich viel Zeit mit dem Buch verbracht, und Monsieur Coulon willigte vielleicht auch wegen dieser freundschaftlichen Beziehung ein und weil er fast bankrott war. Wir kauften das Buch für fünfundzwanzigtausend Euro an, gingen aber davon aus, dass es bei einer Auktion durchaus das Doppelte erbringen könnte.«

»Ein gutes Geschäft.«

»Uns ging es nicht ums Geschäft – und rückwirkend wünschte ich wirklich, wir hätten das Buch niemals erworben. Es …«, der Dekan senkte die Stimme, »… es ist unheilig und von Übel und gut, dass es weg ist.«

Albin zog an der Zigarette. »Warum?«

»Bruder Serge war wie besessen von dem Buch. Er hatte sich in die Entschlüsselung vertieft und war nicht mehr ansprechbar. Seine Persönlichkeit hat sich verändert. Schließlich waren wir gezwungen, ihn aus dem Kloster zu entfernen. Er kam auf dem Hof einer Bäuerin unter und … Nun, sie bekamen eine Tochter. Er hat mit seinem selbstauferlegten Zölibat gebrochen und verließ schließlich den Orden komplett. Das heißt: Er wurde aus dem Orden entfernt.«

»Was geschah mit dem Buch?«

»Er nahm es mit sich.« Der Dekan seufzte, massierte sich die Knöchel.

»Einfach so?«

»Einfach so, ja. Wir haben es zunächst zurückgefordert und planten, es zu veräußern. Wir haben auch überlegt, Anzeige zu erstatten. Aber am Ende waren wir glücklich darüber, dass wir mit Bruder Serge und diesem unheiligen Buch nichts mehr zu tun hatten, und ließen es dabei bewenden. Bruder Marcel, sein Nachfolger, hat immer wieder versucht, ihn zur Rückgabe zu bewegen – aber ohne Erfolg.«

»Ein – unheiliges Buch? Was hat es denn unheilig gemacht?«

»Na, alles, was mit Bruder Serge geschehen ist ... Er hat sich stets geweigert zu berichten, worum es in dem Buch geht – außer, dass es sich um einen sehr alten Text handelt. Er hat uns gesagt, dass es ein apokalyptischer Text sei, das Buch eines Engels. Wir waren der Auffassung, dass man es für die Wissenschaft sichern sollte, aber es war zwecklos, mit Bruder Serge darüber zu diskutieren. Es war, als habe das Buch von ihm und seiner Seele Besitz ergriffen, und zwar nicht zum Guten. Deswegen hatte der Abt entschieden, dass es besser sei, wenn wir uns von allem verabschieden – von Bruder Serge und von dem Buch und dem Geld. Es hat alles nur Unheil gebracht.«

»Hat dieser Bruder Serge das Buch immer noch?«

»Er ist vor einigen Jahren verstorben. Wir hörten von einem Herzinfarkt.«

»Und Sie haben nicht versucht, das Buch zurückzubekommen?«

»Bruder Marcel hatte sich darum bemüht, aber ohne Erfolg. Es wurde irgendwann aufgegeben.«

»Wo hat Bruder Serge gelebt?«

»Wir wissen nicht, wo genau er zwischenzeitlich verblieben war. Auch wenn das vielleicht schwer zu verstehen ist, aber: Wir haben im Kloster nie mehr wieder über Bruder Serge gesprochen. Er war zu einer Persona non grata erklärt worden. Nur Bruder Marcel hatte noch Kontakt gehabt und könnte Ihnen vielleicht mit näheren Auskünften behilflich sein, doch Bruder Marcel ist ja nun tot. Es ist alles schrecklich, Monsieur le Commissaire.«

»Ex-Commissaire. Dieser frühere Bibliothekar«, fragte Albin. »Wie war sein vollständiger Name?«

»Serge Koulberg«, erwiderte der Dekan.

32

Muriel Koulberg stellte einen weiteren Karton auf den Tisch ihres kleinen Geschäfts, wo einige Rechnungen lagen. Sie wischte sich mit dem Handrücken über die Stirn. Meine Güte, sie hatte zwar einen Finanzplan gemacht und ausführlich mit der Bank gesprochen, nachdem sie das Geschäft übernommen hatte. Aber sie hatte ihre Mittel wahrlich etwas überschätzt. Wie es sich im Moment darstellte, würde sie sicherlich drei Jahre benötigen, bevor sie in die Gewinnzone kam. Sie trank die Wasserflasche zur Hälfte leer und ging dann zurück in den Keller, um einen weiteren Karton voller Bücher zu holen, die sie im Geschäftsraum in die Regale sortieren wollte.

Vor dem Tresor blieb sie stehen und dachte darüber nach, was sie über die Auktion bei der Ausstellung »Königreich der Himmel« in Avignon gelesen hatte. Dabei waren diverse Bücher und andere Schriften für unfassbare Summen verkauft worden. Sie wäre gern auch dort gewesen und hätte mitgesteigert. Vielleicht nicht einmal das. Auch das Zusehen hätte ihr ausgereicht und die Chance, andere bücherverrückte Menschen zu treffen. Aber einerseits hatte sie nicht ansatzweise genug Geld, um die irrsinnigen Preise zu bezahlen. Andererseits konnte sie das Geschäft nicht alleinlassen. Es war immer noch Hauptsaison. Viele Touristen kamen nach L'Isle-sur-la-Sorgue, und zwar genau ihre Klientel. Es waren Menschen, die nicht oder nicht mehr auf die Sommerferien angewiesen waren, weil ihre Kinder entweder schon erwachsen waren oder sie keine hatten und die Provence bei erträglicheren Temperaturen genießen wollten. Menschen, die nach Kultur suchten und diese auch bezahlen konnten.

Dennoch würde der Umsatz nicht ausreichen, um die aktuellen Rechnungen zu bezahlen. Sie würde zur Bank gehen müssen und darum bitten, dass ihr Kreditrahmen erweitert würde. Es war unklar, ob das klappte.

Muriel betrachtete den Tresor. Er war dunkelgrau, hatte das Format eines kleinen Kühlschranks und ein Zahlenschloss an der Tür. Er stammte noch aus dem Besitz ihres Vorgängers, der dort Bargeld und kostbaren Schmuck aufbewahrt hatte. Bargeld bewahrte Muriel dort ebenfalls auf sowie eine Handvoll wertvoller Bücher.

Vor allem das eine.

Sie stellte den Code am Schloss ein, zog sich die Schutzhandschuhe an, die oben auf dem Tresor lagen, öffnete ihn dann und nahm das Buch heraus. Es befand sich unter dem Fach mit der Pistole. Vorsichtig legte sie es auf den Beistelltisch und betrachtete es zum gefühlt tausendsten Mal. Sie mochte, wie es sich anfühlte. Sie mochte, wie es aussah. Sie mochte, wie es roch. Ihr gefiel die Tatsache, dass es so viele Jahrhunderte unbeschadet überdauert hatte. Was alles in dieser Zeit geschehen war …

Muriels Vater hatte ihr nie erzählt, wie es in seinen Besitz gekommen war. Seine Vergangenheit war bewegt gewesen. Er hatte als junger Mann in einem Buchladen gearbeitet, war zeitlebens von Büchern besessen gewesen. Mit der Zeit hatte er psychische Probleme bekommen, eine Art Überlastung oder Lebenskrise, weswegen er den Beruf aufgab, eine Weile durch das Land zog und irgendwann sein Heil in Klosteraufenthalten suchte und zu Gott fand.

Schließlich war er in den Benediktinerorden eingetreten. Er hatte über viele Jahre hinweg als Mönch bei den Benediktinern gelebt, war dem Klosterleben und dem Orden aber wieder entflohen, weil er sich in Muriels Mutter verliebt hatte. Er war stets ein rastloser Mann gewesen, gehetzt von sich selbst, und als Muriel gerade zehn Jahre alt gewesen war, wurde er schwer krank – eine Schwäche des Herzens. Bei der Feldarbeit war er zusammengebrochen und etwa eine Woche später gestorben, mit Mitte fünfzig. Ihre Mutter starb später an Krebs. Muriel war gerade zweiundzwanzig Jahre alt geworden. Der kleine Bauernhof, auf dem sie gearbeitet hatte, war in der Zwischenzeit verkauft worden, weil sich das Geschäft damit nicht mehr rentierte und der Landwirt keinen familiären Nachfolger gefunden hatte.

Die Liebe zu Büchern hatte Muriel geerbt. Ihr Vater hatte sich stets bemüht, diese bei ihr zu wecken, hatte ihr viel vorgelesen und über Bücher erzählt. Irgendwann kam dann der Tag, an dem er ihr seinen großen Schatz gezeigt hatte.

»Es gibt Menschen«, hatte er gesagt, »die mir dieses Buch wieder wegnehmen wollen. Aber ich werde es nicht hergeben. Sie werden nicht so gut darauf aufpassen, wie ich es kann und wie du es können wirst«, hatte er gesagt. »Denn wir müssen darauf achtgeben. Es ist ein wertvolles Buch mit geheimem, uraltem Wissen. Es darf niemals in die falschen Hände geraten, Muriel. Du musst es versprechen. Du darfst es niemals jemandem zeigen und musst es stets verschlossen halten. Du bist seine Wächterin. Du musst es beschützen.«

Muriel hatte es mehr als einmal versprochen.

Sie hörte, wie sich die Ladentür öffnete.

Kundschaft.

Muriel schob das Buch zurück in den Tresor. »Einen Moment!«, rief sie, zog die Handschuhe wieder aus, verschloss den Tresor und lief nach oben. Kundschaft. Ein Ehepaar, das gut situiert und solvent wirkte und deutsch miteinander sprach.

»Guten Tag«, sagte Muriel auf Englisch, »wie kann ich Ihnen helfen?«

33

Albin lehnte sich im Stuhl am Esstisch zurück und dachte nach.

Rival. Coulon. Bruder Marcel.

Drei Opfer, wie die Perlen einer Kette aneinandergereiht. Alle drei offensichtlich gefoltert. Alle drei standen auf die eine oder andere Art und Weise im Zusammenhang mit einem sehr bedeutenden Buch. Außerdem bauten die Fälle aufeinander auf. Rival wollte etwas anlässlich der Ausstellung in Avignon bei einem Vortrag enthüllen, und Rival hatte eine Verbindung zu Christophe Coulon in Oppède. Davon könnte Rival seinem Mörder berichtet haben. Dann wurde Coulon getötet, der das Buch besessen, aber ans Kloster verkauft hatte, dessen Bibliothekar als Nächstes getötet worden war. Wahrscheinlich hatte er seinem Mörder von Serge Koulberg berichtet. Doch wo Serge Koulberg nun lebte – das war unbekannt. In jedem Fall verdichtete sich, dass jemand hinter dem Buch her war und dafür über Leichen ging. Fragte sich nur, wer – und was an dem Buch so besonders war, dass man dafür tötete.

Albin musste dringend mit Castel und Theroux über seine Schlussfolgerungen sprechen und darüber, dass sie Informationen über diesen Serge Koulberg auftreiben sollten. Aber das musste etwas warten.

Albin betrachtete die Decke im Wohnzimmer. Nächsten Sommer spätestens, dachte er, sollte er mal wieder streichen, und zwar das gesamte Haus. Es war nicht groß, bot zwei Personen aber ausreichend Platz und hatte auch ausgereicht, als Manon und Clara bei ihm untergekommen waren. Der kleine Garten wurde von Teilen der alten Stadtmauer eingefasst. Natürlich gab es deutlich bessere Häuser in der Stadt oder außerhalb. Aber Albin hatte dieses hier seinerzeit besonders gut gefallen.

Schwer zu sagen, warum. Es war wie bei einem Kleidungsstück, das einem auf Anhieb gefiel und passte. Zudem hatte er das Haus für einen ausgezeichneten Preis erwerben können – die laufenden Kosten für die Finanzierung entsprachen in etwa dem, was er zuvor an Miete bezahlt hatte. Also hatte er zugeschlagen und hier stets allein gewohnt – bis zu dem Zeitpunkt, an dem Veronique und er zusammengezogen waren.

Seither hatte sich hier eine Menge verändert. Dennoch war das kleine alte Haus immer das kleine alte Haus geblieben und hatte sogar deutlich an Charme gewonnen, nachdem Veronique so einiges auf Vordermann gebracht hatte – angefangen damit, dass sie Albins alten Röhrenfernseher auf den Müll geworfen und ihn genötigt hatte, einen Flachbildfernseher anzuschaffen.

Der lief gerade und zeigte irgendeine japanische Zeichentrickserie, in der Figuren mit großen Augen und großen Mündern sowie strubbeligen bunten Haaren aufgeregt hin und her liefen und alle möglichen Dinge anstellten, die sich wohl nur Kinder erklären konnten. Clara saß vor dem Gerät, hatte Kopfhörer auf und lachte immer wieder – was Albin an Veronique erinnerte, die häufig ebenfalls vorm Fernseher scheinbar grundlos loslachte, wenn sie ihre Kopfhörer trug.

»Albin ist wieder in Gedanken«, hörte er die Stimme seiner Frau, blickte zurück nach unten und sah erst seine grinsende Frau und dann seine ebenfalls grinsende Ex-Frau an.

»Ich?«, fragte er.

»Manche Dinge ändern sich nie«, erwiderte Inés.

»War er wirklich schon immer so?«, fragte Veronique.

»Mhm«, machte Manon, die zwischen den beiden saß.

Tja, dachte Albin, brach sein Croissant in der Mitte durch und biss ab. Da sitze ich nun hier, drei Generationen Leclerc im Haus und zwei meiner Frauen mir gegenüber. Inés hatte er seit einigen Jahren nicht mehr gesehen, und er musste sagen: Sie war mit den Jahren noch attraktiver geworden und hatte, wie Veronique, mit jeder kleinen Falte gewonnen. Vermutlich tat ihr der mondäne Lebensstil gut.

Inés war mit Arthur Leprince zusammen, dem Inhaber von Leprince & Leprince, einer mittelgroßen Pariser Notars- und Anwaltskanzlei für Wirtschaftsrecht. Albin machte sich gelegentlich über den Namen lustig und redete über den »kleinen Prinzen«, wenn er Inés' Lebensgefährten meinte – aber nur im Stillen oder wenn er mit Tyson oder Matteo sprach. Ansonsten sagte er gerne »ihr Liebhaber«. Natürlich war ihm klar, dass beides etwas verächtlich klang.

Genauso war es auch gemeint, denn Albin mochte den Burschen nicht – was nichts damit zu tun hatte, dass er der Neue seiner Ex war. Er kannte den Mann auch gar nicht persönlich. Leprince war ihm dennoch auf Anhieb unsympathisch gewesen. Schon im ersten Moment, als Manon Albin ein Selfie von den beiden gezeigt hatte, das Inés mit Leprince zeigte, dem die Zigarre zwischen den Zähnen klemmte, was seine leuchtend weißen Zähne zur Schau stellte. Den weißen Pullover hatte er lässig über die Schultern geworfen. Er war der Typ Mann, der keine Socken in den Schuhen trug und so wirkte, als ob er vor jedem Frühstück im Morgengrauen zunächst eine Runde Golf spielte.

An der Kanzlei war er nach Albins Wissen nur noch als graue Eminenz beteiligt. Die Arbeit erledigte sein Sohn, während der Alte und Inés den größten Teil ihres Lebens auf Kreuzfahrtschiffen unterwegs waren und sicherlich einen ebenso großen Teil bei irgendwelchen gesellschaftlichen Ereignissen, in der Oper oder im Theater. Was überraschend war, denn Inés hatte sich früher überhaupt nichts aus Fernzielen gemacht und hatte lieber über Nordspanien gesprochen statt über die Karibik.

Und kulturelle Events – nicht mit Madame. Jedenfalls früher nicht.

Manon und Inés glichen sich wie ein Ei dem anderen und hatten, wie Clara, an derselben Stelle zwischen den Augenbrauen eine kleine Falte, wenn sie angestrengt nachdachten. Sie hatten dieselbe dunkle, olivfarben schimmernde Haut, dieselben dunklen Augen und dasselbe schwarze, dicke Haar, das Manon heute zum Zopf gebunden hatte, während ihre Mutter es halblang trug, zurückgehalten von einer Sonnenbrille mit Signet von Chanel. Zwischen den beiden hatte es eine kurze Eiszeit gegeben, nachdem Manon ihren irren Gatten Gilles Richard verlassen hatte und zu Albin in die Provence geflohen war.

Mittlerweile hatten sich die beiden aber wieder zusammengerauft.

Eben hatte Veronique Inés Handyfotos von ihrer Familie gezeigt. Vom kleinen Leon, der mittlerweile sechs Jahre alt war, und Yvette, die vor kurzem ihren ersten Geburtstag gefeiert hatte. Leon war das Kind von Veroniques jüngster Tochter Charlotte, Yvette die Tochter von Veroniques anderer Tochter Nicole. Die beiden hätten vom Aussehen her Zwillinge sein können, obwohl vier Jahre zwischen ihnen lagen. Sie lebten mit ihren Männern Antoine und Paul in Narbonne und Bordeaux. Veronique hatte erzählt, dass sie es bedauere, dass sie nicht in der Nähe wohnten und man sich öfter treffen und sie sich um die Enkelkinder kümmern könnte. Zumal Clara bestimmt eine gute Babysitterin wäre und Manon, Charlotte und Yvette sich auf Anhieb verstanden hätten. Inés wiederum erklärte, dass sie es ebenfalls bedauere, so weit entfernt zu leben und es für Manon in Paris schon sehr viel praktischer gewesen wäre, wofür sie sich von Manon einen giftigen Blick einfing.

»Dabei fällt mir ein«, sagte Inés und legte ihre Hand auf die von Manon, »dass ich heute Morgen im Hotel auf dem Weg zum Frühstück komplett in Gedanken war. Erst hinterher wurde mir klar, wen ich da gesehen habe: Franklin Slade!«

»Ach!«, machte Manon.

»Nein!«, entfuhr es Veronique.

»Doch, doch. Mit seiner Entourage. Er hat dort drei Suiten gemietet. Ich hatte mich zunächst gefragt, ob er das wohl wirklich ist oder nur jemand, der ihm sehr ähnlich sieht. Und genau das bestätigte man mir. Man rechnet ja nicht damit, dass einem auf einmal ein solch prominenter Mann über den Weg läuft.«

»Albin hat ihn auch getroffen«, erklärte Veronique.

»Du?« Inés sah ihn mit großen Augen an.

Albin nickte und kaute.

»Und er hat kein Selfie mit ihm gemacht. Nicht mal ein Foto!«

»Warum denn nicht?«

Albin machte eine ahnungslose Geste.

»Papa, wann hast du denn bitte schön Franklin Slade getroffen? Und wo?«, fragte Manon.

Albin kaute zu Ende, schluckte und sagte: »Was in Gottes Namen ist an diesem Franklin Slade so besonders, dass die komplette Damenwelt verrücktspielt? Ich hörte, er hat seine Yacht in Marseille vor Anker – warum steigt der dann in einem Hotel in Avignon ab? In welchem überhaupt?«

»La Mirande«, erklärte Inés.

Albin lupfte die Brauen. »*Da* residierst du?«

»Dort *residiere* ich. Du kennst das Hotel ja«, erwiderte Inés mit einem kurzen, aber bedeutungsvollen Blick zu Albin, bevor sie Manon und Veronique ausführlich erklärte, wie Slade ausgesehen hatte und wer alles sonst noch dabei gewesen war. Erstaunlich, dachte Albin für einen Moment. Fast wirkte es so, als würden sich Veronique und Inés bereits seit Jahren kennen und sich glänzend miteinander verstehen. Dabei waren sie sehr unterschiedliche Charaktere, aber möglicherweise gab es bei beiden eine Art gemeinsamen Nenner – etwas schwer in Worte zu Fassendes, das Albin damals bei Inés angezogen hatte und über das Veronique ebenfalls verfügte.

Jedenfalls: das La Mirande in Avignon, ausgerechnet.

Es war ein Fünf-Sterne-Luxushotel mit Sterneküche direkt am Papstpalast. Als adeliges Stadthaus aus dem 18. Jahrhundert war es von oben bis unten im entsprechenden Stil eingerichtet und könnte jederzeit als Kulisse für einen historischen Film dienen.

Und dieser Blick eben von Inés – Albin wusste genau, worauf sie anspielte, und machte drei Kreuze, dass sie den gewissen Namen nicht erwähnt hatte, denn ansonsten wäre die Atmosphäre am Kaffeetisch sehr schnell gekippt.

Der Name lautete Angelina »Fleur« Flores. Wobei Fleur wahrscheinlich glänzend hierher gepasst hätte und sicherlich ebenfalls einen unsichtbaren gemeinsamen Nenner mit Inés und Veronique gehabt hätte.

Zuletzt hatte Albin mit Fleur zu tun gehabt, als der Gangsterkönig Louis Rey aus dem Knast gekommen war und reinen Tisch mit denen machen wollte, die für seine fünfundzwanzig Jahre in der Zelle verantwortlich gewesen waren. Inzwischen saß Fleur selbst in einer solchen, denn sie hatte mit ihrem Sohn Aristides ein Drogennetzwerk geführt – das Erbe ihres verstorbenen Mannes, der seinerzeit zu den größten Bossen im Süden Frankreichs gehörte.

Albin hatte Fleur in den späten Achtzigern kennengelernt. Sie führte einen Privatclub für hochklassige Escorts und arbeitete selbst als eine. Sie hatten einen Deal: Fleur versorgte Albin mit Informationen, dafür ließ er sie in Ruhe ihre Geschäfte abwickeln. Sie waren sich außerdem stets sympathisch gewesen, vielleicht mehr als das, insbesondere vonseiten Fleurs.

Nur ein einziges Mal war es zu deutlich mehr als einem Knistern zwischen beiden gekommen. Inés war damals kurzfristig ausgezogen, weil sie es mit Albin nicht mehr aushielt, der nichts als seine Arbeit im Kopf hatte. Sie hatte die kleine Manon mitgenommen, die damals gerade drei Jahre alt gewesen war. Albin hatte sich betrunken, Trost bei Fleur gesucht – und ihn auch gefunden. Inés war schließlich zurückgekehrt. Albin hatte Besserung versprochen, was zumindest eine Zeitlang und bis zum endgültigen Ende ihrer Ehe einigermaßen funktionierte. Fleur hatte wenig später geheiratet, aus der Ehe ging ein Sohn hervor, der bei einer Schießerei ums Leben gekommen war.

Inés hatte gewusst, dass sich Albin gelegentlich mit Fleur traf, sie wusste auch, wer sie war und dass sie als seine Informantin arbeitete. Albin hatte jedoch nicht gewusst, dass die damalige Concierge im La Mirande die Cousine einer engen Freundin von Inés war. Kein Wunder also, dass die Nachricht zu Inés vordrang, dass Albin eines Abends im Hotel aufgetaucht war, um Fleur zu treffen, die zu der Zeit vorübergehend im La Mirande Quartier bezogen hatte und es erst morgens wieder verlassen habe.

Albin hatte sich herausgeredet und von schwierigen Ermittlungen und wichtigen, komplizierten Informationen gesprochen. Doch der Zweifel war bei Inés geblieben – und der Name Fleur ein rotes Tuch. Nicht anders war es bei Veronique gewesen, als sie Albin und Fleur zusammen sah, als ihn Fleur eingedenk der alten Zeiten um Schutz vor Louis Rey gebeten hatte. Auch für sie war der Name ein rotes Tuch, denn sie hatte instinktiv wahrgenommen, dass diese Fleur das Potenzial hatte, ihr gefährlich zu werden.

Tja. Frauen hatten für Konkurrenz wohl einen feinen Spürsinn.

Albin sparte sich deswegen eine Bemerkung zu der Aussage, dass er das Hotel ja kenne, und sparte sich ebenfalls die Nachfrage, warum sich Inés denn nun ausgerechnet dieses Hotel ausgesucht hatte – und lenkte stattdessen so schnell wie möglich vom Thema ab.

»Ich«, sagte er, »muss mich mal kurz entschuldigen. Muss eine Runde mit Tyson drehen.«

Damit stand er auf, ging zum Flur und schnappte sich das Handy, die Leine und seine Zigaretten. Tyson stand bereits vor der Haustür und wedelte erwartungsvoll mit dem Schwanz. Im Hintergrund hörte Albin die Frauen weiterreden.

»Raucht er immer noch?«, fragte Inés.

»Damit wird er wohl nie aufhören«, erwiderte Manon.

»Und geht er immer noch zu diesem schrecklichen Matteo?«

»Und ob«, sagte Veronique. »Die beiden sind ja Freunde.«

»Ich kam nie mit Matteo zurecht.«

»Ach, den muss man nur zu nehmen wissen. Albin sieht das Café als sein Büro an. Er ist seit kurzem offizieller polizeilicher Berater.«

»Er kann es einfach nicht bleiben lassen«, erklärte Manon.

»Aber das ist auch ganz gut so«, hörte Albin Veronique. »Dann hat er wenigstens etwas zu tun, während ich mein Geschäft führe. Außerdem ist er sehr nützlich. Er hat bereits einige Fälle lösen können.«

»Raubt euch das nicht zu viel Zeit?«, fragte Inés.

»Ich hole mir die Zeit, die ich brauche, keine Sorge«, erwiderte Veronique und lachte. »Albin ist jemand, dem man gelegentlich in den Allerwertesten treten muss und der etwas Führung braucht, aber auch seine Freiheiten.«

Beim Rausgehen hörte Albin Manon auflachen.

»Morgen«, sagte Veronique, »werde ich nicht mit zum Gericht kommen. Das ist eine Familiensache zwischen euch. Außerdem muss jemand auf Clara achtgeben.«

»Manon«, sagte Inés, »Papa und ich werden auch nur mitkommen, wenn du das wirklich willst. Wir können auch im Anschluss nur essen gehen. Andererseits würde ich Gilles sehr gerne ins Gesicht spucken und …«

»Nein, ist schon in Ordnung«, erwiderte Manon.

Albin schloss die Tür, ließ sie noch einen klitzekleinen Spalt geöffnet.

»Ich meine«, ergänzte sie, »ich freue mich ja über deinen Sinneswandel, Maman.«

»Ich kann mich nur wiederholen und mich immer wieder für mein Verhalten entschuldigen, Manon …«

»Schon gut. Wir hatten das bereits. Räumen wir ab?«

»Franklin Slade«, sagte Veronique dann. »Im gleichen Hotel? Unglaublich.«

»Oder? Ich dachte, mich tritt ein Pferd«, hörte Albin Inés sagen.

Dann schloss er die Tür. Er zog eine Gitanes aus der Verpackung, steckte sie an, nahm einen tiefen Zug und stieß den Qualm in einem feinen Strahl in den dunkelblauen Himmel.

»Meine Güte«, murmelte er, fuhr sich mit der freien Hand durchs Gesicht und ging Tyson hinterher, der sich bereits auf den Weg zu ihrer gewohnten Route gemacht hatte.

Du brauchst Führung und Freiheit, Chef.

»Dir trete ich gleich in den Hintern, mein Freund.«

Wie ich soeben hörte, brauchst vielmehr du ab und zu einen solchen Tritt.

»Die drei waren noch nicht einmal so taktvoll, erst über mich zu reden, nachdem ich hinausgegangen war. Die haben einfach weitergeplappert, obwohl ich alles mitbekam!«

Na und? Das kannst du doch vertragen, oder?

Albin brummte, rauchte und kickte einen Stein vor sich her.

Und – kommst du klar mit dem Besuch deiner Ex? Ist doch ganz entspannt, oder?

Albin brummte erneut. »Hätte schlimmer sein können. Das Wichtigste ist, dass Manon und Clara zufrieden sind.«

Ich denke, das sind sie.

Albin nickte. »Ich hoffe, dass sich dieser Psychopath beim Scheidungstermin morgen anständig benehmen wird. Sonst …«

Hast du keine Ahnung, was du tun wirst, und kannst für nichts garantieren?

»Exakt.« Albin kickte den Stein auf die Straße. »Apropos keine Ahnung – ich muss dringend jemanden ins Bild setzen, der vermutlich ebenfalls keine Ahnung hat.«

Du solltest Castel und Theroux nicht fortlaufend unterschätzen.

»Tue ich nicht. Dann drücken wir es so aus: Ich sollte dringend mit Castel und Theroux sprechen, um mich zu versichern, dass sie auf der richtigen Fährte sind. Wir müssen erfahren, Tyson, wo sich dieser frühere Bibliothekar Serge Koulberg zuletzt aufgehalten hat. Ich bin der Meinung, dass wir uns auch diesen angeblichen Priester Grassi genauer ansehen sollten. Er verhält sich merkwürdig. Und kaum dass er auftauchte, starben Menschen. Okay, das gilt ebenso für den Zeitpunkt des Auftauchens von Franklin Slade. Abgesehen davon hat Slade Unsummen für ein Buch bezahlt, das in derselben Schrift verfasst ist wie ›Die Apokalypse des Seraphs‹, und Grassi wollte es ebenfalls erwerben – ich bin mir nicht sicher, ob das jeweils nur ein Zufall ist.«

Klingt nach einem Plan, sagte Tyson und trottete um die Ecke. *Aber da wäre noch etwas.*

»Und zwar?«

Der Dekan hat dir davon erzählt, dass Koulberg bei einer Bäuerin lebte und sie eine gemeinsame Tochter hatten. Vielleicht ist das ein Ansatz?

»Hm«, machte Albin.

Und vielleicht, ergänzte Tyson, *musst du auch mal andersherum denken. Vielleicht geht es nicht darum, dass jemand das Buch unbedingt haben will. Vielleicht geht es um das Gegenteil: dass jemand verhindern will, dass andere es in die Finger bekommen.*

»Da ist durchaus etwas dran«, murmelte Albin. »Nur: Wieso würde jemand das unbedingt verhindern wollen und gleichzeitig sicherstellen, dass das Buch weiterhin geheim bleibt?«

Dafür gibt es eine einfache Erklärung, oder? Weil das Buch aus gutem Grund in Geheimschrift verfasst und seit Jahrhunderten verschollen ist.

»Kluger Hund«, sagte Albin, während er das Handy zur Hand nahm.

34

»Also, was haben wir noch?«, fragte Castel und lehnte sich mit der Hüfte ans Whiteboard.

Es stand an der Stirnseite im Lage- und Besprechungsraum, der voller Kollegen war. Die Sonderkommission umfasste aktuell fast zwanzig Polizisten allein hier in Carpentras. Avignon war ebenfalls in die Ermittlungen involviert und natürlich die Gendarmerie.

Theroux saß direkt neben Claude Montfavet, dem stiernackigen Chef de Police, der sich bislang ausgeschwiegen hatte. Zahir, der als Nerd in der Abteilung galt, hatte sich seinen Platz neben Eric Noirot und Melina Miolan gesucht, die zur Überwachungs-Taskforce gehörten und viel mit Technik zu tun hatten. Im Unterschied zu Zahir in seinem weißen Hemd mit der Krawatte wirkten sie allerdings, als seien sie geradewegs aus einer Online-Gamer-Runde gekommen. Außerdem waren Herbault und Griffon da, die beide in ihren Notizblöcken blätterten, wie um zu überprüfen, ob sie noch etwas vergessen hatten. Auf der anderen Seite neben Montfavet und damit rechts neben Castels Stuhl saß Staatsanwalt Luc Bonnieux, der einen hellblauen Anzug trug und gerade seine randlose Brille putzte.

Cat wartete ab, ob sich noch jemand melden würde oder ob Herbault und Griffon noch etwas in ihren Blöcken fanden. Was aber nicht passierte.

Also holte Cat Luft und sagte: »Fassen wir zusammen. Drei Tote innerhalb weniger Tage. Ein Literaturwissenschaftler, ein Künstler, ein Mönch, der Bibliothekar war. Alle drei wurden auf brutale Art und Weise ermordet und vorher gefoltert, und zwar nach mittelalterlichen Methoden. In keinem Fall hat sich der Täter die Mühe gemacht, die Leichen zu verstecken, daher gehen wir davon aus, dass es sich jedes Mal um denselben gehandelt hat. Wir haben zwar keine Fingerabdrücke gefunden, jedoch identische Fußspuren von Lederschuhen mit glatter Sohle und ohne markantes Profil in Größe neununddreißig an allen Tatorten, die wir dem Täter zuordnen, weshalb wir von einer Einzelperson ausgehen. Gemessen an der Schuhgröße dürfte sie vermutlich zwischen eins fünfundsechzig und eins siebzig groß sein. Wir können aufgrund der Tatumstände nicht automatisch von einem männlichen Täter ausgehen und daher eine Täterin nicht ausschließen. Nur im Fall von Michel Rival wurde, soweit wir wissen, etwas entwendet, und zwar sein Laptop. Bislang haben wir leider kein verbindendes Element zwischen den Opfern entdeckt, außer der Tatsache, dass alle drei älteren Semesters und männlich sowie alle drei in der Kulturbranche tätig waren und mit Schrift zu tun hatten – Coulon allerdings nur im Rahmen seiner Malerei. In Anbetracht der Umstände gehen wir davon aus, dass der Täter etwas suchte. Im Fall von Rival ging es wohl um etwas, das sich auf seinem Laptop befindet. Wir haben keine Anhaltspunkte, worum es bei Coulon und Bruder Marcel ging – daher nehmen wir an, dass der Täter weitergehende Informationen von ihnen wollte, weswegen er sie gefoltert hat. Anschließend tötete er sie, um seine Identität zu verschleiern. Die Tatsache, dass er sich danach nicht weiter um die Leichen gekümmert hat, zeigt uns, dass er sich sehr sicher ist, nicht erkannt zu werden. Außerdem ist er gleichgültig gegenüber den Opfern und der Polizei. Er ist zielstrebig, organisiert und geht planvoll vor. Dass er jeweils andere Tötungsmethoden angewendet hat, spricht nach meiner Meinung für eine Art von sadistischer Kreativität. Es mag aber auch sein, dass die Morde ritualisiert beziehungsweise in einem Kontext zu sehen sind: Im Mittelalter wurden Ketzer verbrannt, Diebe, Betrüger und Verräter erhängt und Mörder oder brutale Räuber gerädert. Es mag daher sein, dass der Täter seine Opfer jeweils dieser Delikte beschuldigt und sie hingerichtet hat, nachdem er sie gefoltert hat. Es mag sein, dass der Täter nunmehr sein Ziel erreicht hat. Wir müssen aber davon ausgehen, dass es noch weitere Tote geben könnte und Menschen in Gefahr sind. Es gibt die These, dass bei den Morden ein wertvolles und sehr altes Buch aus dem Besitz des Templerordens eine Rolle spielt. In diesem Zusammenhang könnten die mittelalterlichen Tötungsmethoden zu sehen sein. Wir haben außerdem Schrift als ein abstraktes, aber verbindendes Element zwischen den Toten, was ebenfalls zu einem Buch passt. Außerdem sollte Rival einen Vortrag bei der großen Ausstellung ›Königreich der Himmel‹ halten, und es wurde gemutmaßt, dass es Enthüllungen über ein bestimmtes Buch geben könnte. Bruder Marcel wiederum war Bibliothekar, mit Büchern beschäftigt und kehrte außerdem gerade von ebendieser Ausstellung zurück, als er ermordet wurde. Von daher möchte ich mich auch auf diesen Ansatz konzentrieren und der Frage nachgehen, ob auch Christophe Coulon bei dieser Ausstellung gewesen ist. Das bedeutet, dass wir die Teilnehmer- und Rednerlisten durchgehen und mit unseren bisherigen Zeugenbefragungen abgleichen müssen. Wir müssen nach Übereinstimmungen suchen und danach, ob Personen, die wir aus dem Umfeld der Opfer bereits kennen, auch bei der Ausstellung gewesen sind. Ich weiß, das ist viel Arbeit und wird außerdem bedeuten, dass wir die Bilder aus der Videoüberwachung des Papstpalasts auswerten müssen. Wahrscheinlich wird euch dabei auffallen, dass unser polizeilicher Berater Albin Leclerc ebenfalls bei dieser Ausstellung gewesen ist, zweimal sogar, und …«

»Leclerc?«, fragte Bonnieux.

Mist, dachte Castel und biss sich auf die Zunge. Sie hatte unbedacht das Reizwort genannt, auf das der Staatsanwalt stets ansprang wie ein Jagdhund.

»Albin Leclerc, richtig.«

»Was hat der damit zu tun?«

»Ich erwähne es lediglich. Damit die Kollegen, die die Videobilder sichten und die Teilnehmerlisten durchgehen, nicht überrascht sind.«

Bonnieux neigte sich etwas zur Seite hin zu Cat. Er senkte die Stimme und raunte: »Wieso lungert Leclerc in der Ausstellung herum?«

Cat schluckte, blickte in die Runde der schweigenden Kollegen, die sie allesamt erwartungsvoll ansahen. Cat konnte jetzt schlecht sagen, dass Albin Lunte gerochen hatte, wieder einmal auf eigene Faust ermittelte, aber scheinbar auf etwas gestoßen war, denn die Idee mit dem Buch und der Schrift als Kontext stammte ja von ihm. Andererseits: Warum eigentlich nicht? Sollte Bonnieux doch mit der Information anfangen, was er wollte, und sich ärgern, bis er rot anlief.

»Es ist Leclercs Theorie«, sagte sie dann laut und deutlich. »Und es ist keine dumme Theorie.«

Schließlich erhob sich Bonnieux vom Platz und ergriff das Wort.

»Ich begrüße die Resultate unserer bisherigen Arbeit und hoffe, dass wir sehr bald einen Tatverdächtigen präsentieren können oder wenigstens eine konkrete Spur, denn ich muss Fragen beantworten und kann bislang nur ausweichende Antworten geben, was uns nicht gut aussehen lässt, Messieurs et Mesdames.«

Was dich nicht gut aussehen lässt, dachte Cat. Denn darauf kam es Bonnieux am meisten an. Er war jemand, der auf der Karriereleiter unbedingt noch einige Stufen erklimmen wollte und darum kämpfte, gesehen zu werden. Bislang war das – trotz aller Ermittlungserfolge der letzten Zeit – nicht gelungen, man ignorierte Bonnieux geflissentlich, was ihn wurmte. Zudem konnte er Albin Leclerc nicht ausstehen, was auf Gegenseitigkeit beruhte, und nach Cats Meinung fürchtete Bonnieux stets, neben Albin zu verblassen, wenngleich Albin seinerseits nie Wert darauf gelegt hatte, neben dem Staatsanwalt zu glänzen.

»Wir müssen aber davon ausgehen, dass es noch weitere Tote geben könnte und Menschen in Gefahr sind«, wiederholte er wortwörtlich, was Castel zuvor gesagt hatte, »und das wollen wir selbstverständlich unbedingt vermeiden. Sollten sich bei Ihrer Arbeit Hindernisse ergeben, zögern Sie nicht, sich an mich zu wenden. Ich werde sie umgehend aus dem Weg räumen. Ich darf Sie daran erinnern, dass es in den kommenden Wochen um Etatberatungen bezüglich der Ausstattung der Polizei geht.« Montfavet nickte kaum merklich. »Wir alle wissen, dass nicht nur mehr Personal erforderlich ist, sondern insbesondere neue Hardware und ein deutlich größeres Budget insgesamt. Es fehlt an allen Ecken und Enden, wie ich immer wieder zu hören bekomme.« Montfavet nickte erneut. »Ein rascher Fahndungserfolg dürfte hier ein eindeutiges Zeichen senden und unser Segel in den Wind drehen. Ich wünsche Ihnen viel Erfolg und einen guten Arbeitstag.«

Damit beendete Bonnieux die Besprechung, die eigentlich Cat hätte beenden sollen – oder zumindest Montfavet, der nun mit allen Kollegen zusammen aufstand und Cat einen knappen Blick zuwarf.

Cat wusste, was diese Art von Blick zu bedeuten hatte: Es war ein Augenrollen, ohne mit den Augen zu rollen. Sie verkniff sich im Gegenzug ein Grinsen und deutete ein Zwinkern an, ohne tatsächlich zu zwinkern.

Der Raum leerte sich. Cat und Theroux blieben zurück und betrachteten das Whiteboard. Theroux setzte gerade an, etwas zu sagen, als Cats Handy summte. Sie zog es aus der Hintertasche ihrer Jeans, seufzte und nahm das Gespräch an.

»Besprechung beendet?«, fragte Albin.

»Wie kommen Sie darauf? Haben Sie Wanzen installiert?«

»Castel. Stellen Sie sich nicht dumm. Ich weiß, wann diese Besprechungen beginnen und wie lange sie für gewöhnlich dauern.«

»Und Sie dürften schlussfolgern: Wenn ich ans Telefon gehe, dann bin ich wohl gerade in keiner Besprechung.«

»Touché. Aber ich habe keine Zeit, mit Ihnen darüber

zu diskutieren, wer nun recht hat und wer nicht. In welche Richtung ermittelt ihr?«

Castel stellte das Gespräch auf Lautsprecher, damit Theroux mithören konnte, und gab Albin eine kurze Zusammenfassung.

»Gut«, erwiderte Leclerc. »Dann seid ihr in der Spur und gleichzeitig offen in alle Richtungen. Ich habe gestern mit der Klosterleitung gesprochen. Ihr ist Christophe Coulon bekannt. Und ich bin mir sicher, dass es um das verschwundene Buch mit dem Titel ›Die Apokalypse des Seraphs‹ geht. Es ist nach meinen Informationen nicht wertvoller als andere aus dem Mittelalter. Also schwer zu sagen, ob jemand es unbedingt wegen des Inhalts haben will oder weil es in seiner Sammlung fehlt, oder ob er es schützt und alle aus dem Weg räumt, die dem Buch auf die Spur gekommen sind.«

»Das Buch *schützen*?«, fragte Theroux.

»Es ist ein verschollen geglaubtes Buch«, erklärte Albin. »Es ist in einer Geheimschrift verfasst. Welche Art von Text würde man wohl in einer Geheimschrift verfassen, Alain?«

»Einen, dessen Inhalt niemand kennen soll?«

»Kluger Mann. Jedenfalls hat Coulon im Kloster gearbeitet. Er besaß das Buch und hat es an die Benediktiner verkauft, weil er Geld brauchte. Der damalige Bibliothekar hat sich wie besessen darauf gestürzt, das Kloster verlassen und das Buch mitgenommen. Die Mönche haben ihn gehen lassen und Abstand von dem Buch genommen, weil es nach ihrer Meinung Unglück brachte und unheilig war.«

»Die haben keine Anzeige erstattet?«, fragte Theroux.

»Nein.«

»Aber das war doch ein immens wertvolles Buch? Das gibt man doch nicht einfach so fort?«

»Es war ein Hin und Her, sagen die Mönche. Schließlich haben sie sich davon getrennt. Diese Leute ticken etwas anders als wir, Theroux.«

»Hm«, machte Theroux und legte die Stirn in Falten.

»Der Nachfolger in der Bibliothek war der getötete Bruder Marcel. Er hat angeblich mehrfach versucht, das Buch zurückzubekommen. Erfolglos allerdings. Also haben wir drei Personen, die mit dem Buch zu tun hatten. Einerseits Rival, der dem Buch auf die Spur gekommen ist. Wir haben andererseits Coulon, dem das Buch gehörte. Und wir haben Bruder Marcel, der den letzten Aufenthaltsort des Buches kannte, und zwar in Händen von Serge Koulberg, seinem Amtsvorgänger als Leiter der Klosterbibliothek.«

»Dann haben wir vier«, sagte Theroux.

»Was?«, fragte Leclerc.

»Vier Personen. Du hast eben drei gesagt. Aber Koulberg kommt hinzu. Es sind vier.«

»Herzlichen Glückwunsch zum kleinen Einmaleins, Theroux.«

»Aber warum sagst du drei, wenn es vier sind?«

»Alain, jetzt steh nicht dauernd so auf der Leitung und lass mich ausreden«, sagte Albin.

Cat hätte beinahe lachen müssen, denn genau so war es: Theroux stand wirklich manchmal aus unerfindlichen Gründen auf der Leitung.

Leclerc sagte: »Also Serge Koulberg. Die Benediktiner konnten mir nicht sagen, wo er zuletzt gelebt hat. Bruder Marcel habe das gewusst, aber der kann ja nicht mehr reden. Bekannt ist, dass Koulberg auf dem Hof einer Bäuerin unterkam und die beiden wohl eine gemeinsame Tochter hatten.«

»Ein Mönch?«, fragte Theroux. »Ich dachte, die dürfen das gar nicht, und …«

»Alain. Mund zu, Ohren auf!«

Theroux schnappte nach Luft, sagte aber nichts mehr.

Leclerc redete weiter. »Ihr müsst herausfinden, was mit diesem Koulberg ist. Wo er zuletzt lebte. Einfach alles. Daraus dürften sich dann weitere Rückschlüsse ergeben.«

»Das ist alles?«, fragte Cat.

»Das ist für den Moment alles, ja.«

»Sind Sie da ganz sicher?«

»Ich kann Sie nicht mit jedem noch unreifen Gedanken behelligen, Castel, und die Hühner verrückt machen. Suchen Sie nach Koulberg. Dann sehen wir weiter. Und halten Sie mich auf dem Laufenden.«

»Sie haben doch was vor, Albin.«

»Ich habe vor, nun weiter zu brunchen, denn meine Ex-Frau ist zu Besuch und sitzt mit Manon und Veronique am Tisch, und keine der Damen soll den Eindruck bekommen, dass für mich die Arbeit wichtiger wäre als ein netter Kaffeeklatsch.«

»Mhm«, machte Cat.

»Ich weiß genau, was dieses *Mhm* bedeuten soll, Castel!«

»Albin«, sagte Castel. »Was auch immer Ihnen durch den Kopf geht: Versprechen Sie mir, dass Sie sich ab jetzt zurückhalten und uns unsere Arbeit machen lassen?«

»Absolut verspreche ich das«, antwortete Albin. »Hoch und heilig.«

35

Wenig später waren Manon, Clara und Inés zu einem kleinen Ausflug aufgebrochen, und Veronique war wieder im Blumengeschäft. Albin überlegte, dass er Castel und Theroux selbstverständlich ihre Arbeit machen lassen und sich – wie versprochen – zurückhalten würde. Mal kurz nach Avignon zu fahren, dachte Albin und parkte ein, konnte man aber wohl kaum als Einmischen bezeichnen. Frankreich war schließlich immer noch ein freies Land, und da er nichts Besseres zu tun hatte, konnte er mit Tyson durchaus mal am Papstpalast spazieren gehen. Das würde der Polizeiarbeit kaum im Wege stehen, und es war wohl auch nicht verboten, mal am Hotel La Mirande vorbeizugehen, wo Inés residierte.

Und genau das tat Albin etwa zwanzig Minuten später, als er zunächst über den großen Platz am Palast schlenderte, an dem Bauwerk vorbeiging und dann dessen Rückseite erreichte, wo sich das Hotel La Mirande befand.

Der alte Adelspalast hatte eine schlichte, aber respekteinflößende Fassade. Unterstützt wurde der luxuriöse Eindruck von den drei Autos, die vor dem Hotel parkten, ein Maserati, ein Jaguar und ein Tesla.

Mit Tyson an der Leine bewegte er sich auf den Eingang zu – und stockte, als jemand das Hotel verließ, den er hier und jetzt nicht erwartet hatte.

Monsignore Alberto Grassi.

Bis auf das weiße Kollar trug Grassi Schwarz. Ihm erging es offensichtlich wie Albin. Auch er stockte, aber nur ganz kurz, und ging schließlich mit einem Lächeln auf Albin zu, der vor den gusseisernen Fenstergittern des Palastes stehen geblieben war, betrachtete Tyson, dann wieder Albin und streckte die Hand zum Gruß aus.

»Monsieur le Commissaire, was für eine Überraschung, Sie hier zu sehen.«

»In der Tat. Ich bin ebenfalls überrascht«, erwiderte Albin und ergriff Grassis kühle Hand, um sie zu schütteln. »Sie logieren in diesem Hotel?«

»Nein, ich ...« Grassi fuhr sich mit der Hand über die gutsitzende Frisur, »logiere in einem anderen Hotel. Ich war zu einem kurzen Termin hier.«

»Mit Slade?«

Grassi blickte Albin fragend an. »Mit wem?«

»Franklin Slade«, erwiderte Albin. »Er residiert hier, wie ich hörte. Und ich bin hier, weil ich mich ein wenig umsehen will. Wen treffe ich da? Monsignore Grassi, der mir bereits ebenso zufällig in Oppède über den Weg lief.«

Grassi lächelte. »Die Wege des Herrn sind unergründlich.«

Albin schlang sich Tysons Leine um das Handgelenk, zog eine Zigarette aus der Verpackung und steckte sie sich an, nachdem Grassi dankend abgelehnt hatte, ebenfalls eine zu rauchen. Der Priester tippte auf die Uhr an seinem Handgelenk. »Ich habe es etwas eilig, und ich ...«

»Wollten Sie mit Slade sprechen, um eventuell ein noch besseres Angebot für das Buch zu machen, das Sie bei der Auktion nicht ersteigern konnten?«

Der Priester lupfte eine Braue.

»Grassi«, sagte Albin und paffte. »Ich denke, wir zwei reden jetzt mal Klartext. In den vergangenen Tagen sind drei Menschen umgebracht worden, und ich denke, es war kein Zufall, dass ich Sie in Oppède getroffen habe, wo Christophe Coulon lebte. Die Frage ist, ob ich Sie deswegen jetzt zu einer Zeugenvernehmung vorladen lasse oder ob Sie …«

»Ich weiß«, sagte Grassi, dessen Tonfall mit einem Mal sachlich und hart klang. »Coulon, Rival, Bruder Marcel. Und es ist unnötig, mich vorzuladen, Leclerc. Sie wollen Klartext? Okay. Reden wir Klartext, denn ich denke, wir sind an einem Punkt angelangt, wo es erforderlich sein wird, sich aufeinander verlassen zu können.«

»Verlassen?«

Grassi nickte. »Sie zweifeln daran, dass ich ein Priester bin und der Vatikan mich zur Begleitung der Exponate mitgeschickt hat.«

»Das tue ich. Ich bin mir nicht sicher, ob Sie ein echter Priester sind oder ob Ihr Aufzug nur eine Verkleidung ist.«

»Er ist beides«, sagte Grassi. »Und nein, ich bin kein aktiver Priester. Dennoch arbeite ich im Vatikan und für den Vatikan. Im Zusammenhang mit der Ausstellung und den Exponaten aus Rom bin ich nach Avignon gereist, weil es um ein bestimmtes Buch geht.«

»›Die Apokalypse des Seraphs‹?«

»Es wundert mich nicht, dass Sie inzwischen davon gehört haben. Ihr Ruf eilt Ihnen voraus, Monsieur Leclerc.«

»Tut er das?«

Grassi nickte. Er sagte Albins Geburtsdatum auf, seine

Adresse, wann er in den Ruhestand gegangen war und seinen früheren Dienstgrad. Er wusste ebenfalls, dass Albin als polizeilicher Berater aktiv war und nannte eine Reihe von Fällen, in die Albin zuletzt verwickelt gewesen war und zu deren Aufklärung er beigetragen hatte.

»Sie sind gut informiert.«

»Ich weiß gerne, mit wem ich es zu tun habe.«

Albin paffte. »Ich ebenfalls. Und bei Ihnen hat meine Intuition von Anfang an gesagt, dass etwas nicht stimmt.«

»Mit mir stimmt alles, und wenn Sie es nachprüfen …«

»… was ich tun werde …«

»… dann werden Sie mich zweifelsfrei als Mitarbeiter der vatikanischen Bibliotheken identifizieren können. Faktisch arbeite ich aber für die vatikanische Gendarmerie, die sich um alle Sicherheitsaspekte in Rom und bei Reisen des Heiligen Vaters kümmert. Sie kennen die Schweizer Garde. Das ist die Leibwache. Die Aufgaben der Gendarmerie sind weiter gefasst, sie verfügt einerseits über eine ›Gruppo Intervento Rapido‹, eine schnelle Eingreifgruppe, sie verfügt aber auch über eine ›Gruppo Informazione e Messaggi‹, für die ich tatsächlich arbeite.«

»Vatikanischer Geheimdienst?«, fragte Albin.

Grassi nickte. »So geheim sind die Gruppen nicht. Aber wenn Sie so wollen … Im Umfeld der Ausstellung ist bekannt geworden, dass Michel Rival etwas über ein Buch enthüllen wollte, an dem Rom sehr interessiert ist. Ich sollte Informationen darüber sammeln, aber bevor ich Monsieur Rivals Vortrag anhören oder mit ihm sprechen konnte, war er bereits tot. Meine weiteren Ermittlungen führten mich zu Christophe Coulon, der ebenfalls tot war, bevor ich mit ihm reden konnte. Dann vernahm ich von dem Mord an Bruder Marcel. Mir wurde klar, wohin die Spur führt.«

»Oder Sie haben alle drei ermordet und binden mir einen Bären auf«, sagte Albin und sog den Rauch ein, bevor er ihn durch die Nasenlöcher wieder ausstieß. Er musterte Grassi. Sein Gefühl sagte ihm jedoch, dass der keinen Unsinn erzählte.

»So dringend«, sagte Grassi, »will Rom das Buch nun auch wieder nicht in seinen Besitz bringen.«

»Welche Schuhgröße haben Sie?«

»Vierundvierzig.«

»Und sicherlich haben Sie für jeden der Tatabende ein Alibi.«

»Davon gehe ich aus.«

»Sind Sie überhaupt Priester?«

»Ich habe kein Weihesakrament empfangen und bin demnach kein Priester. Ich arbeite seit vielen Jahren für den Vatikan. Bevor ich dort angeworben wurde, war ich beim AISE, der Agenzia Informazioni e Sicurezza Esterna, dem italienischen Auslandsnachrichtendienst.«

»Ein Spion?«

»Analyst. Auch das werden Sie ohne Probleme verifizieren können, wenn Sie mich überprüfen. Und ich wiederhole: Wir gehen sicherlich nicht über Leichen, um dieses Buch zu finden. Wenngleich die Dringlichkeitsstufe hoch ist.«

»So hoch, dass Sie eine erhebliche Summe ausgeben wollten, um ein anderes Buch zu ersteigern, das sich zur Entschlüsselung der Geheimschrift des betreffenden Buches verwenden lässt?«

Grassi lächelte. »Sie sind wirklich gut, Leclerc.«

»Und nun finde ich Sie also bei Franklin Slade, und ich frage mich, warum.«

»Die Frage gebe ich gerne zurück.«

»Und noch mehr frage ich mich, was das für ein verteufeltes Buch ist.«

»Sie sagen es, Leclerc.«

»Hm?«

»Ein verteufeltes Buch.«

Albin zog an der Zigarette. »Wie meinen Sie das?«

»Wortwörtlich. Und Mister Slade werden wir beide nicht sprechen können, denn wie ich eben erfahren habe, sind einige seiner Mitarbeiter zwar noch hier, er selbst ist aber zurück auf seiner Yacht.«

36

Wie ein weißer Schwan lag das Schiff im trubeligen Hafen von Marseille vor Anker und stach aus der Masse an kleineren, aber auch größeren Yachten durch ihr elegantes, schnittiges Design hervor. Die »Lilith II« war ein beachtliches Schiff, selbst nach Maßstäben von Multimillionären.

Das lag nicht an ihren Dimensionen. Mit ihrer Länge von fünfundfünfzig Metern war sie zwar beeindruckend, hatte aber keine Chance, in eine der Toplisten von Megaschiffen russischer Oligarchen oder arabischer Prinzen zu gelangen. Dennoch konnte man auf ihrem Hauptdeck am Heck einen Hubschrauber landen oder es ansonsten als hundertfünfzig Quadratmeter große Terrasse mit Swimmingpool nutzen, von denen es zwei weitere, aber kleinere auf dem Oberdeck und der Flybridge gab. Das Unterdeck beherbergte eine große Badeplattform und eine Garage für zwei Beiboote, Jetskis und außerdem fünf Autos. Der Wohnbereich war fast dreihundert Quadratmeter groß und mit beachtlichem Stilgefühl von einem New Yorker Innenarchitekten eingerichtet worden – luxuriös, aber dennoch dezent und hochmodern. Überall gab es große Fenster sowie eine Wendeltreppe, die die drei Wohndecks und den geräumigen Salon miteinander verband. Es gab sechs Kabinen für zwölf Gäste sowie Räume für acht Besatzungsmitglieder und natürlich die Mastersuite mit einem großen Badezimmer sowie einem Büro.

Nichts, worüber andere Sechsunddreißigmillionen-Euro-Yachten nicht verfügten. Allerdings war die »Lilith II« eines der neuesten Schiffe seiner Klasse, von einer äußerst renommierten deutschen Werft mit einer Hülle aus Aluminium gebaut und mit einer bemerkenswerten Technologie ausgestattet.

Einerseits war sie als Langstreckenyacht für das Leben auf dem Meer konzipiert. Andererseits hatte ihr Besitzer sie vor dem Stapellauf vor zwei Jahren auf seine persönlichen Bedürfnisse umrüsten lassen, was einen Aufpreis von fast acht Millionen Dollar bedeutet hatte. Die Motoren waren mit einer nagelneuen Technologie zur Reduzierung von Schadstoffausstoß ausgestattet sowie auf maximale Klimaneutralität getrimmt worden und außerdem mit leistungsstarken Akkus, die mit überall an Bord verbauten Sonnenkollektoren geladen wurden. So konnte man auf hoher See mit den Dieselmotoren fahren und beim Kreuzen in Küstennähe auf Elektro umschalten.

Die »Lilith II« steckte voller weiterer hochmoderner und umweltschonender Technik, ihr Besitzer legte außerordentlichen Wert darauf sowie auf alle weiteren Annehmlichkeiten, denn Franklin Slade verbrachte im Prinzip sein Leben auf dem Schiff. Schon mit der »Lilith I« war er seit Jahren auf dem Meer unterwegs gewesen. Er war ein Vagabund und liebte das »heute hier, morgen da«. Natürlich hätte er sich auch ein paar Häuser in unterschiedlichen Ländern kaufen und durch die Gegend jetten können. Aber das hätte sich katastrophal auf Slades Ökobilanz ausgewirkt.

Andererseits war es wirtschaftlich zweckmäßig, sich für längere Zeiträume in internationalen Gewässern und außerhalb von Landesgrenzen zu bewegen. Kein souveräner Staat hatte Zugriff, es galt internationales Seerecht, und Slade konnte stets umflaggen, was bedeutete: Fuhr er unter der US-Flagge, galt an Bord US-Recht. Unter anderer Ausflaggung galten andere Rechte, was sich dann auch auf die Verträge bezog, die er an Bord abschloss, und es galt außerdem für das Steuerrecht.

Ähnliche Vorteile hatte es, dass er aus denselben Gründen mit der »Lilith II« in unterschiedlichen Ländern haltmachen konnte. Und ganz unabhängig davon empfand es Slade stets so, dass an Bord seines Schiffes sein ganz persönliches Recht galt und er sein eigener Souverän war, der König eines auf den Wellen fahrenden Kleinstaates – und das, ehrlich gesagt, das war der allergrößte Vorteil.

Gerade stand Franklin Slade auf dem Oberdeck und telefonierte. Er trug eine leichte Leinenhose, ein Hawaiihemd und darüber eine Daunenweste, denn der herbstliche Wind war kühl. Einer der Stewards in tiefschwarzer Uniform servierte Slade einen veganen alkoholfreien Cocktail und verschwand genauso lautlos, wie er erschienen war.

Slade hielt eine Videokonferenz mit Investoren im Silicon Valley. Es ging um die Abwicklung einiger Details, die mit dem Verkauf seines Raumfahrtunternehmens verbunden waren, denn er hatte beschlossen, sich davon zu trennen. Er war anfangs davon begeistert gewesen, hielt es aber inzwischen für unvereinbar mit seinen Standards in Bezug auf den Klimaschutz. Am liebsten hätte er es einfach so in die Tonne getreten, doch es hingen Multimillionenbeträge weiterer Teilhaber daran. Alles nicht so einfach, aber es sah ganz danach aus, als ob er die letzten Details bis zum Jahresende klären und seine Anteile, Patente und alles Weitere sehr gewinnbringend veräußern würde.

Das Geld war bereits verplant, denn Slade beabsichtigte, in ein atemberaubendes Projekt in Saudi-Arabien einzusteigen. Dort wurde eine gigantische neue Stadt geplant, die größer als New York sein und sich durch die Wüste über Jordanien und Israel bis nach Ägypten erstrecken sollte, was für Slade okay war, denn mit den Menschenrechten in diesen Ländern kam er klar, wenngleich nicht mit denen bei den Saudis.

Die Planstadt hieß Neom und sollte im ersten Anlauf fünfhundert Milliarden Dollar kosten. Die Bauarbeiten für das Gebäude mit der Bezeichnung »The Line«, in dem sich die Stadt befinden würde, hatten bereits begonnen. Ein hundertsiebzig Kilometer langer Graben sollte für die Fundamente Neoms durch die Wüste gezogen werden, das man sich wie eine von außen verspiegelte, fünfhundert Meter hohe und zweihundert Meter breite Mauer in der Wüste vorstellen musste, in der neun Millionen Menschen auto- und emissionsfrei leben könnten.

Das Konzept hatte Slade von Anfang an begeistert: die Idee, etwas völlig Neues, komplett Autonomes zu schaffen. Das Bauliche war außerdem nur der Anfang. Wie würden die Menschen aus aller Herren Länder dort leben? Was wären Neoms Gesetze? Wie würden sich die sozialen Verhältnisse gestalten? Was wäre die Religion derer von Neom? Ja, hatte Slade gedacht, hier könnte man etwas Revolutionäres und Radikales erschaffen. Eine neue

Schöpfung, eine neue Nation, unabhängig von den Einflüssen aller gewachsenen Strukturen. Hier könnte man Gott spielen – oder sein. Das war ein Projekt nach seinem Geschmack.

Für das Gespräch und die Abwicklung einiger weiterer geschäftlicher Dinge war er heute Morgen nach dem Frühstück zurück nach Marseille und zur Yacht gefahren. Der übrige Teil seiner Crew war noch in Avignon verblieben, um sich um die Abwicklung seiner anderen Geschäfte zu kümmern und um das, was er auf der Auktion eingekauft hatte. Sie würden später zurück zum Schiff kommen. Dann würde Slade einige sehr private Gäste empfangen, anschließend durch das Mittelmeer kreuzen und dann den Suezkanal passieren, um sich den ersten Bauabschnitt von Neom anzusehen und außerdem in die Wüste im Irak zu reisen, wo es einen antiken Ort gab, den er unbedingt aufsuchen wollte.

Aber zuvor musste sein anderes laufendes Projekt abgeschlossen werden, weswegen er die Schaltkonferenz nun beendete und Esposito anrief, um sich nach dem Stand der Dinge zu erkundigen.

»Bin bereits auf dem Weg«, sagte Esposito.

37

Esposito ging über den gefliesten Boden in der Lobby des La Mirande. Er war in einem Escher-Muster mit scheinbar dreidimensionalen Quadern gestaltet. Darüber hingen Kronleuchter. Links und rechts standen Brokatstühle. Fast wie in Las Vegas, nur echt und alt, dachte Esposito.

Im Gehen warf er einen Blick in einen der großen Spiegel und ärgerte sich ein weiteres Mal darüber, dass er nur halb so groß war wie Bruce. Der bewegte sich neben ihm wie ein schwarzer Panther und wirkte in seinem Anzug wie ein Verwandter von Barack Obama, Esposito aber eher wie der Sohn von Art Garfunkel mit seinen roten Locken, den man in eine schwarze Bomberjacke gesteckt hatte. An einem Schulterriemen trug er dieselbe Art von Reisetasche wie Bruce.

Vor ihm gingen Leyla und Shi im Gleichschritt. Leyla hatte einen schwarzen Lederrucksack über ihrer Lederjacke, die den tätowierten Körper verdeckte. Shi war ebenfalls in Schwarz gekleidet, mit weiten Hosen und einer weiten Jacke. Sie zog einen abschließbaren, feuerfesten Rollkoffer von Louis Vuitton hinter sich her, eine Art rollenden Safe, in dem sich alles befand, was bei der Auktion im Papstpalast erworben und heute Vormittag ausgehändigt worden war, nachdem Shi und Leyla die finanziellen

Transaktionen und den damit verbundenen Papierkram erledigt hatten.

Eigentlich schade, dachte Esposito. Das Hotel hatte ihm ziemlich gut gefallen. Möglicherweise müsste er noch ein oder zwei Übernachtungen in einem anderen Hotel anschließen – je nachdem, wie sich die Lage entwickeln würde. Die anderen drei würden jedenfalls nach Marseille fahren und dort an Bord der »Lilith II« gehen.

Am Empfangstresen verabschiedeten sie sich mit einem freundlichen Nicken bei der Concierge, bestätigten, dass sie den Aufenthalt genossen hätten und bei einem zukünftigen Besuch gerne erneut auf das La Mirande zurückgreifen würden. Esposito ging allerdings nicht von einem weiteren Trip nach Avignon aus. Sie waren ausschließlich zur Auktion hergekommen – und wegen der anderen Angelegenheit, die Esposito heute oder morgen hoffentlich endlich zu einem Abschluss führen könnte.

Draußen standen bereits die Fahrzeuge. Ohne ein Wort zu Esposito gingen Leyla, Shi und Bruce zum Jaguar. Leyla setzte sich ans Steuer, Bruce und Shi wählten den Rücksitz und platzierten den Trolley mit dem wertvollen Inhalt zwischen sich. Esposito nahm den Tesla und verstaute seine Tasche im Kofferraum, wo sich außerdem noch ein paar andere Dinge befanden, die er möglicherweise benötigen würde.

Genau wegen dieser Dinge wollten die anderen drei möglichst wenig mit Esposito zu tun haben. Sie ignorierten ihn, obwohl sie ein Team bildeten, wegen dem, was er darstellte und was er tat. Sie benahmen sich, als sei Esposito ein Pickel im Gesicht, den man morgens entdeckt hatte, aber weder ausdrücken noch überschminken konnte, weswegen die einzige Lösung war, ihn zu ignorieren.

Esposito war das gewohnt. Es gefiel ihm zwar nicht, aber man gewöhnte sich an alles. Er konnte sich nicht daran erinnern, dass irgendjemand seine Gesellschaft irgendwann geschätzt hätte. Aber es mochte ja auch niemand Hyänen, und dennoch waren die Tiere in der Natur und für das Gleichgewicht in der Wildnis unentbehrlich.

Der Jaguar startete und fuhr davon. Esposito machte den Kofferraumdeckel zu, setzte die Sonnenbrille auf und warf beim Einsteigen einen weiteren Blick auf die beiden Männer, die sich auf der gegenüberliegenden Seite miteinander unterhielten. Sie waren ihm schon beim Rausgehen aufgefallen: der gutaussehende Priester und der deutlich größere rauchende Mann mit dem Mops und den weißgrauen Haaren.

Esposito wusste natürlich, wer die beiden waren. Wie sagte Sunzi: »Wenn du dich und deinen Feind kennst, brauchst du den Ausgang von hundert Schlachten nicht zu fürchten.« Er war sich aber relativ sicher, dass sie nicht wussten, wer er war. Das sollte auch tunlichst so bleiben.

Die Tatsache, dass sie vor dem Hotel standen, beunruhigte ihn. Andererseits war es nur eine Frage der Zeit gewesen, dass zumindest einer von ihnen hier aufkreuzte. Spätestens nach dem Auktionsende und dem Zuschlag für das Büchlein in der Geheimschrift war klar, dass Slade in den Mittelpunkt des Interesses rücken würde. Ein kalkuliertes Risiko, das man eingehen musste.

Esposito wäre es dennoch lieber gewesen, wenn die beiden Männer nicht dort stehen würden. Er setzte sich ans Steuer, ließ den Tesla an, fuhr fast lautlos davon und beobachtete die beiden im Rückspiegel, um zu überprüfen, ob sie ihm hinterhersahen, was sie nicht taten.

Immerhin, dachte Esposito. Und falls sie noch einmal aufkreuzen sollten, dann müsste er eben das tun, was Hyänen so taten: den Abfall beseitigen.

38

Albin blinzelte in die herbstliche Sonne, trat dann einen Schritt zurück und stellte sich in den Halbschatten. Er zog an der Zigarette, deren Spitze orangefarben aufleuchtete.

»Ein verteufeltes Buch?«, fragte er Grassi, der seine Sonnenbrille aufsetzte. »Wortwörtlich?«

Grassi nickte. Er erklärte: »Es gibt Bücher und Texte, die aus guten Gründen besser verschwunden bleiben sollten. ›Die Apokalypse des Seraphs‹ gehört dazu. Wir wissen seit geraumer Zeit von der Existenz des Buches, vor vielen Jahrhunderten hatte es sich sogar im Besitz der Kirche befunden, verschwand dann aber leider.«

»Weil man nicht aufgepasst hat? Weil es gestohlen wurde?«

Grassi verneinte. »Es verschwand, weil man ihm keine Beachtung geschenkt hat. Weil Wissen verlorenging und in späteren Jahren wieder neu entdeckt wurde. Von Zeit zu Zeit stoßen Historiker beim Inventarisieren, bei Recherchen oder durch Zufall auf Bücher, Dokumente oder Sonstiges, das manche Dinge in einem anderen Licht erscheinen lässt und ihnen eine neue Bedeutung verleiht. Ähnlich ist es in diesem Fall gewesen. Aber lassen Sie mich Ihnen die Geschichte erzählen. Im Jahr 1142 sicherte der Tempelritterorden den Tempelberg in Jerusalem. Dort tauchte jemand auf, der einige Schriftrollen in Altgriechisch und Tontafeln in Keilschrift zum Verkauf anbot, die Hirten in Höhlen gefunden hatten. Es stellte sich heraus, dass es sich bei den Papyri um Abschriften der Keilschrift-Tontafeln handelte. Alles in allem war es ein alttestamentarisches Buch, das der gefallene Engel mit dem Namen Azazel diktiert haben soll. Darin werden seine Gebote und seine Weltsicht, seine Rituale, Beschwörungen, seine Dämonologie und seine Vision der Zukunft beschrieben.«

»Azazel?«, fragte Albin.

»Dieser Seraph hat viele Namen in vielen Religionen und ist jedenfalls als Gegenspieler zu Gott zu sehen. Bei dem Buch handelt es sich also um eine Art Bibel Satans, und man hat stets gewusst, dass eine solche existieren muss, denn jede Religion baut auf einem Dualismus auf, auf These und Antithese, auf Gut und Böse. Der Templerorden jedenfalls verstand, was er da in den Fingern hielt, und beschloss, das Buch verschwinden zu lassen, aber eine Kopie davon anzufertigen, und zwar in Geheimschrift. Das geschah, und das Buch wurde nach Frankreich gebracht, wo es in einer Burg sicher verschlossen wurde. Nur sehr wenige Eingeweihte wussten, worum es sich handelte. Bei der Vernichtung des Templerordens gerieten viele Dokumente und Bücher in den Besitz der Kirche, mit denen man aber vielfach nichts anzufangen wusste, weil sie in Geheimschriften verfasst worden sind. Das war auch bei der ›Apokalypse des Seraphs‹ der Fall. Man maß dem Buch also keine Bedeutung zu. Irgendwann verschwand das Buch. Es galt als verschollen, und mit den Jahrhunderten bewahrte sich seine Existenz nur gerüchteweise.

Denn immer wieder befassten sich Forscher mit apokryphen Schriften, und immer wieder tauchten in diversen Quellen Querverweise auf, die ein solches Buch des gefallenen Engels Azazel beschrieben.«

»Wie und warum ist das Buch verschwunden, obwohl die Kirche es zuvor besaß?«

Grassi sagte: »Schwer zu sagen. Es gab immer wieder größere Inventarisierungen in den vatikanischen Archiven sowie eine Inventarliste vom päpstlichen Umzug von Avignon nach Rom. Anhand dieser Liste lässt sich zumindest ermitteln, dass ein in Geheimschrift verfasstes Buch aus dem Besitz der Templer beschlagnahmt worden war, bei dem es sich nach unserem Wissensstand um die ›Apokalypse‹ handeln muss. Dass es verschwunden ist beziehungsweise überhaupt im Besitz der Kirche war, ist im Detail erst bei einer Neuordnung der vatikanischen Archive 1934 aufgefallen. Damals war bei einem Konklave beschlossen worden, die Liste der unerwünschten Schriften neu zu ordnen. Dabei wurden auch diverse Texte des Templerordens neu sortiert. Seither suchen wir das Buch, von dessen Existenz wir – wie erwähnt – aus anderen, deutlich früheren Quellen wissen, das wir aber bis dato nicht selbst besessen hatten. Als Ende der vierziger Jahre Schriftrollen in Höhlen am Toten Meer auftauchten, gab es weitere Querbezüge zu der ›Apokalypse des Seraphs‹, die uns neue Erkenntnisse über den Inhalt des Buchs brachten und bestätigten, dass wir es unbedingt finden sollten. Jede Recherche verlief jedoch ins Leere. Also ging man davon aus, dass das Buch möglicherweise vernichtet wurde, möglicherweise taucht es aber auch irgendwann durch Zufall wieder auf. Also haben wir abgewartet. Schließlich geriet Michel Rival auf die Spur des Buches, der sich intensiv mit geheimen und verschollenen Schriften befasst hat. Er hatte diverse Anfragen an die vatikanischen Bibliotheken gestellt, daher wussten wir, woran er gearbeitet hat. Seine Ergebnisse wollte er mit einem Paukenschlag bekanntgeben. Den Rest kennen Sie, Monsieur le Commissaire.«

War das zu fassen?, dachte Albin und löschte die Zigarette an der Mauer. Es ging um eine Teufelsbibel?

»Woher wissen Sie das alles so genau?«, fragte Albin.

»Durch das Zusammentragen von uralten Quellen über die Jahrhunderte hinweg und akribische Recherche von mehreren Generationen vatikanischer Ermittler. Die Templer waren Bürokraten und haben über viele Dinge Buch geführt. Wir kennen eine Dokumentation über Ankäufe von Papyri und Tontafeln. Wir kennen Briefe beziehungsweise Listen aus dem Besitz von hingerichteten Großmeistern des Ordens. Es ist ein großes Puzzle, das über Jahrzehnte hinweg akribisch zusammengesetzt worden ist.«

»Das klingt so, als sei es das am meisten gesuchte Buch der Welt.«

Grassi lächelte. »Sagen wir so: Es gibt verschiedene Schriften und Bücher, die aus unterschiedlichen Gründen in unserem Interesse sind. Es gibt außerdem gewisse Artefakte, über die wir gerne so viel wie möglich wissen wollen und die wir nach Möglichkeit besitzen möchten. Deswegen kümmert man sich bereits seit sehr, sehr langer Zeit um solche Dinge, wenn Sie verstehen, was ich meine. Und natürlich können Sie sich vorstellen, dass eine Teufelsbibel im besonderen Interesse der Kirche liegt. Wir reden hier nicht nur von der christlichen Kirche. Wir sprechen auch über den Islam – denn auch im Koran ist von einem Gegenspieler namens Azazel die Rede. Wir reden außerdem über die Thora und, und, und … Nur hat man seinerzeit, als man das Buch in den Fingern hatte, keine Ahnung gehabt, worum es sich handelte. Das war ein großer Fehler – aber so ist es nun einmal geschehen.«

»Und der Vatikan will es haben, damit niemand Dämonen oder den Teufel beschwören kann? Meinen Sie das ernst?« Albin steckte sich eine weitere Zigarette an.

Grassi lächelte und schüttelte mit dem Kopf. »Ich denke, niemand – jedenfalls niemand von uns – glaubt ernsthaft, dass das möglich wäre. Aber an der aktuellen Situation sehen wir, dass von dem Buch Unheil ausgeht, Leclerc. Und darum geht es. Niemand will, dass es in die falschen Hände gerät. Das wollten bereits die Templer nicht. Niemand sollte von der Existenz des Buches wissen – und zwar nicht nur, weil manche Menschen die Sache mit dem Beschwören anders sehen könnten als wir. Eine solche Teufelsbibel könnte außerdem zur Grundlage einer Religion werden, die niemand will. Darum geht es. Und um noch mehr. Wie ich eben erwähnte, gibt es nicht nur die Abschrift der ›Apokalypse des Seraphs‹ im geheimen Code der Templer. Wir können vielmehr davon ausgehen, dass der Orden die angekauften Originale gesichert und gut versteckt hat. Das wird er dort getan haben, wo er seinerzeit residierte: in der Al-Aqsa-Moschee auf dem Tempelberg oder in den Gängen und Katakomben darunter. Die Moschee ist das drittwichtigste Heiligtum im Islam. Stellen Sie sich vor, es würde öffentlich bekannt, dass seit Jahrhunderten über dem Gebotsbuch von Azazel, über der Teufelsbibel, zu Mohammed gebetet wird und dass die christliche Kirche das seit Jahrhunderten ahnt und kommentarlos hinnimmt – niemand will einen derartigen politischen und theologischen Eklat provozieren, Leclerc. Und aus diesen Gründen muss ich das Buch haben und sichern und nach Möglichkeit auch ein Buch in Besitz bringen, das zum Dechiffrieren benutzt werden kann. Daher meine Gebote bei der Auktion.«

»Verstehe«, erwiderte Albin und paffte. »Ich erkenne Ihr Problem. Aber irgendjemand anderes will das Buch ebenfalls unbedingt haben und geht dafür über Leichen. Und das wiederum ist mein Problem. Ich muss ihn finden und verhindern, dass es zu weiteren Straftaten kommt.«

»Insofern sitzen wir im selben Boot. Ich will das Buch, Sie wollen Ihren Täter.«

Albin wollte gerade etwas erwidern, als einige Personen das Hotel verließen. Zwei Frauen, zwei Männer, ein Farbiger, ein deutlich kleinerer Kerl. Letzterer ging zum Tesla, die anderen drei nahmen den Jaguar. Albin hatte diese Leute schon einmal gesehen, nämlich bei der Auktion im Gefolge von Franklin Slade, der sich nach Grassis Worten bereits wieder auf seiner Yacht im Hafen von Marseille aufhielt.

»Man bricht auf«, sagte Albin und behielt das Geschehen vor dem Hotel beiläufig im Blick, damit niemand annahm, er würde hinstarren.

Grassi verhielt sich ebenso und sagte: »Ich war eben im Hotel und habe mich nach Slade erkundigt, worauf ich erfuhr, dass er nicht mehr hier ist. Seine Crew wird wohl nun ebenfalls nach Marseille fahren.«

»Was genau wollten Sie von Slade?«

»Er hat das Buch erworben, das ich im Auftrag ebenfalls ersteigern sollte. Es kann zur Übersetzung der Templerschrift verwendet werden. Slade hat dafür offenbar Monsieur Weber engagiert.« Albin hatte es fast vermutet. »Mister Slade ist außerdem bekannt dafür, außergewöhnliche antike Artefakte und Kunstgegenstände zu sammeln. Ich halte seine Anwesenheit für keinen Zufall. Und was wollten Sie von Slade?«

»Nichts Bestimmtes«, erwiderte Albin und sah, wie der Jaguar davonfuhr. »Man hätte mich sicherlich sowieso nicht mit ihm sprechen lassen. Aber meine Gedankengänge sind den Ihren sehr ähnlich.« Dann fuhr auch der Tesla davon.

»Ich habe das Gefühl, dass Slade dem Buch auf der Spur sein könnte«, sagte Grassi.

Albin nickte. »Aber haben Sie schon einmal Ihre Perspektive verändert?«

»Wie meinen Sie das?«

»Es gibt zwei Möglichkeiten: Entweder es geht jemand über Leichen, weil er das Buch unbedingt haben will. Oder es geht jemand über Leichen, weil er das Buch schützen möchte.«

Grassi dachte kurz nach. »So habe ich das noch gar nicht gesehen«, sagte er.

Albin musterte ihn.

Grassi hob die Hände in einer abwehrenden Geste. »Ich habe Ihnen bereits versichert, dass der Vatikan ganz gewiss nicht über Leichen geht, um das Buch zu bekommen. Er geht erst recht nicht über Leichen, um es zu schützen. Vielmehr will er die Menschheit davor beschützen.«

»Vielleicht will das jemand anders ebenfalls«, erwiderte Albin.

Grassi dachte kurz nach. »Und wer?«

»Jemand, der weiß, worum es geht.« Albin zog an der Zigarette und stieß den Rauch durch die Nasenlöcher aus.

»Möglich«, sagte Grassi und blickte auf die Uhr. »Ich muss mich nun verabschieden. Ich habe eine dringende Besprechung.« Er gab Albin eine Visitenkarte. »Das ist meine Nummer. Zögern Sie bitte nicht, mich sofort anzurufen, falls es neue Erkenntnisse gibt.« Albin gab Grassi seine eigene Karte mit dem Aufdruck »Polizeilicher Berater« und sagte: »Zögern Sie ebenfalls nicht, mich zu verständigen.«

Grassi nickte knapp. Dann drehte er sich um und ging zu dem Maserati, stieg ein und fuhr davon.

Albin sah ihm hinterher. »Mein lieber Mann«, murmelte er dann. »Die haben keine schlechten Dienstwagen bei der Kirche.«

Kann man wohl sagen, erwiderte Tyson, der die ganze Zeit über nachdenklich neben Albin auf dem Boden gesessen hatte.

»Eine Teufelsbibel – meine Güte.«

Grassis Erläuterungen klangen ziemlich schlüssig, wenn du mich fragst.

»Mhm«, machte Albin.

Aber du zweifelst?

»Ich zweifle so lange, bis ich sicher sein kann, keine Zweifel mehr haben zu müssen.«

Und jetzt?

»Und jetzt gehen wir zurück zum Auto und werden in aller Ruhe darüber nachdenken, was wir als Nächstes tun.«

Alles klar, Chef. Tyson stellte sich wieder auf alle viere und sah Albin erwartungsvoll an.

»Weißt du«, murmelte Albin zu Tyson und drückte die Zigarette an derselben Stelle der Mauer aus wie die vorherige, »ich frage mich, ob sich jemand wie Slade die Hände persönlich schmutzig machen würde oder ob er jemanden hat, der das erledigt.«

Also ich würde das jemanden erledigen lassen, der sich damit auskennt – vor allem wenn ich so prominent wäre wie Slade.

»Kluger Hund«, sagte Albin und setzte sich in Bewegung. »Und am besten wäre das eine einzelne Person und kein Dreiergespann. Weniger auffällig. Was meinst du, welche Schuhgröße jemand wie der kleine Kerl hat, der in den Tesla gestiegen ist?«

Vielleicht neununddreißig?

Albin nickte.

Aber eine Frau könnte auch diese Schuhgröße haben.

»Das«, erwiderte Albin und ging los, »ist ebenfalls richtig.«

39

Franklin Slade verließ das Oberdeck, durchquerte den großen Salon und erreichte die Wendeltreppe. Er ging nach unten, wo es einige Gastkabinen gab, und gelangte in die Zone, die normalerweise als Indoor-Spa auf der Yacht vorgesehen war. Dort gab es einen kleinen Bereich zum Umziehen, der dem eigentlichen Raum wie eine Schleuse vorgelagert war. Slade kickte seine Sneakers von den Füßen und zog sich dann komplett aus. Er öffnete den mit edlem Holz vertäfelten Spind, nahm die schwarze Robe heraus und legte sie über seinen nackten Körper. Dann nahm er die vergoldete Maske, die einem Widderkopf nachempfunden war, setzte sie auf und betrat den Raum, der mit einem digitalen Schloss mit Zahlencode gesichert war.

Den Spa-Bereich, in dem es sonst eine Dampfsauna und eine reguläre Sauna sowie einen Jacuzzi gab, hatte er von der Werft komplett umbauen lassen. Er maß etwa fünf mal sechs Meter und war mit schwarzen Fliesen sowie mit schwarzem Leder gepolsterten Wänden ausgestattet. Weitere Details hatte Slade später von einem ihm verbundenen Tischler hinzufügen lassen, der für ihn bereits mehrere sehr diskrete Aufträge erledigt hatte. An jeder der Wände gab es seither in die Verkleidung eingelassene vollverglaste Vitrinen. Darin waren einige besondere Stücke aus Slades Sammlung von antiken Artefakten ausgestellt – allerdings wurden sie dort nicht nur ausgestellt, sondern teilweise auch aufbewahrt, weil sie verwendet wurden. Zwei sehr seltene Zauberbücher aus dem Mittelalter befanden sich darin, außerdem eine im späteren Mittelalter angefertigte Dämonologie aus dem alten Babylon sowie ein assyrischer Goldkelch und ein Messer mit Obsidianklinge aus Ägypten. In anderen Schaufächern waren magische Gegenstände ausgestellt, die von aztekischen und tibetanischen Priestern verwendet worden waren, ein angeblicher Splitter aus dem Kreuz Jesu, eine Mappe mit Originalmanuskripten zu Ritualen von Aleister Crowley, der den okkulten »Ordo Templi Orientis« – kurz O. T. O. – prägte, sowie eine Reihe weiterer spezieller Gegenstände, goldene Leuchter, schwarze Kerzen sowie natürlich Slades persönliches Buch.

Die Stirnwand des Raums war mit einem vergoldeten Pentagramm und einem auf dem Kopf stehenden Kreuz verziert – ebenso der Boden in der Mitte des Raums, wobei das Pentagramm an dieser Stelle von der mit Blattgold überzogenen Kante eines in die schwarzen Fliesen versenkten Tischs gebildet wurde, den man per Knopfdruck ausfahren konnte, um ihn als Altar zu nutzen. Erhellt wurde der Raum von goldenen Kerzenhaltern an den Wänden, wobei die Kerzen aus Brandschutzgründen nicht echt, sondern mit dimmbaren LEDs ausgestattet waren.

Auf dem Boden und um das Pentagramm herum knieten drei Personen, die sich an den Händen gefasst hielten und so einen Kreis bildeten. Wie Slade trugen sie schwarze Capes, waren darunter nackt und verbargen ihre Gesichter hinter Widdermasken, die im Gegensatz zu Slades Maske allerdings schwarz waren. Zwischen den Augen befanden sich jeweils ein Edelstein, ein grüner Smaragd, ein roter Rubin und ein klarer Diamant, um die Rangfolge der Träger zu markieren.

Die drei Mitglieder des inneren Zirkels erhoben sich, als Slade, der Hohepriester des Neu-Thelema-Ordens, den Raum betrat und die Tür hinter sich ins Schloss fallen ließ. Zwei waren Frauen, einer ein älterer Mann, was sich jeweils leicht erkennen ließ, denn die Capes verhüllten die Körper nicht vollständig. Sie waren gestern mit dem Hubschrauber und mit Jetbooten angereist und stellten sozusagen die Kohorte der insgesamt dreizehn Ordensmitglieder aus aller Herren Länder dar. Bei jedem handelte es sich um eine sehr einflussreiche Person – Firmenvorstände, Geschäftsführer von Technologieunternehmen, Investmentbanker, Designer, ein international bekannter Schauspieler sowie eine mit Grammys prämierte Sängerin, eine sehr angesehene Psychologin für Prominente …

Sie alle vereinte nicht nur der Glaube an Gesetze wie *Tu was du willst, Sinnesfreude statt Abstinenz, Rache statt Vergebung, Sündigen zur Erfüllung* – ein Mix aus Gesetzen des O.T.O., der Church of Satan und anderen okkulten Gruppen.

Sie alle vereinte ebenfalls der Wunsch, das Buch »Die Apokalypse des Seraphs« für den Neu-Thelema-Orden zu erlangen, die Gegenbibel.

Slade beschäftigte eine Reihe von Spezialisten, die ausgesuchte Kunstgegenstände für ihn beschafften beziehungsweise ihm welche empfahlen. Einerseits waren es großartige Investments. Andererseits war Slade seit jeher vom Außergewöhnlichen und Okkulten besessen. Bereits vor einigen Jahren hatte er von der Existenz eines geheimen, aber verschollenen Buches gehört und darüber gelesen – ein apokryphes Buch, das der gefallene Engel selbst diktiert haben sollte und das auf deutlich älteren Texten aus Assyrien basierte, die wiederum auf noch ältere zurückgriffen. Der Gedanke daran, dass ein solcher uralter Text mit uraltem geheimen Wissen existierte, hatte Slade nicht losgelassen.

Schließlich war ihm zugetragen worden, dass es möglicherweise neue Informationen geben könnte und dass ein Forscher namens Michel Rival, der in der Provence lebte, anlässlich eines Vortrags bei der Ausstellung »Königreich der Himmel« in Avignon seine Forschungen öffentlich machen wollte. Slade hatte sich außerdem schon seit Jahren mit dem Wissen und den Schriften der Katharer und der Templer befasst – in einer Zeit, in der er regelrecht von der Gralslegende und der Bundeslade besessen gewesen war. Aber das hatte sich gelegt und ihn zu wesentlich interessanteren Objekten und Legenden geführt, zum Beispiel zur »Apokalypse« und zu einem Gutachten des französischen Fachmanns Francis Weber, der mittlerweile für ihn arbeitete und ihn auf einen Text in der Geheimschrift der Templer hingewiesen hatte, der als Code zur Entschlüsselung anderer Texte dienen konnte.

Slade hatte dem Orden davon berichtet – und alle waren regelrecht elektrisiert gewesen. Die Mitglieder konnten es gar nicht mehr abwarten, endlich das Buch des gefallenen Engels zu sehen und von seinen Geboten zu erfahren und zu lernen. Slade hatte erklärt, dass es nicht mehr lange dauern werde, und zur Präsentation des Buches würde der Orden nun bald vollzählig an Bord der »Lilith II« erscheinen, die als Slades mobiler, geheimer Tempel fungierte.

Slade war jedenfalls sofort nach Frankreich aufgebrochen, hatte seine Entourage mitgenommen und Esposito in Gang gesetzt. Esposito hatte lange Zeit gewisse Dinge in Mexiko erledigt und war Slade als »Regler« empfohlen worden, weil jemand wie Slade für seine unterschiedlichen Betätigungsfelder nun einmal jemanden wie Esposito benötigte.

Allerdings war Esposito nach Slades Empfinden deutlich über das Ziel hinausgeschossen, und manchmal hatte er wirklich Angst vor ihm. Mit dem Mann stimmte etwas nicht. Er war ein Sadist und außerdem – na ja, wie sollte man das sagen? Was er tat, machte ihm Spaß. Esposito hatte auf Slades Zurechtweisung, dass alles viel zu viel Aufsehen errege, lediglich erwidert, dass er seinen Job auf seine Art erledige und er Slade ja auch nicht sage, wie dieser seinen Job zu machen habe.

»Entweder auf meine Art oder gar nicht«, hatte Esposito erklärt.

Wie auch immer: Er war effizient. Und diese Effizienz brachte Slade dazu, dass er nun die Arme ausbreitete und zu Rubin, Saphir und Diamant sagte: »Schwestern. Bruder. Die Zeit der Ankunft ist nahe. Schon bald werden wir seine Gebote erfahren, seine ursprünglichen Gesetze. Wir werden mehr Macht in den Händen halten als jemals ein anderer Mensch vor uns.«

Slade erschauderte unter seinen eigenen Worten und den dankbaren Seufzern der drei, die sich sofort wieder an den Händen fassten, um zu beten. Slade trat in den Kreis.

Sobald sie das Buch in den Händen hielten und der Inhalt übersetzt wäre, würden sie mit »Lilith II« in den Irak reisen und dort einen uralten babylonischen Tempel aufsuchen, um ein Ritual abzuhalten. Natürlich, das war klar, glaubte und erwartete niemand allen Ernstes, dass man dort einen Dämon oder den gefallenen Engel selbst in Persona beschwören könnte. Es glaubte ja auch niemand, dass einem Gott persönlich erschien, nur weil man im Petersdom das Vaterunser sprach. Vielmehr ging es darum, die eigene innere Kraft zu beschwören und damit eine enorme Macht zu entfesseln – denn falls das Buch hielt, was es versprach, war die Urbibel Satans in den Händen des Neu-Thelema-Ordens. Kaum auszumalen, was dem folgen würde.

Einen Fehlschlag, das wusste Slade, konnte er sich nicht leisten. Er hatte zu viel versprochen. Zu viel riskiert und zu viel investiert. Gegenüber den dreien und auch gegenüber den anderen Mitgliedern von Neu-Thelema musste er seine Zusage halten und würde sich nicht herausreden können, wenn sich die Mission »Apokalypse« als Fehlschlag herausstellte. Dann wäre er diskreditiert, und alle würden den Glauben an ihn verlieren, ihn als Hohepriester absetzen oder sich – noch schlimmer – vollständig von ihm abwenden und ihn exkommunizieren, was bedeutete: Der Orden und andere würden sämtliche Investitionen in Slades Unternehmungen zurückziehen.

Dann wäre er geliefert. Also durfte es keinen Misserfolg geben. Esposito musste liefern – komme, was wolle. Es stand viel auf dem Spiel. Eigentlich stand sogar alles auf dem Spiel.

»Lasst uns beten«, sagte Slade und murmelte eine Formel in einer uralten Sprache, die die drei ihm nachsprachen.

40

Esposito fuhr über die Route Nationale und bog in einen Kreisverkehr ab, von dem aus er den kleinen Ort erreichte, in den ihn seine bisherigen Recherchen geführt hatten. Er hoffte, dass er hier nun endlich fündig werden würde, um die Angelegenheit zu einem Abschluss zu bringen.

Dabei war »Ort« fast zu viel gesagt für diese Ansammlung von Häusern entlang einer zentralen Straße. Am Eingang von Beaumettes standen Reihenhäuser neueren Datums. Im Zentrum waren die Häuser älter, dort gab es außer einem Hotel, einem Bistro und einem Restaurant auch einen kleinen Parkplatz unter Platanen, wo Esposito den Tesla gegenüber einer Ambulanz abstellte.

Er entschied sich für das Bistro, überquerte die Straße, ging die Stufen zu einer mit Efeu bewachsenen Terrasse hinauf und betrat das Innere. Er sah eine große, dunkelgrün gestrichene Theke sowie einige runde Tische, um die einfache Holzstühle gruppiert waren. Keine Gäste, dafür Personal hinter der Theke – zwei jüngere Mitarbeiter, die ihn begrüßten. Eine ältere Frau in Kittelschürze saß auf einem der mit Korb geflochtenen Stühle und pulte Bohnen. Esposito sprach sie auf Englisch an, erntete aber nur Schulterzucken, Kopfschütteln und einen Satz auf Französisch, den er nicht verstand, weswegen er sein Handy zum

Übersetzen zur Hilfe nehmen wollte wie so oft in den vergangenen Tagen. Eine der Bedienungen kam hinter der Theke hervor und erklärte, dass sie Englisch spreche und gerne aushelfen könne. Worum es denn gehe?

Zehn Minuten später verließ Esposito das Bistro und hatte alle Informationen zusammen, die er benötigte. Er setzte sich in den Tesla, verließ Beaumettes und gab unterwegs den für seine Begriffe komplizierten Ortsnamen L'Isle-sur-la-Sorgue ins Navi ein, was ihn fast verrückt machte.

Den Maserati, der ihm in einigem Abstand folgte, bemerkte er nicht.

41

Albin war gerade auf dem Rückweg nach Hause, als sich sein Handy meldete. Castel. Für einen Moment war er irritiert, weil sich das Handy sofort mit der Anlage im Auto verbunden hatte. Manchmal tat es das, manchmal auch nicht. Die Gründe waren unerfindlich.

»Leclerc hier«, sprach er in Richtung der Sonnenblende, wo sich das Mikrophon befand.

»Ich weiß«, hörte er Castels Stimme. »Albin, Serge Koulberg ist vor einigen Jahren eines natürlichen Todes gestorben. Wir wissen, wo Serge Koulberg bis zu seinem Tod lebte, und zwar in Beaumettes, wo er bis zuletzt gemeldet war. Seine Frau lebte an derselben Adresse, bis sie ebenfalls verstarb.«

Beaumettes also, dachte Albin.

»Die beiden haben eine Tochter namens Muriel Koulberg. Wir kennen sie, denn sie hat eine Zeugenaussage im Zusammenhang mit dem Tod ihres Arbeitgebers gemacht, dem Antiquitätenhändler Gerard Niemanns. Sie erinnern sich?«

Und ob sich Albin erinnerte.

Albin auf seinem Fahrrad unterwegs.

Schüsse.

Blut auf seinem Hemd.

Die junge Frau, die er im Geschäft nach ihrem Chef

gefragt hatte. Das musste offenbar Muriel Koulberg gewesen sein.

Castel erklärte: »Sie hat das Geschäft übernommen und muss es umfirmiert haben. Jedenfalls ist es nun ein Buchantiquariat.«

Alte Bücher, dachte Albin. Ausgerechnet. Das passte wie die Faust aufs Auge. Er bog rechts ab, um in Richtung L'Isle-sur-la-Sorgue zu fahren statt nach Hause.

»Castel«, sagte er ins Mikro. »Sie müssen diese Muriel Koulberg genauer überprüfen. Sie müssen außerdem Franklin Slade ins Auge fassen, und …«

»Franklin Slade? *Den* Franklin Slade? Meinen Sie das ernst?«

»Ja«, antwortete Albin, »und dessen Entourage. Er war mit vier Personen im La Mirande in Avignon abgestiegen, ist aber jetzt wieder auf seiner Yacht, die in Marseille vor Anker liegt. Besorgen Sie sich die Namen seiner Mitarbeiter und überprüfen Sie, ob er tatsächlich auf dem Schiff ist. Bei dem Buch, von dem ich Ihnen berichtet habe, handelt es sich um eine uralte Geheimschrift und eine Art Teufelsbibel. Es scheint, dass jemand das Buch unbedingt haben will, und das könnte Franklin Slade sein. Außerdem müssen Sie einen Alberto Grassi überprüfen, Mitarbeiter im Vatikan, vermutlich vatikanischer Geheimdienst. Er will das Buch ebenfalls unbedingt haben und …«

»Vatikanischer Geheimdienst? Teufelsbibel? Albin?«

»… und reden Sie mir nicht dauernd dazwischen. Grassi ist jemand, den Ihr Lebensgefährte ebenfalls kennengelernt hat, was Ihnen vielleicht weiterhilft. Wir haben also zwei Spieler auf der einen und eine Antiquarin auf der anderen Seite, die möglicherweise mehr über das Buch weiß oder es vielleicht sogar besitzt. Das könnte bedeuten, dass sie in Gefahr ist. Es könnte aber ebenfalls heißen, dass jemand anders in Gefahr ist, falls diese Muriel der Auffassung ist, dass sie das Buch schützen sollte, weil man seinem Verbleib auf die Schliche gekommen ist. Bedenken Sie die Fußabdrücke in Größe neununddreißig an den Tatorten.«

»Albin …«

»Ich weiß, es klingt alles verrückt, aber tun Sie es einfach, Castel, und stellen Sie nicht so viele Fragen.«

»… ich habe überhaupt nicht …«

»Kommen Sie mit Theroux in die Hufe. Das muss schnell gehen. Streife nach Beaumettes, Streife nach L'Isle, Hafenpolizei in Marseille und alle verfügbare Kräfte ans Telefon, so schwer ist das doch nicht!«

»Albin! Bitte! Ernsthaft, was bilden Sie sich ein, Sie …«

»Allez, les bleus!«, rief er und spielte auf die blauen Polizeiuniformen an, wenngleich der Spruch eher zum Anfeuern der französischen Nationalmannschaft in ihren blauen Trikots verwendet wurde. Und ehrlich gesagt: Es fühlte sich gut an, zackzack alles auf die Schiene zu bringen wie in alten Zeiten. Wenngleich er natürlich wusste, dass Castel und Theroux es hassten. Aber sie konnten es vertragen und waren es schließlich gewohnt.

Dann beendete er das Gespräch, ignorierte Castels Rückruf, trat aufs Gaspedal und dachte einen Moment lang nach, wobei er gleichzeitig die Visitenkarte von Alberto Grassi aus der Jeanstasche fummelte. Er blickte in den Rückspiegel. Natürlich war Tyson im Kofferraum nicht zu sehen.

»Also, was meinst du?«, fragte Albin nach hinten.

Ich kann dir beim besten Willen nicht sagen, erwiderte Tyson, *ob du dem falschen Priester trauen kannst.*

»Ich weiß. Er könnte uns einen Bären aufgebunden haben. Aber mein Gefühl sagt mir, dass er das nicht getan hat.«

Dennoch kocht er sein eigenes Süppchen.

»Das tut er. Die Frage ist, ob er uns etwas davon abgibt, wenn wir ihm ebenfalls etwas anbieten. Schließlich vergeben wir uns nichts, wenn wir ihn vorsichtig antippen. Mal sehen, wie er reagiert.«

Ich weiß nicht, bist du sicher?

»Nein«, erwiderte Albin, um dann mit einer Hand Grassis Mobilnummer zu wählen. Es dauerte nur wenige Sekunden, bis er das Gespräch annahm. Es klang, als würde er gerade selbst im Auto sitzen.

»Monsieur le Commissaire«, sagte er. »Dass wir uns so schnell wiedersprechen.«

»Zufälle gibt es immer wieder. Sie sind unterwegs? Es hört sich so an.«

»Ich bin unterwegs.«

»Sie haben einen gediegenen Dienstwagen, Grassi.«

»Ich fahre gern mit Stil. Was kann ich für Sie tun?«

»Sie könnten im Beaumettes etwas für mich nachfragen. Dann muss ich nicht extra dorthin fahren und es selbst tun.«

»Beaumettes? Was ist das? Ein Restaurant?«

Albin hatte in seinem Leben viele Vernehmungen durchgeführt. Er hatte mit Profis und Amateuren gesprochen, und Hunderte hatten versucht, ihn an der Nase herumzuführen. Grassi war zwar ein Profi. Aber auch durchs Telefon hätte Albin es am Tonfall oder an der Art seiner

Rückfrage gemerkt, wenn er log. Er hatte Albin nicht einmal korrigiert, als er den Begriff testweise falsch benutzt hatte – »im Beaumettes« statt »in Beaumettes«.

»Den Ort meine ich, warum?«

»Es klang wie ein Restaurant oder Hotel, so wie Sie es ausdrückten. Ich fahre aber gar nicht in diesen Ort. Ich weiß nicht einmal, wo der ist. Worum geht es denn?«

»Hm, vielleicht sind Sie in der Nähe? Wohin sind Sie gerade unterwegs?«

»Ich fahre in Richtung L'Isle-sur-la-Sorgue«, erwiderte Grassi.

Leck mich, dachte Albin.

»Sie wollen Antiquitäten kaufen?«

»Nein. Ich folge einem Fahrzeug in diese Richtung. Das Ziel kenne ich nicht.«

»Welchem Fahrzeug?«

»Ich folge dem Tesla, den einer von Slades Mitarbeitern steuert. Als ich meinen Wagen vor dem Hotel parkte, sah ich den Tesla und den Jaguar. Sie gehören zu Slades Fuhrpark, wie ich bereits zuvor wusste. Die Kennzeichen habe ich natürlich überprüfen lassen. Ich habe mir die Schuhe gebunden und bei der Gelegenheit jeweils einen kleinen Sender an den Autos platziert. Eine App auf meinem Handy zeigt mir den jeweiligen Standort an. Der Jaguar mit drei Personen fuhr zur Autobahn in Richtung Marseille. Der mit einer Person besetzte Tesla nicht. Also nahm ich an, dass ich besser diesem folgen sollte. Was ist nun mit diesem Beaumettes?«

»Nicht so wichtig«, erwiderte Albin.

Dieser Grassi, dachte Albin, hatte was auf dem Kasten und war nicht zu unterschätzen. Warf mit GPS-Sendern um sich, folgte einem möglichen Verdächtigen und war auf der gleichen Spur wie Albin. Jedenfalls war Grassi nicht in Beaumettes, um sich nach Koulberg zu erkundigen. Außerdem würde Castel eine Streife dorthin schicken, auch nach L'Isle-sur-la-Sorgue, von daher schien alles sicher zu sein, wenngleich das mit dem Tesla und der Verfolgung immer noch eine Lüge sein mochte …

»Ich wundere mich nur«, sagte Grassi, »dass Sie den Ort erwähnen, denn genau dorthin war der Tesla zunächst gefahren.«

»Sie wussten …«

»… dass das kein Restaurant ist? Natürlich wusste ich das, Leclerc. Aber ein netter Versuch.«

Touché, dachte Albin.

Volltreffer und an der Nase herumgeführt, murmelte Tyson aus Richtung Kofferraum.

Grassi fuhr fort: »Aber ich habe dennoch keine Ahnung, was der Fahrer dort getan hat. Der Tesla hielt sich dort etwa zehn Minuten auf, dann war er wieder unterwegs und steuert nun in Richtung L'Isle-sur-la-Sorgue. Was das Ziel ist, kann ich nicht sagen. Dafür können Sie mir erklären, was mit diesem Ort Beaumettes los ist? Wie ich bereits erwähnte: Wir sitzen beide im selben Boot, oder?«

»In Beaumettes«, erklärte Albin, »hat Serge Koulberg gelebt, der frühere Bibliothekar des Klosters, der Vorgänger des ermordeten Bruders Marcel. Koulberg ist vor einigen Jahren verstorben, und zwar eines natürlichen Todes. Seine Frau lebt ebenfalls nicht mehr. Er muss das Buch zuletzt besessen haben, und Bruder Marcel wusste das und auch, wo Koulberg gelebt hat. Ich gehe davon aus, dass Bruder Marcel deswegen getötet wurde. Der Fahrer ihres

Tesla wird sich in Beaumettes nach Koulberg erkundigt haben. Ich gehe davon aus, dass er dort erfahren hat, dass Serge Koulbergs Frau wie er selbst verstorben ist, aber dass es eine gemeinsame Tochter gibt: Muriel Koulberg. Sie führt ein Buchantiquariat in einem Ort namens L'Isle-sur-la-Sorgue.«

»Verflucht«, murmelte Grassi. »Ich bin gerade am Ortseingangsschild vorbeigefahren.«

»Grassi«, sagte Albin, »seien Sie vorsichtig und halten Sie sich zurück. Meine Kollegen sind zwar informiert. Aber entweder ist der Mann im Tesla hochgefährlich – oder die Buchhändlerin ist es.«

»Sie meinen ...«

»Vielleicht will sie das Buch schützen und übertreibt es damit.«

»Okay«, sagte Grassi, bevor er das Telefonat beendete, »ich werde vorsichtig sein und mich zurückhalten.«

Wirst du nicht, dachte Albin und beschleunigte, würde ich nämlich auch nicht.

Er überlegte, ob er einen weiteren Anruf tätigen sollte. Warum eigentlich nicht, dachte er und googelte mit der freien Hand nach der entsprechenden Nummer.

42

Muriel Koulberg saß mit einer großen Tasse Café au Lait am Schreibtisch im Verkaufsraum ihres Buchantiquariats. Es war ein wuchtiger, alter Tisch, den sie von Niemanns übernommen hatte. Darauf standen die Kasse und ihr Computer, an dem sie gerade einige Bestellungen verbuchte. Später würde sie die Bücher, die sie auf Vorrat hatte, verpacken und in den Versand geben.

Anschließend nahm sie eine Onlineüberweisung vor, blickte durch das große Schaufenster nach draußen zur Straße und seufzte. Das satte Licht des späten Nachmittags fiel durch die Scheibe und wärmte den Raum, der voller Bücherregale und Vitrinen war. Ähnlich sah es in dem sich anschließenden Raum aus und in dem dritten, in dem sich größere Folianten und Bildbände befanden.

Sie müsste sich dringend überlegen, wie sie das Geschäft weiter ankurbelte. Vor allem online müsste sie deutlich mehr auf sich aufmerksam machen. Doch was das anging, war sie eine absolute Dilettantin, das wurde ihr immer klarer, je intensiver sie sich damit beschäftigte. Bücher waren ihre Liebe – aber der Rest ein notwendiges Übel. Sie könnte eine Agentur beauftragen oder mehr auf Social Media machen. Aber das war nicht ihr Ding, und eine Agentur würde natürlich Geld nehmen, und Geld hatte sie im Augenblick einfach nicht.

Wenn Muriel vorher klar gewesen wäre, was die Selbständigkeit alles nach sich zieht, dann hätte sie vielleicht noch einmal darüber nachgedacht, den Schritt zu wagen – beziehungsweise sich etwas mehr Zeit genommen, um sich vorzubereiten. Andererseits war die Situation nicht danach gewesen. Sie hatte sich innerhalb weniger Tage entscheiden müssen und war dann ins kalte Wasser gesprungen. Da durfte sie sich nicht beschweren, dass sie nun schwimmen musste, um den Kopf über den Wogen zu halten.

Ein weiteres Mal wanderten ihre Gedanken zu dem Buch in ihrem Tresor. Sie dachte daran, wie wertvoll es war und dass sie mit einem Schlag alle Sorgen los sein könnte. Aber sie dachte auch daran, was sie ihrem Vater versprochen hatte. Außerdem war ihr klar, dass es kein Buch war, das man in Umlauf bringen durfte. Wenngleich Muriel nur eine vage Ahnung davon hatte, worum es in dem Buch genau ging – aber es war ein sehr besonderes und sehr spezielles Buch, so viel war ihr klar.

Anders als die meisten mittelalterlichen Schriften war »Die Apokalypse des Seraphs« nicht mit Bildern geschmückt oder kunstvollen Initialen oder ähnlichen Dekorationen verziert. Es handelte sich vielmehr um eine simple Abschrift. Insgesamt wirkte es so, als habe man den Inhalt von etwas anderem bewahren wollen – aber ohne dass das Buch jemals offiziell genutzt werden sollte, wofür die nüchterne Art der Gestaltung sprach. Der Schrifttyp wirkte wie aus dem Hochmittelalter, andererseits wiederum auch nicht. Er erinnerte an eine Mischung aus Minuskeln und arabischen Schriftzeichen, wunderschön anzuschauen, aber komplett unverständlich, denn es handelte sich um eine Geheimschrift. Außerdem war in den Einband aus Leder ein Tatzenkreuz eingeprägt, was darauf hindeutete, dass es sich um ein Buch aus dem Besitz des Templerordens handelte.

Was Muriel über das Buch wusste, war nicht sehr viel mehr als das. Und dass ihr Vater sich die Nächte um die Ohren geschlagen hatte, um an seiner Entschlüsselung zu arbeiten. Er hatte jemanden aufgetrieben, der das Buch vorher besessen hatte. Und Muriel konnte sich daran erinnern, dass gelegentlich ein anderer Mönch vorbeigekommen war, um mit ihrem Vater zu sprechen. Sie hatten auch gestritten. Der Mönch war ein weiteres Mal gekommen, nachdem Papa gestorben war. Er hatte mit Maman über das Buch gesprochen, doch sie hatte Stein und Bein geschworen, dass sie es nicht mehr besitze und auch nicht wisse, was ihr Mann damit getan habe. Eine Lüge, denn natürlich besaßen sie das Buch nach wie vor.

Später, als Muriel begann, sich professionell mit alten Büchern zu befassen, hatte sie intensiver nachgeforscht. Sie war sich sicher, dass es sich um die Abschrift eines apokryphen Textes handelte, also um ein Buch, das nicht den Weg in die Bibel gefunden hatte. Sie wusste, dass der Titel »Die Apokalypse des Seraphs« war, was ihr Vater ihr verraten hatte – nicht weil er den Geheimcode geknackt hatte, sondern er hatte es von jemand anderem erfahren. Muriel konnte allerdings nicht sagen, von wem.

Seraphim waren Engel. Bei apokalyptischen Schriften handelte es sich um Offenbarungen – die bekannteste war wohl die Offenbarung des Johannes aus der Bibel, in der vom Ende aller Dinge berichtet wurde. Es ging darin um den Endkampf zwischen Gut und Böse, um Satan,

Drachen, die Hure Babylon, um das Brechen von Siegeln und verzehrende Feuerstürme, um das Jüngste Gericht und darum, dass ein neues Zeitalter mit dem Heil Gottes für alle Christen anbricht. In den zumeist seherischen Schriften ging es in der Regel darum, dass das Leben der Frommen unerträglich war und sich immer mehr verschlimmerte, bis es am Ende zu einem besseren Zeitalter kam. Auch in anderen Kulturkreisen und Epochen hatte es solche prophetischen, visionären Weissagungen vom Ende der Welt gegeben, dem Erscheinen eines Messias und besseren Zeiten, nicht nur im früheren oder späteren Christentum oder im Alten und Neuen Testament. Sie tauchten bereits in babylonischen oder assyrischen und anderen Untergangsmythen auf.

Die Frage war nur: Um welchen Engel ging es hier und um welche Weissagungen, die man in einer geheimen Schrift verfasst hatte, damit niemand sie lesen kann?

Muriel hatte zwar auch danach geforscht, doch nicht allzu viele Antworten gefunden. Das Gefühl sagte ihr jedoch, dass es sich um ein sehr unheiliges Buch handeln konnte und um einen dunklen Engel. Nicht anders wäre zu erklären, warum man das Buch geheim hielt. Und damit erklärte sich auch der Wunsch ihres Vaters, dass es niemals in die falschen Hände geraten dürfe, dass Muriel darauf achtgeben und es unbedingt beschützen müsse.

Eine Aufgabe, die sie stets ausgesprochen ernst genommen hatte.

43

Esposito fuhr durch L'Isle-sur-la-Sorgue und folgte dem Navigationssystem, das ihn zum Antiquitätengeschäft von Muriel Koulberg führen sollte. Es befand sich etwas außerhalb des Ortskerns, was er beruhigend fand. Weniger beruhigend fand er die Tatsache, dass ihm bereits seit einigen Kilometern ein Wagen zu folgen schien – ein Maserati.

Das musste nicht zwingend etwas bedeuten. Auf der Straße konnte man schlecht überholen. Aber einerseits hatte der Wagen ein italienisches Kennzeichen, was bereits ungewöhnlich war. Und zweitens hatte ein Maserati mit italienischem Kennzeichen vorhin vor dem Hotel in Avignon geparkt. Solche Zufälle gab es nach Espositos Einschätzung nicht. Allerdings würde man doch für eine Verfolgung ein weniger auffälliges Fahrzeug wählen – es sei denn, man scherte sich nicht darum oder war ein Amateur.

Esposito ging eher von Ersterem aus. Denn in seinem Betätigungsfeld hatte man es selten mit Amateuren zu tun. Außerdem war ihm der Wagen erst vorhin aufgefallen, nachdem er Beaumettes längst verlassen hatte, was dafür sprach, dass der Fahrer bis dahin gute Arbeit geleistet hatte.

Die Sache war nur: Abschütteln konnte er den Verfolger nicht. Also musste er sich etwas anderes überlegen.

Deswegen steuerte Esposito zunächst an dem Antiquariat vorbei, das sich in einer schmalen Straße in einem Eckhaus mit großen Schaufenstern befand. Ein größerer Schuppen schloss sich daran an sowie ein Hof mit einer Umzäunung aus Metall. Kurz dahinter zweigte ein Stichweg rechts ab, der unbefestigt wirkte und vermutlich zu einer alten Fabrik führte, die man bereits von der Straße aus sehen konnte.

Esposito bog ab, ohne den Blinker zu setzen, und fuhr in den Weg hinein, wo er nach wenigen Metern einen verrosteten Bauzaun erreichte, der das Fabrikgelände absichern sollte. »Meubles Vaucluse« stand in verblassten Lettern auf der Backsteinfassade des Gebäudes, das mit Efeu und kleinen Bäumen bewachsen war und offenbar schon seit vielen Jahren nicht mehr genutzt wurde.

Esposito stoppte vor dem Zaun und blickte in den Rückspiegel. Der Maserati bog ebenfalls in den Weg ein. Er fuhr langsam hinter den Tesla, bis sich die Stoßstangen fast berührten. Na klasse, dachte Esposito. Jetzt war ihm der Rückweg abgeschnitten.

Er griff ins Seitenfach und zog das Messer aus der Scheide. Es handelte sich um ein altes Messer aus dem Zweiten Weltkrieg, einen Dolch der britischen Spezialeinheit SAS mit schmaler, doppelschneidiger Klinge, die dazu gedacht war, sich von einem Fallschirm loszuschneiden. Tatsächlich hatte das Fairbairn-Sykes sich für deutlich andere Einsatzzwecke als noch viel besseres Handwerkszeug erwiesen und galt nach wie vor als eines der besten Kampfmesser der Welt. Er schob es in den linken Jackenärmel, so dass er es mit der rechten Hand blitzschnell ziehen könnte, was er in der Vergangenheit mehr als einmal getan hatte.

Dann öffnete er die Tür und stieg aus. Der Fahrer des Maserati tat dasselbe.

Zu Espositos Erstaunen handelte es sich um einen Priester. Es war der Priester, den er gegenüber dem La Mirande im Gespräch mit einem älteren Mann gesehen hatte. Zu seinem noch größeren Erstaunen hielt er eine Waffe in der Hand. Nach Espositos Einschätzung war es eine 22er, kleines Kaliber, geringe Schussenergie und daher meist große Wirkung auf kurze Distanz, weil das Geschoss schneller zur Größe einer Münze aufpilzte als größere Kaliber mit deutlich mehr Schussenergie, die bei geringer Entfernung einen Körper eher durchdrangen und weniger Schaden anrichteten. Eine 22er war Profiwerkzeug.

»Was soll das werden?«, fragte Esposito auf Englisch und trat näher an den Mann heran, bis er auf Armlänge vor ihm stand.

Der Priester tat genau das, was Esposito erwartet hatte: Er hob den Lauf der Waffe, um ihn auf Espositos Oberkörper zu richten. »Die Frage gebe ich direkt zurück«, erwiderte der Priester ebenfalls auf Englisch, allerdings sprach er mit italienischem Akzent.

»Sie folgen mir bereits seit Avignon, nehme ich an. Warum?«, fragte Esposito.

»Ich denke, wir haben beide dasselbe Ziel. Allerdings würde ich es gerne vor Ihnen erreichen. Und deswegen ist hier Schluss für Sie, Mister …«

»Esposito.«

Der Priester nickte. »Ich bin mir sicher, dass Sie eine Waffe tragen, Mister Esposito. Daher darf ich Sie nun bitten, die Hände hochzunehmen, sie über dem Kopf zu verschränken und sich hinzuknien.«

Esposito hob die Arme über den Kopf und redete, um sein Gegenüber abzulenken. »Ich weiß zwar nicht, was das zu bedeuten hat und warum Sie mit einer Waffe auf mich zielen …«

Dann zog er blitzschnell das Fairbairn-Sykes aus dem Ärmel und fuhr in derselben Bewegung mit der Klinge über den ausgestreckten Arm seines Gegenübers. Ein Schuss löste sich aus der 22er. Er klang wie ein Hammerschlag auf Metall. Und es fühlte sich an, als würde Esposito von einem harten Stoß gegen die Brust getroffen. Damit hatte es sich aber auch schon, denn die 22er hatte nicht sehr viel Dampf, und die Schutzweste, die Esposito für gewöhnlich unter der Bomberjacke trug, wenn er etwas zu erledigen hatte, leistete ganze Arbeit. Sie trug sich wie eine dünne, ultraleichte Daunenweste, war sehr unauffällig und hätte auch einer Neun-Millimeter widerstanden.

Er griff mit der Linken nach dem verletzten Arm des Priesters, um die Hand mit der Waffe von sich wegzudrücken. Dann versetzte er dem Oberkörper des Mannes zwei schnelle Stiche mit dem Sykes. Der ging mit weit aufgerissenen Augen und einem Keuchen zu Boden. Esposito nutzte diese Bewegung, um dem Priester die 22er aus der Hand zu drehen. Er steckte die Pistole ein, packte den Mann an den Füßen und zerrte ihn hinter die Autos, so dass man ihn von der Straße aus nicht mehr sehen konnte.

Der Priester keuchte und röchelte nach wie vor. Seine Haut war blass. Er hielt sich die Bauchwunden. Blut quoll zwischen den Fingern hervor. Esposito suchte ihn ab, fand den Autoschlüssel, ein Handy und eine Geldbörse, was er sich alles einsteckte.

Er überlegte, ob er dem Priester mit einem Stich ins

Herz den Rest geben sollte, entschied sich dann aber dagegen. Der Mann verlor eine Menge Blut. Die Angelegenheit würde sich also von selbst erledigen, und es wäre doch hübsch zu wissen, dass der Priester langsam verblutete. Womöglich würde er aber mit letzter Kraft noch bis zur Straße kriechen, um Hilfe zu holen.

Also nahm Esposito das Stofftaschentuch aus seiner anderen Tasche, wischte damit zunächst die Klinge des Syke ab, bevor er dem Priester den Stoff zwischen die Zähne stopfte. Danach nahm Esposito einen faustgroßen Stein, schob ihn unter die Hacke des Opfers und trat dann mit voller Wucht auf das Knie. Es gab ein hässliches Knacken. Der Mann stöhnte laut auf. Der Knebel dämpfte den Schrei. Demonstrativ warf Esposito einen Blick auf die Uhr.

»Ich schätze, Sie haben noch fünf Minuten zu leben, falls ich die Baucharterie getroffen habe, und noch drei Minuten, bevor Sie das Bewusstsein verlieren. Sagen Sie: Ist es aufregend zu wissen, dass Sie sehr bald Ihrem Gott gegenübertreten werden?«

Der Priester schnaufte und wand sich.

»Dachte ich mir, dass Ihnen dafür die Worte fehlen«, erwiderte Esposito und grinste.

Dann setzte er sich in Bewegung, warf die Tür vom Maserati zu und ging um die Ecke, wo sich der Eingang zum Buchantiquariat befand.

44

»Prima, danke«, sagte Castel und beendete das Gespräch. Neben ihr saß Theroux am Steuer, die goldumrandete Pilotensonnenbrille auf der Nase, und trug seine neue Lederjacke, die im »Top-Gun«-Stil mit US-Air-Force-Applikationen versehen war.

Cat steckte das Handy in die Innentasche ihrer dünnen Jacke und zog den Sicherheitsgurt wieder straff. »Die Gendarmerie schickt eine Streife zum Antiquariat von Muriel Koulberg«, bestätigte sie in Richtung Theroux. »Ganz wie der alte Herr es wünscht.«

Theroux lachte auf.

Dabei war der Plan gut. Zur Sicherheit die Gendarmen vor Ort, bis Cat und Theroux eintrafen. Anschließend würde man weitersehen.

Theroux fragte: »Meinst du, dass Albin recht hat? Ich meine: Diese Dinge rund um das geheime Buch hören sich vollkommen verrückt an.«

»Wir werden es herausfinden, Alain. Im Moment weiß ich nicht, was ich glauben soll und was nicht. Aber ich habe das Gefühl, Albin könnte damit richtigliegen, dass diese Muriel Koulberg uns weiterbringen wird.«

»Dennoch. Cat. *Teufelsbibel.* Also echt.«

»Vielleicht wird das Buch einfach nur so genannt, Alain. Ich weiß es nicht.«

»Was wollen die damit? Den Beelzebub beschwören?«

Cat zuckte mit den Achseln.

»Na ja«, sagte Theroux, »andererseits kommt es vielleicht gar nicht so darauf an, woran man glaubt, sondern wie sehr. Gefährlich sind stets die Extreme, oder? Ob im Glauben oder in der Politik, im Zorn, im Wahn … Es ist wie mit einem Wasserglas: Füllst du zu viel hinein, läuft es unweigerlich über.«

Cat musterte Theroux. »Weißt du, manchmal bist du wirklich erstaunlich. Im einen Moment denke ich, du stehst auf der Leitung. Im nächsten kommen dann solche philosophischen Ergüsse und Erkenntnisse.«

Theroux grinste. »Immer für eine Überraschung gut, hm?«

»Allerdings.«

Eine WhatsApp-Nachricht traf ein. Cats Handy summte. Sie zog es aus der Innentasche und las die Nachricht.

»Trotzdem kommt mir Albin etwas größenwahnsinnig vor«, sagte Theroux. »Mit Franklin Slade will er sich anlegen. Mit *Franklin Slade* – also bitte.«

»Was soll ich sagen, Alain – die Kollegen in Marseille haben genau das Gleiche gesagt, als ich sie gebeten habe, dass sie sich mal bei Slade umsehen, wie Albin es empfohlen hat. Auf welcher Grundlage?, haben sie gefragt. Und ich habe gesagt: Weiß ich auch nicht, denkt euch was aus, Hauptsache, jemand ist an der Yacht. Pff …« Cat rollte mit den Augen. »Zum Glück habe ich noch ein paar Kontakte, und man kennt mich in Marseille, ansonsten hätten die mich für vollkommen irre gehalten.«

»Und mit dem Vatikan«, sagte Theroux, »will er sich ebenfalls anlegen. Vatikanischer Geheimdienst. Dabei haben wir doch wirklich genug von den Geheimdiensten, oder?«

»Hm?«, fragte Cat beim Lesen.

»Na, ich rede von deinem Stress mit Gabriel Martinet und dem DGSI. Hat sich wohl wieder gelegt, oder?«

»Mhm«, machte Cat nur und sparte sich einen Kommentar. Ja. Der Stress hatte sich gelegt. Theroux hatte es immer wieder am Rand mitbekommen und auch Gabriel Martinet einige Male gesehen, ebenso Bertrand Vollant, und sich Sorgen um Castel gemacht. Aber sie wollte jetzt nicht mit Theroux darüber sprechen.

Stattdessen sagte sie: »Zahir hat geschrieben. Er hat diesen Alberto Grassi überprüft, von dem Albin gesprochen hat. Der Mann ist tatsächlich beim Vatikan angestellt und hat einen amtlichen Sperrvermerk in seiner Akte. Das bedeutet: Zahir hat nur eingeschränkten Zugriff auf die Personalien und müsste sich alles Weitere behördlich autorisieren lassen.«

»Was durchaus nach einem Mitarbeiter des Geheimdienstes klingt«, sagte Theroux.

Castel nickte. »Jepp«, erwiderte sie.

Und damit wuchs ihr Unbehagen noch etwas mehr und das Gefühl, dass etwas in der Luft lag. Etwas, das in der Natur Tiere nervös machte und bei Menschen eine Gänsehaut oder einen metallischen Geschmack auf der Zunge verursachen konnte – den Geschmack von Gefahr.

45

Muriel loggte sich aus dem Programm für das Online-Banking aus. Sie stand auf, streckte sich und ging dann zu einem der Kartons, die sie vorhin nach oben getragen hatte, um weitere Bücher einzusortieren. Sie stammten aus einem Nachlass, einer privaten Bibliothek. Darunter befanden sich einige recht ansehnliche Exemplare, die sich in den Bücherschränken gut machen würden – allerdings, wenn man ehrlich war, handelte es sich eher um das, was man als »tägliches Brot« bezeichnen würde.

Sie nahm gerade drei frühe Ausgaben von Alexandre Dumas in die Hand und schob mit dem Fuß die Trittleiter an die richtige Stelle, als jemand die Ladentür öffnete. Muriel blickte sich über die Schulter um und schenkte dem Kunden ein Lächeln. Sie ließ vom Regal ab und legte die Bücher auf eine Stufe der Leiter.

»Guten Tag und herzlich willkommen«, sagte sie.

»Guten Tag«, erwiderte der Mann.

Er war nicht sonderlich groß, schwarz gekleidet und trug eine Bomberjacke. Ansonsten erinnerte er mit seinem abstehenden hellen Haar an diesen Sänger von »Bridge over Troubled Water« – wie hieß er noch? Paul Simon? Nein, das war der Dunkelhaarige. Der andere hieß Art Garfunkel. An den erinnerte der Kunde, der jetzt in die Mitte des Verkaufsraumes trat, wo er sich umsah.

»Kann ich Ihnen helfen?«, fragte Muriel.

»Oh, ganz bestimmt«, erwiderte der Mann und kam etwas näher. Er fuhr mit der Hand in die Tasche seiner Bomberjacke. »Ich interessiere mich vor allem für mittelalterliche Literatur«, sagte er.

Muriel lächelte. Das Telefon auf dem Schreibtisch klingelte. Aber das Gespräch konnte sie jetzt nicht annehmen mit einem Kunden im Geschäft.

»Sicherlich kann ich Ihnen weiterhelfen«, sagte sie.

»Wunderbar«, erwiderte der Mann und lächelte.

»Haben Sie eine gewisse Epoche im Blick? Oder suchen Sie einen bestimmten Titel?«

»Ja. Es geht um ein spezielles Buch«, sagte der Mann und zog die Hand aus der Tasche.

In der Hand hielt er eine Waffe.

Muriel fühlte sich, als sei sie von einem Elektroschocker getroffen worden.

»Es geht um das Buch ›Die Apokalypse des Seraphs‹. Ich denke, Sie können mir ganz bestimmt weiterhelfen. Ich habe keinen Zweifel daran.«

Das Telefon klingelte immer noch.

46

»Verdammt!«

Albin fluchte und fuhr mit Vollgas über die Route Nationale, deutlich schneller als erlaubt. Es war nicht mehr weit bis nach L'Isle-sur-la-Sorgue. Dennoch wäre ihm wohler gewesen, wenn Muriel Koulberg ans Telefon gehen würde, was sie jedoch nicht tat.

Das muss nichts bedeuten. Vielleicht hat sie lediglich Kundschaft, sagte Tyson.

»Ja.«

Oder sie ist auf der Toilette, im Lagerraum, kurz etwas einkaufen …

»Ja, ich weiß. Trotzdem. Ich habe kein gutes Gefühl«, erwiderte Albin.

Er ließ es zwei weitere Male klingeln. Dann gab er auf und reduzierte das Tempo, weil das Ortseingangsschild in Sichtweite geriet und damit eine Ampel.

Albin wählte die Nummer von Alberto Grassi. Zwar hatten sie erst gerade eben telefoniert. Doch Albin wollte sich versichern, dass Grassi erreichbar wäre. Was jedoch nicht der Fall war. Grassi nahm das Gespräch nicht entgegen.

Vielleicht, sagte Tyson, *will er nicht schon wieder mit dir reden.*

»Möglich.«

Vielleicht sucht er gerade einen Parkplatz, oder …

»Oder er ist bereits im Geschäft von Muriel Koulberg, und deswegen gehen sie beide nicht ans Telefon.«

Weil …

»Weil sie sich unterhalten. Und ich hoffe, verdammt, dass das eine unproblematische Unterhaltung ist.«

Du meinst …

»Keine Ahnung, was ich meine. Und ich hoffe, dieser Teslafahrer hat mit alledem nichts zu tun.«

Aber du glaubst …

»Glauben ist etwas für Gläubige. Mein Gefühl sagt mir, dass etwas nicht in Ordnung ist.«

Albin passierte das Ortseingangsschild und hatte Glück an der Ampel: Sie zeigte Grün an. Die nächste ebenfalls.

Er gab auf, drückte Grassis Nummer weg und wählte Castels Nummer. Nur wenige Sekunden später hörte er ihre Stimme.

»Sind Sie unterwegs, Castel?«, fragte Albin.

»Natürlich. Wir sind auf dem Weg. Eine Streife ebenfalls. Vielleicht sind die Kollegen sogar schon im Geschäft.«

»Ich bin ebenfalls im Ort.«

»Albin! Sie sollten …«

»Ich weiß, was ich sollte. Hat sich aber nun einmal anders entwickelt.«

»Wir haben Grassi überprüft«, sagte Castel. »Wie es aussieht, arbeitet er tatsächlich für den vatikanischen Geheimdienst.«

»Grassi verfolgt jemanden aus dem Team Franklin Slade. Jemand in einem Tesla. Dieser Jemand ist ein eher kleiner Kerl. Ich habe ihn gesehen. Von der Körpergröße her könnte eine Schuhgröße neununddreißig durchaus passen.«

»Albin, eben haben Sie noch angedeutet, dass Muriel Koulberg …«

»Ich weiß«, redete Albin dazwischen und bog ab in die Straße, die zu einem Kreisverkehr und danach auf direktem Weg zum Buchantiquariat führen würde. »Und das ist das Problem, Castel: Muriel Koulberg, Grassi, der Teslafahrer … Jeder scheint ein Interesse an dem verdammten Buch zu haben.«

»Und wir!«, hörte Albin Therouxs Stimme.

»Natürlich wir«, erwiderte Albin.

»Albin«, Theroux redete laut, »du glaubst allen Ernstes an eine Verschwörung aus einer Teufelsbibel, dem Vatikan und einem verrückten James-Bond-Bösewicht wie Franklin Slade?«

»Ich habe es eben schon zu Tyson gesagt: Glauben ist für Gläubige.«

»Du redest mit ihm?«

»Mit wem?«

»Du redest mit Tyson?«

»Blödsinn«, erwiderte Albin und beendete das Gespräch. Er brauchte beide Hände, um einen am Straßenrand parkenden Möbeltransporter zu überholen. »Ich rede doch nicht mit meinem Hund. Tiere können nicht sprechen.«

Definitiv nicht, rief Tyson aus dem Kofferraum.

»Eben«, murmelte Albin und näherte sich dem Kreisverkehr.

47

Esposito stand mit dem Rücken zur Eingangstür und hielt die 22er im Anschlag. Er zielte auf den Kopf der Frau. Sehr schade, dachte er. Er hatte eigentlich geplant, sie ein wenig zu foltern, damit sie ihm sagte, wo sich das Buch befand. In seiner Umhängetasche, die noch im Kofferraum lag, hatte er ein Elektromesser und hätte sie vielleicht gevierteilt.

Sie mit einer Pistole zu bedrohen – das war reichlich profan.

Den Literaturwissenschaftler hatte er mit Benzin zum Reden gebracht und ihn dann angezündet. Dem Bibliothekar hatte er mit dem Wagenrad die Knochen gebrochen. Beides waren angemessene Todesarten gewesen – Verbrennen und Rädern. Es passte zu dem mittelalterlichen Kontext, hatte Esposito gefunden. Er arbeitete gerne auf diese Art. Schon in seiner Zeit in Mexiko hatte er seinen Aufträgen oft eine persönliche Note gegeben, die stets mit einem ironischen Augenzwinkern zu verstehen war. Von einem Kartell hatte er einmal den Auftrag erhalten, »ein paar verräterische Schweine« zu beseitigen. Damals hatte er die Opfer geköpft und ihnen die Schädel von geschlachteten Schweinen aufgepflanzt, bevor er sie mit Klebeband an einer Parkbank befestigte.

Auch das Erhängen war eine traditionelle und im Mittelalter oft angewendete Methode, und den Künstler hatte er zuvor mit seinem Messer bearbeitet.

Vielleicht, dachte Esposito, würde er das Sykes statt des Elektromessers an Muriel Koulberg ausprobieren und die 22er wieder einstecken – wenngleich die Klinge sicherlich keine starken Knochen durchtrennen könnte. Aber die Haut abziehen? Durchaus machbar, dachte Esposito, und es würde sich wunderbar in den Zusammenhang einfügen.

Slade und die anderen hielten ihn wegen seiner Methoden für abartig. Slade war sogar wütend geworden, als er davon gehört hatte. Rädern, Verbrennen, Erhängen – ob Esposito die Personen nicht einfach ganz normal hätte umbringen können? Esposito hatte fast gelacht und gefragt: Und hättest *du* den Personen nicht einfach ein paar Millionen Dollar für Informationen zahlen können, die dich zu dem Buch führen, und das Buch dann ebenfalls mit einer atemberaubenden Summe ankaufen? Immerhin hatte Slade genug Geld, von daher …

Aber Slade hatte das nicht gewollt. Er wollte auf keinen Fall, dass Spuren zu ihm zurückzuverfolgen waren, und Geld hätte man transferieren oder in Koffern bar aushändigen müssen. Außerdem war klar: Die Existenz des Buches war über viele Jahrhunderte hinweg geheim gehalten worden. Slade litt in dieser Beziehung etwas an Verfolgungswahn und wollte nicht ausschließen, dass möglicherweise ein ebenfalls geheimer Orden das Buch bewachen könnte, dessen Aufmerksamkeit er weder wecken noch auf sich ziehen wollte.

Esposito hatte ihm ohnehin davon abgeraten, Geld einzusetzen. Nach seiner Erfahrung war es so, dass die Menschen den Hals nie voll bekamen und Informationen lediglich häppchenweise verkauften oder später noch mehr Geld wollten und damit drohten, irgendwelche Dinge zu veröffentlichen. Effizienter seien andere Mittel – und schließlich hatte Slade gesagt, ihm sei egal, wie Esposito die Informationen beschaffe, er wolle darüber so wenig wie möglich wissen. Das Ergebnis sei wichtig.

Also hatte Esposito das getan, was er am besten konnte und wofür Slade ihn angeheuert hatte. Dass er die Personen am Ende töten musste, war dabei die logische Folge, denn im anderen Fall hätten sie ja zur Polizei laufen und erzählen können, dass man sie bedroht und gefoltert hätte, was wiederum am Ende zu Slade hätte führen können. Na ja, und der Typ, der sich bei der Arbeit eine Maske aufsetzte, war Esposito sowieso nicht.

Außerdem wollte er ein wenig Spaß bei der Arbeit haben – und man konnte sich erst kurz vor Ende wirklich sicher sein, alle Informationen erhalten zu haben: zum Beispiel in dem Moment, wenn man vor einer mit Benzin übergossenen Person einen Lappen entzündete oder nachdem man jemandem mindestens zwei Gelenke gebrochen hatte. Die Leute mussten sich erst absolut sicher sein, dass man es ernst meinte. So waren die Menschen eben. Sie glaubten bis zuletzt, dass sich noch alles zum Guten wenden könnte. In Mexiko hatte Esposito in der Beziehung jede Menge Erfahrungen gesammelt. Manche gaben erst dann alles preis, wenn man den ersten Schnitt an die Stirn setzte, um ihnen den Skalp abzuziehen.

Esposito musterte das Gesicht von Muriel Koulberg und setzte gedanklich bereits die Klinge seines Sykes unter ihrem Ohrläppchen an, um sie entlang des Unterkiefers bis zum anderen Ohr zu ziehen.

»Also?«, fragte er.

»Ich weiß nicht«, stammelte Muriel Koulberg mit erhobenen Händen, »was Sie von mir wollen, ich …«

»Sie wissen es ganz genau«, erwiderte Esposito. »Ich will das Buch. Und ich weiß, dass Sie es haben. Das hier kann schnell vorüber sein. Aber jetzt«, ergänzte er, »gehen Sie bitte mit erhobenen Händen durch die Tür hinter Ihnen. Wir wollen nicht, dass jemand uns hier im Verkaufsraum sieht und sich Fragen stellt, die ungesund für ihn sein könnten, und …«

Esposito sah in Muriel Koulbergs sich plötzlich verändernden Gesichtszügen, dass etwas geschehen würde, noch bevor es passierte.

Er blickte sich über die Schulter um.

Verflucht.

Er sah zwei Polizisten in Uniform an der Glastür, die sich gerade öffnete. Beide betraten das Geschäft.

Muriel Koulberg öffnete den Mund, um etwas zu sagen. Die Gendarmen wollten ebenfalls etwas sagen, vielleicht nur »Guten Tag«, schienen aber in diesem Moment zu verstehen, dass etwas nicht in Ordnung war.

Die Eingangstür fiel hinter ihnen zu.

Esposito wusste, dass es nur eine einzige Möglichkeit gab. Er musste handeln, bevor die Gendarmen es taten.

Er drehte sich um. Er nahm die 22er hoch. Einer der Gendarmen rief etwas, fasste nach seinem Einsatzgürtel. Der andere ebenfalls.

Zu spät.

Esposito schoss jedem eine Kugel in die Stirn. Die Polizisten sackten zusammen wie Marionetten, denen man die Fäden abgeschnitten hatte.

Espositos Gehör war für einen Moment taub geworden. Schüsse in Innenräumen waren ohrenbetäubend laut. Dennoch hatte er den entsetzten Aufschrei der Buchhändlerin gehört.

»Mist!«, fauchte Esposito.

Die Situation entwickelte sich absolut nicht so, wie er geplant hatte, und sie wurde zunehmend komplizierter. Erst der Priester, jetzt die zwei Gendarmen, und …

Er drehte sich wieder um.

Muriel Koulberg war verschwunden. Die Tür hinter ihr stand offen. Esposito machte zwei große Schritte und stand dann im Türrahmen. Er sah eine Treppe, die nach unten führte. Es brannte Licht. Er sah die Frau, die gerade die letzte Stufe erreicht hatte und um die Ecke bog.

»Muriel!«, rief er ihr hinterher. Dann lief er die Treppe hinab.

48

Albin sah den Streifenwagen der Gendarmerie vor dem Buchantiquariat von Muriel Koulberg. Er stand halb auf der Straße, halb auf dem Gehweg. Na, zum Glück, dachte er, die Kavallerie war vor Ort. Da konnte ja nichts mehr schiefgehen.

Er verlangsamte das Tempo und überlegte, ob er direkt hinter dem Streifenwagen halten sollte, entschied sich dann aber dagegen, als er eine Einfahrt hinter dem Hof des ehemaligen Brocanteur-Geschäftes sah. Besser, wenn er dort den Wagen abstellte. Also verlangsamte er das Tempo und bog in die Einfahrt, die auf ein altes Möbelwerk zuführte.

Und auf zwei Autos, die dort abgestellt waren.

»Verdammt«, murmelte Albin.

Da stand Grassis Maserati. Und außerdem ein Tesla, den Grassi mit seinem Fahrzeug blockierte. Albin hatte kein gutes Gefühl. Und vor allem hatte er keine Waffe dabei.

Er stoppte hinter der italienischen Limousine, stieg aus und ließ Tyson im Kofferraum. Er sah sich um, hörte ein Geräusch, das er nicht zuordnen konnte, und bewegte sich um den Maserati herum, sah aber nichts. Er hockte sich hin, blickte unter den Wagen und tat dasselbe beim Tesla.

Dann sah er ein paar Schuhe. Beine. Und …

»Grassi?«

Albin vernahm ein Röcheln, stand schnell auf und ging mit großen Schritten um den Tesla herum. Dort fand er Grassi, der mit dem Oberkörper in einem Gebüsch lag und sich den Bauch hielt. Blut quoll zwischen seinen Fingern hervor.

»Verflucht«, zischte Albin, fasste sofort nach seinem Telefon und hockte sich zu Grassi, der blass aussah. »Was ist passiert?«

Grassi hustete. »Der Teslafahrer … Er hat mich niedergestochen … Er hat meine Pistole … Er … Ich denke, er ist im Geschäft, Sie müssen dorthin, Leclerc …«

Albin wählte den Notruf und sagte: »Ich muss nirgendshin. Sie verbluten, Mann. Außerdem ist die Gendarmerie dort.«

»Da waren … zwei Schüsse …«

Albin hörte Grassi zu. Zeitgleich wurde sein Gespräch angenommen. Er sagte, wer er war, dass es eine schwerverletzte Person mit einer Stichwunde gab und dass er sofort einen Rettungswagen benötigte. Es würde keine fünf Minuten dauern, bis einer eintraf. Albin sollte in der Leitung bleiben. Er stellte auf Lautsprecher.

»Zwei Schüsse?«, fragte Albin und ignorierte die Nachfragen des Rettungsdienstes, was los sei, wie es dem Verwundeten gehe sowie die Anweisungen, was Albin tun sollte. Er wusste sehr gut, was zu tun war, und Grassi ebenfalls, der seine Hände auf die Wunde presste, um sie so gut wie möglich zu verschließen. Mehr konnte man aktuell nicht tun.

»Leclerc …«, keuchte Grassi.

»Das waren die Gendarmen, die geschossen haben, Sie …«

»Leclerc, wissen Sie … wie eine 22er klingt? Nicht so wie eine Neun-Millimeter … Der Mann hat geschossen … nicht die Polizei, Sie müssen … Ich komme klar …«

»Sicher?«

»Ja. Die Stiche … Ich denke, ich komme klar … Hoffe ich … Bis der Rettungswagen da ist … Sie müssen ins Geschäft, Leclerc … Das Buch …«

»Ich kann Sie hier nicht alleinlassen, ich …«

Albin spürte den Griff von Grassis freier Hand am Unterarm. Sein Blick war drängend.

»Leclerc … Sie müssen. Ich halte schon durch … Lassen Sie mir das Telefon da … Eine Standleitung zum Rettungsdienst … Sie müssen im Geschäft nachsehen … Leclerc… Na los!«

»Okay«, erwiderte Albin. Wohl war ihm nicht dabei. Aber Grassi würde seine Situation schon richtig einschätzen. Der Rettungswagen war unterwegs. Und dass es Schüsse gegeben hatte, war nicht gut. Absolut nicht.

»Los!«, rief Grassi erneut.

Albin nickte. Dann nahm er die Beine in die Hand und lief los.

49

Muriel zitterte, hastete in den Kellerraum, hörte die Stimme hinter sich und Schritte auf der Kellertreppe. Verdammt, jetzt saß sie in der Falle.

Und der Mann hatte auf die Polizisten geschossen!

Sie waren tot!

Muriel gab ein Wimmern von sich, schlug die Hände vors Gesicht. Der Mann wollte das Buch!

Er …

Er rief ihren Namen.

Sie drehte sich um. Machte einen Schritt rückwärts. Stieß mit der Hüfte gegen den Tisch neben dem Tresor.

Ihre Wangen waren feucht von Tränen. Die Augen weit aufgerissen.

Sie sah den Mann, der die Treppe herabkam und die Waffe auf sie richtete.

»Muriel«, sagte er mit gepresst klingender Stimme. »Ich habe nicht viel Zeit. Das Buch. Wo ist es?«

»Sie … haben die Polizisten erschossen!«

»Richtig«, erwiderte der Mann und stand schließlich im Keller, wo er auf Muriels Gesicht zielte. »Und Sie werden ihnen folgen, wenn Sie mir nicht sofort sagen, wo das Buch ist. Sie haben es, oder? Von Ihrem Vater?«

Muriel zitterte. Ihr war eiskalt und gleichzeitig heiß. Sie nickte.

»Wo ist es?«, fragte der Mann.

Muriel zitterte noch stärker.

»Wo!«, blaffte der Mann.

»Hier«, flüsterte Muriel. »Im Safe.«

»Öffnen.«

Muriel nickte. Sie hockte sich hin und gab die Zahlenkombination in das Schloss am Tresor ein. Sie machte die Augen zu und fürchtete, der Mann könne sie von hinten erschießen, sobald sie den Safe öffnen würde. Vermutlich würde er sie sowieso töten. Er hatte auch die Polizisten erschossen.

Woher wusste er nur, dass sie das Buch besaß? Und warum wollte er es so dringend haben? Die Fragen blitzten aber nur kurz auf. Die Angst um ihr Leben verdrängte alles andere – und die Frage, was sie nun tun sollte.

Denn im Safe lag eine Pistole.

Die Pistole, die von ihrem Vorgänger stammte und die immer im Safe lag. Für den Fall der Fälle, hatte Niemanns gesagt – und nun war er da, der Fall der Fälle.

Muriel schluckte schwer. Sie zwang sich, Ruhe zu bewahren. Gab den Code ein weiteres Mal ein, nachdem sie sich im ersten Anlauf bei all der Panik vertan hatte.

Schließlich gab es ein Klickgeräusch, und der Safe sprang auf.

Muriel sah die Waffe. Aber wenn sie nun danach griff und sich herumdrehte – nein, der Mann hinter ihr wäre in jedem Fall schneller. Das hatte er gerade eben bewiesen, als die Gendarmen hereingekommen waren. Wie in einem Traum sah sie ihre Finger, die sich in Richtung Safe streckten, erst in Richtung der Waffe – dann aber umfassten sie das Buch.

Muriel nahm es in beide Hände, wendete sich dann langsam um. Ihr Oberkörper verdeckte nach wie vor das Innere des Safes. Wenn sie Glück hatte, würde der Mann die Pistole nicht sehen.

»Hier ist es«, sagte sie leise und hob das Buch an.

Der Mann schnaufte, griff mit der Linken nach dem Buch, riss es Muriel förmlich aus den Händen und legte es auf dem Tisch ab.

»Keine Bewegung«, murmelte er, wechselte die Pistole in die Linke und zielte damit weiter auf Muriel.

Mit der Rechten blätterte er in dem Buch, schlug es in der Mitte auf und griff dann ins Innere seiner Jacke. Er zog ein Handy hervor, klappte die Schutzhülle auf, die auch als Standhilfe genutzt werden konnte, und stellte das Gerät auf dem Tisch ab. Er tippte auf das Display und schien einen Facetime-Anruf zu starten. Wenige Sekunden später erkannte Muriel ein Gesicht auf dem Display.

Der Mann richtete das Smartphone aus, blätterte in dem Buch, nah vor der Linse.

»Ist es das?«, fragte er.

50

Albin lief um die Straßenecke, zwängte sich am Streifenwagen der Gendarmerie vorbei – und blieb im Eingang des Antiquariats vor der Glastür stehen.

Er war wie vom Blitz getroffen.

Zwei Personen in Uniform lagen auf dem Boden. Ansonsten schien der Verkaufsraum leer zu sein.

Albin streckte die Hand aus, öffnete die Tür vorsichtig und wollte mit der freien Hand nach seinem Telefon greifen. Aber natürlich war es nicht da. Er hatte es bei Grassi gelassen.

Albin spürte einen bitteren Geschmack im Mund und fühlte sich hellwach: Das Adrenalin schärfte alle Sinne. Er duckte sich, schloss die Tür leise, achtete darauf, dass es kein Geräusch gab. Er wollte nach dem Puls des ersten Gendarmen fühlen. Aber dann sah er das Loch in der Stirn, aus dem Blut sickerte. Auf dem Boden gab es kein Blut: Die Kugel steckte also im Kopf. Bei dem anderen Polizisten war es ähnlich. Die Augen der beiden waren geöffnet und sahen matt aus. Nach dem Puls brauchte man hier nicht mehr zu fühlen.

Albin hörte ein Geräusch und blickte nach links in den anderen Verkaufsraum. Doch auch der schien leer zu sein. Er sah eine Tür vor sich, die im Geschäft nach hinten oder in den Keller führen mochte. Sie stand offen. Und von dort hörte er Stimmen. Eine davon war sehr laut. Eine männliche Stimme.

Albin überlegte, ob er das Funkgerät des toten Polizisten zu seinen Füßen nutzen sollte, das an seiner Einsatzweste klemmte. Aber er entschied sich dagegen.

Stattdessen griff er nach dem Einsatzgürtel, entsicherte den Verschluss am Holster mit dem Daumen und zog die Pistole heraus. Er versicherte sich, dass sie durchgeladen war und eine Kugel im Lauf steckte. Dann bewegte er sich langsam vorwärts, immer noch geduckt. Er näherte sich der offen stehenden Tür und begriff, dass sie in den Keller führen musste. Ja, von dort waren eindeutig Stimmen zu vernehmen. Eine weibliche. Eine männliche.

Und eine zweite männliche, die blechern klang.

51

»Das ist es«, sagte Slade.

Er hielt das Smartphone für den Videoanruf von sich gestreckt, während er auf dem Hinterdeck der »Lilith II« stand und nach wie vor seine Kutte trug, die er mit der freien Hand verschlossen hielt. Die Angestellten würden sich nicht über seinen Aufzug wundern, weil sie ihn kannten. Sie waren vor der Anstellung auf ihre Verlässlichkeit überprüft worden und hatten mit ihren Anstellungsverträgen Verschwiegenheitsklauseln unterzeichnet.

»Sind Sie sicher?«, fragte Esposito. »Zweifelsfreie Identifizierung?«

Esposito klang gehetzt und angestrengt. So klang er normalerweise nicht.

»Zweifelsfrei«, erwiderte Slade und inhalierte die frische Meerluft. »Das ist das Buch.« Er senkte die Stimme. »Alles in Ordnung? Sie klingen gestresst.«

»Ich bin in Eile. Machen Sie sich keine Sorgen«, antwortete Esposito.

Zuversicht, fand Slade, klang anders. Und allein, dass Esposito das Wort »Sorgen« in den Mund nahm, hielt Slade für problematisch.

»Dann beeilen Sie sich«, sagte Slade. »Bringen Sie mir das Buch.«

Und für einen kurzen Moment lächelte Slade dann doch.

Denn endlich würde er es in den Händen halten. Endlich könnte ein neues Zeitalter beginnen. Endlich würde er …

Er legte den Kopf schräg. Hörte er da etwas wie … Sirenen?

»Okay«, sagte Esposito. »Ich beeile mich und bringe nur noch schnell etwas zu Ende, und …«

»Ist das bei Ihnen?«, fragte Slade. »Die Sirenen?«

Slade blickte am Handy vorbei in Richtung der Hafenpromenade. In Marseille ging dauernd Blaulicht. Polizei, Rettungswagen, Feuerwehr. Und in der Tat sah er drei Polizeiautos auf der Straße, die am Hafen entlangfuhren. Aber sie fuhren nicht mit Blaulicht.

»Ja«, murmelte Espositos Stimme. »Ja, das ist …«

Slade sah, wie sich das Handy ruckartig bewegte. Esposito musste sich herumgedreht haben oder gegen das Telefon gestoßen sein. Das Bild zeigte nun nur noch den Buchrücken in Großaufnahme.

Er hörte ein lautes Rufen. Dann ein weiteres.

»Esposito?«, fragte Slade. »Hallo?«

52

»Was ist denn hier los?«, zischte Theroux und trat auf die Bremse.

Cat ruckte im Sicherheitsgurt nach vorn.

Theroux hatte hinter dem Wagen der Gendarmerie in eine Einfahrt einbiegen wollen, statt direkt vor dem Antiquariat zu parken. Aber da sauste ein Rettungswagen mit Blaulicht an ihnen vorbei, und er musste sowieso Platz machen und rechts ranfahren. Gleichzeitig verlangsamten auch der Rettungswagen und ein Notarztfahrzeug das Tempo und bogen in genau diese Einfahrt.

»Ich weiß nicht«, erwiderte Cat, schnallte sich ab, und nachdem das Auto vollständig zum Stehen gekommen war, öffnete sie die Tür.

Nichts Gutes jedenfalls, dachte sie. Sie sah sich um und lief mit Theroux, der ebenfalls ausgestiegen war, zu der Einfahrt, wo Notarzt und Sanitäter aus ihren Fahrzeugen ausstiegen und in Richtung einer alten Möbelfabrik hasteten.

Dort parkten noch drei weitere Autos. Eines davon kannte Cat. Es war ein silberner SUV. Und Tyson streckte sich von innen an der Heckscheibe und kratzte wie verrückt kläffend am Glas.

Cat lief los. Theroux folgte ihr. Neben einem Tesla lag jemand am Boden. Der Notarzt und die Sanitäter hockten bereits neben der Person, bei der es sich eindeutig nicht um Albin Leclerc handelte.

Zum Glück.

Allerdings bedeutete das, dass Albin ziemlich sicher in dem Geschäft war.

»Bleib du hier«, sagte sie zu Theroux und drängte sich an ihm vorbei.

»Aber …«, wollte er protestieren.

»Hierbleiben«, wiederholte Cat im Laufschritt und bog wieder um die Ecke, joggte über den Gehsteig.

Sie zwängte sich an ihrem Dienstwagen und an dem von der Gendarmerie vorbei, erreichte den Eingang zum Geschäft – und sah zwei Polizisten am Boden liegen.

»Verdammt«, zischte sie und fühlte sich, als sei ihr gerade ein Elektroschock verpasst worden.

Cat zog die Dienstwaffe, lud sie durch und drang in das Geschäft ein, stieß die Tür mit der Schulter auf. Die Gendarmen hatten beide Einschusswunden in der Stirn. Sie sah eine offen stehende Tür vor sich.

Und sie sah den weißgrauen Schopf von Albin Leclerc, der im nächsten Moment verschwand.

53

Albin hielt die SIG Sauer mit beiden Händen und ging auf die Kellertür zu. Er blickte nach unten, sah aber nicht viel außer einigen Stufen und dass sich vor ihm ein größerer Raum befinden musste, in dem das Licht brannte. Er hörte nach wie vor Stimmen, setzte dann den rechten Fuß auf die erste Stufe, ließ den linken folgen und nahm dann die zweite Stufe. Er streckte die SIG weit von sich, zielte nach vorne – bereit, jederzeit zu feuern.

Vorsichtig nahm er die nächste Stufe – und sah langsam etwas mehr.

Regale. Kartons.

Da schien ein Tisch zu sein. Ein Stuhl.

Nach der nächsten Stufe erkannte er die Schulter einer Frau und ihr Haar. Sie hockte am Boden und verdeckte etwas, das sich hinter ihr befand.

War das ein Safe? Seine Tür stand offen.

Albin ging voran.

Er bildete sich ein, Sirenen zu hören. Vielleicht war das schon der Notarzt. Nach wie vor hörte er zwei männliche Stimmen. Eine davon klang, als komme sie aus einem Lautsprecher.

Jetzt konnte Albin die Frau sehen. Sie hockte tatsächlich vor einem Tresor. Sie merkte auf. Sah Albin. Ihre Gesichtszüge hellten sich auf. Albin hielt die SIG nur noch mit der rechten Hand. Legte den Zeigefinger der linken auf die Lippen. Kein Wort, sollte die Geste der Frau sagen, bei der es sich um Muriel Koulberg handeln musste.

Still bleiben.

Denn Albin sah nun außerdem einen Mann, der mit dem Rücken zur Treppe stand und mit etwas auf dem Tisch beschäftigt war. Dort lag ein Buch. Stand dort auch ein Handy? Denkbar. Aber egal. Der Mann hielt eine Pistole in der Hand.

Albin nahm die SIG wieder in beide Hände und hielt sie im Anschlag, zielte auf den Kerl, der bereits von hinten wie Art Garfunkel aussah. Es musste sich um den Teslafahrer handeln. Der Mann, den Albin in Avignon beim Verlassen des Hotels gesehen hatte. Der Mann, der Grassi niedergestochen hatte.

Und das Buch … Vermutlich war es das Buch, um das sich hier alles drehte.

Albin hatte drei Möglichkeiten.

Warten, bis sich der Kerl umdrehte und auf Albin zielte.

Auf den Mann schießen.

Ihn ansprechen und riskieren, dass er einen Schreck bekam und auf Albin oder die Frau schoss.

Warten war keine Option.

Ohne Warnung schießen ebenfalls nicht.

Also setzte Albin alles auf eine Karte und machte sich bereit, im Fall der Fälle unbedingt als Erster abzudrücken.

»Polizei!«, rief Albin. »Runter mit der Waffe!«

Im selben Moment wirbelte der Mann herum. Richtete seine Waffe auf Albin. Stand mit offenem Mund einfach da.

»Sie!«, rief er dann. »Nehmen Sie die Waffe runter!«

»Keine Chance«, erwiderte Albin und nahm die nächste Stufe, ohne den Kerl aus den Augen zu lassen. »Das Spiel ist aus. Sie stehen mit dem Rücken zur Wand.«

»Keineswegs«, erwiderte der Mann und grinste.

»Sie haben zwei Polizisten erschossen. Verstärkung ist bereits da. Geben Sie auf.«

»Besser«, erwiderte der Mann, »Sie geben auf.«

Er richtete seine Pistole auf Muriel Koulberg, ohne Albin aus den Augen zu lassen. Albin sah, wie sich die junge Frau vor Schreck bewegte. Als wolle sie in den Tresor kriechen.

»Schießen ohne hinzusehen«, sagte Albin und nahm noch eine Stufe. »Das Risiko nehme ich in Kauf. Denn ich werde schießen und hinsehen. Sie haben drei Sekunden. Eins …«

»… zwei …«, ergänzte der Mann mit breitem Grinsen.

Albin hörte ein Geräusch hinter sich.

Eine Stimme.

Castels Stimme.

Dann krachte ein Schuss.

Ohrenbetäubend.

54

Castels Ohren wurden schlagartig taub.

Sie stand an der Treppe und war gerade im Begriff gewesen einzuschreiten, als der Schuss fiel. Sie blinzelte und sah, wie jemand zu Boden ging.

Albin war es nicht, der stand genau vor ihr und verdeckte mit seinem breiten Rücken die Sicht. Dann drehte er sich um, blickte zu Castel. Er trat zur Seite. Castel sah eine Frau, die am Boden hockte. Sie hielt eine Pistole in beiden Händen. Vor ihr lag ein Mann auf dem Boden. Er war auf den Bauch gefallen. In seinem Hinterkopf klaffte ein faustgroßes Loch. Er zuckte zweimal. Unter ihm breitete sich rasch eine Blutpfütze aus. Auch er hielt eine Waffe in der Hand.

Castel sah, dass Albin einen Schritt auf die Person am Boden zuging, sich hinhockte und die Pistole an sich nahm. Er fühlte am Hals nach dem Puls, schüttelte den Kopf und ging dann auf die Frau zu. Sie zitterte wie Espenlaub. Ihre Wangen waren tränennass. Sie ließ sich bereitwillig die Waffe von Albin abnehmen.

Castels Gehör kam langsam zurück. Sie ließ ihre Dienstpistole sinken, steckte sie zurück in das Holster, während Albin der Frau aufhalf, bei der es sich nach Castels Einschätzung um Muriel Koulberg handelte, die Buchantiquarin.

»O Gott, habe ich … Habe ich ihn …«, stammelte sie mit vibrierender Stimme.

»Er ist tot«, sagte Albin, während Cat sich umsah. Sie ging zu dem Tisch neben der Leiche. Darauf lag ein altes Buch. Außerdem befand sich dort ein Handy.

»Ich …«, schluchzte Muriel Koulberg, »ich wollte nicht, ich …« Sie fiel Albin um den Hals.

»Er hätte einen von uns getötet«, sagte Albin. »Oder uns beide. Sie haben sich nur verteidigt. Woher stammte die Pistole?«

»Sie lag im Safe. Mein Vorgänger, Gerard Niemanns, hatte sie dort immer aufbewahrt, und ich … Der Mann hat die Polizisten erschossen, und … O Gott!«

Castel fragte: »Albin, ist das …«

»Der Teslafahrer. Grassi hat ihn verfolgt. Grassi, der Priester. Er wurde niedergestochen.«

»Ich denke, wir haben ihn gefunden. Der Notarzt ist da.«

»Ist er in Ordnung?«

»Wer weiß. Theroux ist bei dem Verletzten.«

»Was zum Teufel …«

Castel vernahm ein Rufen von oben. Die Stimme von Theroux. Castel betrachtete das Buch. Sie nahm das Smartphone in die Hand. Hörte Schritte auf den Stufen. Dann erschien Theroux mit seiner Dienstwaffe in der Hand. Er blickte verwirrt hin und her.

»Grassi«, fragte Albin Theroux. »Ist Grassi in Ordnung?«

»Wer ist Grassi?«, fragte Theroux atemlos.

»Der Verletzte bei den Autos.«

Theroux nickte. »Der Arzt meint, dass er mit etwas Glück durchkommen wird, aber …«

Castel fragte: »Ist das das Buch, um das es geht? Die ›Apokalypse‹?«

»Ja«, keuchte Muriel Koulberg in Albins Schulter. Sie wurde von einem weiteren Weinkrampf geschüttelt.

Castel nickte, wendete das Smartphone und sah, dass noch eine Facetime-Verbindung aktiv war.

Das Display zeigte den Namen des Anrufpartners.

Castel sah ein Gesicht. Weit aufgerissene Augen. Ein geflochtener Bart. Im Hintergrund Wasser, Boote.

»Hallo, Mister Slade«, sagte Castel.

Sofort wurde die Schalte beendet. Das Display wurde schwarz.

55

Slade keuchte auf und drückte Facetime weg. Er warf das Handy weit von sich, schleuderte es ins Meer.

Alles ist aus, dachte Slade. Aus und vorbei. Er hatte die ganze Zeit über am Telefon verfolgt, was bei Esposito vor sich ging. Aber, zum Teufel, Slade hatte nichts sehen können außer dem Buchrücken der »Apokalypse des Seraphs«. Er hatte Rufen vernommen, Schreie, Sirenen, dann hatte es nach einem Schuss geklungen. Er hatte Menschen reden hören und darauf gewartet, dass endlich Esposito das Smartphone zur Hand nehmen würde, um Slade zu bestätigen, dass alles in Ordnung und das Problem gelöst war. Denn Esposito löste *jedes* Problem, und zwar *immer*.

Doch dann hatte Slade das Gesicht der Frau gesehen, die das Smartphone zur Hand genommen haben musste. Er hatte keine Ahnung, wer das gewesen war. Aber ganz offensichtlich hatte die Frau *ihn* erkannt. Und das war ganz, ganz schlecht – zumal etwas schiefgegangen sein musste. Esposito hatte versagt.

»Mist«, zischte Slade, verbarg sein Gesicht zwischen den Händen, ging auf dem Deck hin und her.

»Mister Slade?«

Slade nahm die Hände runter. An der Treppe, die zur Mole führte, stand einer seiner Angestellten. Er war nicht allein. Drei Personen in Poloshirts, Jacken und Sonnenbrillen kamen an Bord. Sie trugen Waffen in ihren Holstern, hatten Ausweise am Hals hängen. Ihnen folgten drei oder vier uniformierte Polizisten. Einer der Männer setzte sich von der Gruppe ab. Er war groß, schlank, trug einen Dreitagebart und eine Sonnenbrille. Im Gehen zog er sein Handy und nahm einen Anruf entgegen. Er blieb vor Slade stehen und sagte ins Telefon: »Ja, wir sind an Bord.« Er nickte. »Verstehe. Okay. Und wenn du mal in der Stadt bist, melde dich, und wir trinken einen Kaffee. Wir haben uns ewig nicht gesehen, Cat.«

Dann beendete er das Telefonat. Er blickte Slade an, hielt den in Plastik verschweißten Ausweis hoch, ließ ihn dann wieder baumeln.

»Leonard, Police Nationale Marseille«, erklärte der Mann. »Sie sind Franklin Slade?«

Slade nickte zitternd. »Was ... Was hat das alles zu bedeuten?«

»Das werden wir herausfinden«, erwiderte Leonard. »Aber zunächst sind Sie verhaftet, Mister Slade. Sie haben das Recht ...«

Den Rest hörte Slade nicht mehr. Er fühlte sich wie betäubt. Schwankte. Bekam nur beiläufig mit, dass ihm jemand Handschellen anlegte. Sein Blutdruck sank auf null. Er taumelte. Jemand fing ihn auf.

Dann glitt Franklin Slade in eine tiefe Bewusstlosigkeit. Doch er wusste noch im selben Augenblick, dass es keinen Zweck haben würde, seine Seele im Schneckenhaus seines Selbst verstecken zu wollen.

Er wusste, dass er zur Hölle fahren würde und dass diese Art von Hölle absolut nicht das sein würde, was er sich jemals davon versprochen hatte.

56

Albin erinnerte sich an einen Tag im Frühherbst in den frühen neunziger Jahren. Gerade war der letzte Sommer der Unbeschwertheit vorbeigezogen – zumindest in seinen Augen. Denn der Himmel, den er stets blau zeichnete, hing damals wohl schon voller grauer Wolken, die er nicht erkennen mochte. Manon war damals etwa in Claras Alter gewesen, auf die heute Veronique aufpasste, damit ihre Mutter und ihre Großeltern den Termin in Avignon gemeinsam wahrnehmen konnten.

Albin war an dem Tag wie üblich mitten in der Nacht von der Arbeit gekommen, weil er an einer Observierung beteiligt gewesen war. Er hatte ein Urlaubsangebot für das kommende Frühjahr mitgebracht, nachdem die kleine Familie Leclerc gerade so viel Spaß am Meer in Narbonne gehabt hatte. Inés war zwar von Anfang an nicht sonderlich begeistert gewesen, aber nach Albins Eindruck hatte es ihr dann doch gefallen. Für Ostern hatte er wieder ein gutes Angebot für das Ferienhaus erhalten.

Albin hatte sich die Schuhe ausgezogen und war leise ins Haus geschlichen, um niemanden zu wecken. Aber in der Küche brannte noch Licht, Inés saß am Küchentisch, blickte aus dem Fenster und regte sich nicht. Beides war ungewöhnlich, weswegen Albin bereits in Habachtstellung ging und fürchtete, dass etwas mit Manon nicht in

Ordnung sein könnte. Er hatte Inés' Nacken küssen wollen. Doch sie wich aus, sah den Prospekt in Albins Händen und sagte ihm, dass sie nicht mehr könne, nicht mehr wolle und auch nicht mit ihm in den Urlaub fahren werde.

Es hatte Albin wie aus heiterem Himmel getroffen. Rückblickend war er klüger, denn Inés hatte sich schon zuvor mehrfach darüber beklagt, dass er mehr mit der Arbeit verheiratet war als mit ihr. Albin hatte das jeweils für reinigende Gewitter gehalten, nach denen die Sonne wieder schien, und Besserung gelobt, was jeweils sogar einige Wochen lang funktioniert hatte.

Doch dieses Mal war es anders. Dieses Mal war es endgültig.

Ein Jahr später hatten sie sich vor dem Familiengericht in Avignon getroffen. Demselben Gebäude, vor dem er nun stand, in die Herbstsonne blinzelte und rauchte. Wieder an einem Tag wie diesem, an dem Albin vom Scheidungsrichter schriftlich erhalten hatte, dass er gescheitert war. Dass alles, wofür er angetreten war, sich in Schall und Rauch aufgelöst hatte. Eine Unterschrift. Ein Stempel. Das Ende des Lebenstraums von der eigenen Familie. So schnell ging das. Wenigstens hatten sie nicht über das Sorgerecht für Manon gestritten und es beide behalten. Sie waren sogar zusammen aus dem Gericht gegangen, und Inés hatte gefragt, ob sie noch einen Kaffee trinken wollten. Doch Albin hatte sich wegen einer dringenden Zeugenvernehmung entschuldigen müssen. Inés hatte nur schwach genickt und ihm gesagt, dass er sich wohl niemals ändern werde und sie sich jetzt und in diesem Moment rundherum bestätigt fühlte, das Richtige getan zu haben.

Albin hatte sich wie ein Scheusal gefühlt und sich am

selben Abend dermaßen betrunken, dass er sich für die folgenden drei Tage bei der Arbeit krankmelden musste. Es war alles über ihm zusammengebrochen, und schließlich war Matteo vorbeigekommen, der sich Sorgen um ihn gemacht hatte, weil er nicht wie jeden Tag im Café du Midi aufgekreuzt war. Matteo hatte die Fenster aufgerissen, gelüftet, aufgeräumt und das Altglas eingesammelt, um es wegzubringen. Er hatte Albin gesagt, dass drei Tage Selbstmitleid ausreichten und er sich jetzt rasieren, kalt duschen, zwei Aspirin einwerfen und sich anziehen solle, weil er ihn ansonsten in den Hintern treten und aus dem Haus prügeln werde.

»Du drückst jetzt die Neustarttaste«, hatte Matteo gesagt. »Was bleibt dir anderes übrig?«

Albin inhalierte den Rauch, blickte auf die Armbanduhr, blinzelte einige Lichtpunkte von der Sonne fort und sah zu Inés, die ihn ebenfalls anblickte und vielleicht dasselbe dachte wie er: dieses Gebäude, ein Tag wie heute – nur jetzt war es ihre gemeinsame Tochter, deren Ehe hier mit einem Stempel und einer Unterschrift beendet wurde.

Lange konnte es nicht mehr dauern, dachte Albin. Er hatte Manon versprochen, mit ihrer Mutter *nicht* in das Gebäude zu kommen und *nicht* vor dem Saal auf der Bank zu warten, weil das *ihre* Sache sei und sie das mit ihrer Anwältin *alleine* durchziehen würde – psychopathischer Gilles hin oder her.

»Erst wartet man auf sie beim Standesamt«, murmelte Albin und stieß den Rauch im Sprechen aus, »dann wartet man auf sie beim Scheidungsrichter, hm?«

Er spürte Inés' Blicke auf sich. »Es ist so schade«, sagte sie leise. »Was haben wir nur falsch gemacht?«

»Sicherlich eine Menge«, erwiderte Albin. »Aber wir haben auch eine Menge richtig gemacht.«

Inés blickte wieder zum Gericht. »Hast du anschließend noch einen Termin?«

»Ich?«

»Weil du auf die Uhr schaust.«

»Nein, ich wundere mich nur, dass es so lange dauert. Ich möchte gleich mit euch auf dem Rückweg noch zu Matteo fahren und einen Kaffee trinken.«

Inés schmunzelte.

»Besser nicht zu Matteo? Irgendetwas Schickeres?«

»Nein«, sagte Inés, »alles gut. Ich hatte gerade nur eine Art Déjà-vu.«

Albin erwiderte nichts.

»Auf der anderen Seite ist es notwendig«, ergänzte Inés. »Manon braucht einen Neuanfang.«

Albin sparte sich einen weiteren Kommentar. Er sparte sich auch jeden Vorwurf an seine Ex-Frau im Hinblick darauf, dass sie sich nicht auf Gilles' Seite hätte stellen dürfen und Manon und Albin glauben müssen … Doch wozu? Es würde nichts ändern, und außerdem hatte Inés recht: Manon brauchte einen Neuanfang so sehr, wie Albin damals ebenfalls einen benötigt hatte. Und man sah ja, wohin es ihn geführt hatte: in das gemeinsame Leben mit Veronique.

»Den braucht sie«, erwiderte Albin und merkte auf, als sich endlich die Tür vom Gericht öffnete. Manon kam mit ihrer Anwältin heraus. Beide trugen ein Kostüm – die Anwältin ein dunkles, Manon ein helles. Schließlich erschien Gilles im Gefolge von zwei Anwälten. Alle drei trugen hellgraue Anzüge.

»Trinken wir noch einen Kaffee?«, fragte Gilles seine frischgebackene Ex-Frau.

»Das …« Albin hörte Inés neben sich prusten. »… das darf doch wohl nicht wahr sein. Das werde ich zu verhindern wissen, ich …«

Sie setzte sich in Bewegung.

»Nie. Im. Leben«, erwiderte Manon, worauf Gilles lächelnd mit den Achseln zuckte.

Er winkte hinüber zu Albin, der nicht zurückwinkte und einfach weiterrauchte. Inés ging mit energischen Schritten zu Manon, um sie in den Arm zu nehmen. Sie passierte dabei Gilles und ließ es sich nicht nehmen, ihm beiläufig auf die Schuhe zu spucken. Natürlich protestierte er. Seine Anwälte ebenfalls. Albin verkniff sich ein Grinsen. Schließlich setzten sich Gilles und seine Anwälte in Bewegung und kamen auf dem Weg zum Parkplatz auf Albin zu. Gilles wischte sich mit einem Taschentuch mit Monogramm die Spucke von den Schuhen. Kurz stoppte er neben Albin, streckte die Hand zum Gruß aus. Albin nahm sie nicht.

»Alles gut?«, fragte Gilles.

»Gleich wird es besser«, antwortete Albin. »Sobald du aus meiner Komfortzone verschwunden bist und ich dich niemals wiedersehen muss.«

Gilles grinste immer noch, und Albin überlegte für einen Moment, ob er ihm das Grinsen aus dem Gesicht prügeln sollte. In Gegenwart seiner Anwälte wäre das allerdings eine sehr dumme Idee.

»Man sieht sich immer zweimal im Leben, Ex-Schwiegervater.«

»Leider habe ich dich schon mehr als zweimal sehen

müssen. Und jetzt mach, dass du aus meinem Blickfeld verschwindest.«

»Sonst schickst du wieder deinen Fantomas?«

»Wen?«

»Tu doch nicht so, Albin. Ich weiß ganz genau, dass du dahintersteckst.«

»Fantomas?« Albin wendete sich an die Anwälte. »Hören Sie das? Ihr Klient sollte mit dem Koksen aufhören.«

Dann schnippte er die Kippe fort, ging an Gilles vorbei – nicht ohne ihn kurz mit der Schulter anzurempeln – und bewegte sich in Richtung Manon und Inés, die sich beide angeregt mit der Anwältin unterhielten.

»Die Damen bereit zur Abfahrt?«

Manon und Inés nickten, wenngleich sich die Juristin wegen eines Anschlusstermins entschuldigte.

57

Eine halbe Stunde später saßen sie an einem Tisch bei Matteo, der Café au Lait servierte. Veronique hatte durch das Schaufenster des Blumengeschäfts gesehen, dass sie eingetroffen waren, hatte ein »Geschlossen«-Schild an die Tür gehängt und war mit Clara herübergekommen, die nun auf Manons Schoß saß und ein Eis aß. Die Frauen unterhielten sich angeregt miteinander. Albins Zigaretten waren aus, weshalb er aufstand und ins Innere des mit einer Bar Tabac kombinierten Cafés ging, wo Matteo gerade den wuchtigen Geschirrspüler ausräumte.

»Sag mal«, bemerkte Albin, »du hast dich nie dazu geäußert. Aber ich hoffe, du bist damit zufrieden, wie dein Auftrag erledigt wurde.«

»Auftrag?«

»Wegen dem Brand im Weinfeld.«

»Oh, ach das. Na, der Täter wurde erschossen, oder?«

»Also zufrieden?«

»Würde ich sagen. Vor allem weil mir kein finanzieller Schaden entstanden ist.«

»Gut.«

»Mit so etwas könntest du richtig Geld verdienen. Als Privatschnüffler. Für das, was du für die Polizei machst, bekommst du ja nicht einmal einen warmen Handschlag, sondern nur Ärger.«

»Hm«, brummte Albin und machte sich die gedankliche Notiz, darüber zu einem anderen Zeitpunkt noch mal intensiver nachzudenken. »Falls du jedenfalls noch einmal Hilfe benötigst …«

»Deine Hilfe«, sagte Matteo schnaufend, »würde mir beim Ausräumen dieses Geschirrspülers willkommen sein. Oder: besser nicht. Nein, vergiss es. Du würdest nur irgendetwas fallen lassen.«

Albin schwieg, nahm sich eine neue Schachtel Gitanes aus dem Regal und legte zehn Euro in Münzen auf den Tresen, die ihm lose in der Hosentasche steckten.

Matteo legte eine kurze Pause ein, wischte sich den Schweiß von der Stirn. »Hat sich die Kakerlake Gilles ordentlich verhalten?«

»Nach seinen Maßstäben hat er das«, erwiderte Albin und riss das Paket auf.

»Vermutlich nur weil deine Tochter Geleitschutz hatte und seine Anwälte dabei waren.«

»Oder wegen Fantomas.«

Nun schwieg Matteo einen Moment und drehte sich wieder zum Geschirrspüler.

Albin sagte: »Er meint, ich würde ihm Fantomas auf den Hals hetzen. Kannst du dir vorstellen, was er damit meint?«

Matteo lachte auf. »Woher soll ich denn das wissen? Ist der Typ auf Drogen? Fantomas?«

Matteo lachte erneut und tippte sich mit dem Zeigefinger gegen die Schläfe.

Albin hatte Matteo schon einmal drauf angesprochen. Er hatte eine grüne Gummimaske des gerissenen Bösewichts Fantomas aus den alten Spielfilmen mit Louis de

Funès und Jean Marais in Matteos Vorratskammer gefunden und sich gefragt, was er damit wohl anstellte. Matteo war der Nachfrage ausgewichen und hatte sich auf eine alte Karnevalsmaske herausgeredet. Allerdings hatte Albin bei einem früheren Gerichtstermin mit Gilles ein Kärtchen gefunden, das Gilles von seinem Scheibenwischer abgezogen, gelesen und weggeworfen hatte. Darauf hatte eine Drohung gestanden – und die Unterschrift von Fantomas. Hinzu kamen immer wieder Nachfragen von Matteo in Bezug auf Gilles' Verhalten, ob er sich benommen hatte oder Manon wieder angegangen war – sowie die Tatsache, dass Gilles ab einem bestimmten Zeitpunkt sein Verhalten gegenüber Manon wie auf Knopfdruck geändert und schließlich auch in die Scheidung eingewilligt hatte. Als ob plötzlich etwas geschehen wäre.

Albin zuckte mit den Schultern und zog eine frische Zigarette aus der Schachtel. »Das waren seine Worte. Und ich habe eine Fantomasmaske in deiner Vorratskammer gefunden.«

»Ich habe dir schon einmal gesagt, dass das eine uralte Karnevalsmaske war.«

Albin nickte. »Spielt auch keine Rolle.«

»Nein.«

Albin zwinkerte Matteo zu.

»Was soll denn jetzt dieses Zwinkern?«, erwiderte der.

»Gar nichts«, antwortete Albin, drehte sich um und ging wieder nach draußen.

Er blieb auf der untersten Treppenstufe stehen, wo er das laute Knattern eines Zweitakters hörte, das plötzlich erstarb. Das war Castel. Sie stellte ihren Motorroller ab, nahm den Helm runter und ging zum Tisch der Leclercs, wo sie Manon, Clara und Veronique mit Umarmungen und Wangenküsschen begrüßte, Inés förmlicher mit einem Handschlag und Tyson mit einem ausgiebigen Tätscheln. Offensichtlich machte sie gerade eine Pause oder hatte Dienstschluss. Sie wirkte ausgelassen, geradezu fröhlich. Das war so gar nicht ihre Art in der jüngsten Zeit.

Albin steckte sich seine Zigarette an, inhalierte und stieß den Rauch in den blauen Himmel, wo er sich zwischen den Blättern der Platanen verlor, die zusehends ihre Farbe ins Gelbliche veränderten.

Castel winkte ihm zu und kam dann herüber, weswegen Albin einfach an Ort und Stelle stehen blieb und auf sie wartete.

»Was für ein schöner Herbsttag, oder?«, fragte sie mit einem herzlichen Lächeln.

Albin rauchte. »Castel. Was soll das werden? Sie flirten schamlos mit mir vor den Augen meiner Frau, meiner Ex-Frau, meiner Tochter und meiner Enkelin?«

Castel lachte auf. »Das könnte Ihnen so passen!«

»Im Leben nicht. Ich habe Ihnen schon mehrfach gesagt, dass Sie sich Ihren Sugardaddy mit grauen Haaren woanders suchen müssen.«

Castel lachte erneut. »Ich habe alles, was ich brauche.«

Albin lächelte. »Tatsächlich«, erwiderte er, »sehen Sie gut aus und wirken sehr entspannt.«

»Jetzt sind Sie es aber, der flirtet, alter Mann.«

»Nie im Leben. Ich bin lediglich ehrlich.«

»Ja, ich muss sagen, dass es gerade ganz gut läuft. Jean und ich bestellen uns gleich etwas zu Essen. Vielleicht sehen wir uns danach eine Wohnung an. Wobei – mal sehen, vielleicht auch an einem anderen Tag.«

»Oh, là, là!« Albin schnalzte mit der Zunge. »Endlich zusammenziehen?«

»Wir denken darüber nach. Es wäre so viel praktischer für uns beide. Wir hätten weniger Stress, weniger Hin und Her. Ich habe kürzlich eine überraschende Erbschaft gemacht, und …«

Sie zuckte mit den Achseln. Grinste.

Albin lupfte eine Braue. »Erbschaft?«

Castel erklärte: »Eine sehr entfernte Verwandte hat mir etwas vermacht. Einen Teil des Geldes werden wir dazu verwenden, um damit einige private Altlasten zu regeln. Jean hat dem zugestimmt. Und ein wenig bleibt noch übrig, und – ja, mal sehen, was wird.«

»Klingt gut. Sie waren sehr angespannt zuletzt.«

»Ja, es gab gerade wegen dieser finanziellen Probleme so einige private Belastungen – ohne dass ich tiefer ins Detail gehen möchte.«

Albin rauchte. Er dachte an Martinet. Den DGSI. Castels Vergangenheit in Marseille. Diese Razzia des DGSI kürzlich, von der er natürlich gehört hatte. Wenig später macht Castel eine überraschende Erbschaft … Er betrachtete die Polizistin, und an ihrem Gesichtsausdruck konnte er ablesen, dass sie verstand, worüber er nachdachte.

»Hauptsache«, sagte Albin, »jetzt ist alles wieder in Ordnung.«

»Ist es.« Castel nickte und wurde für einen kurzen Moment ernst.

Albin paffte und wechselte das Thema. »Die Ermittlungen wegen dem Buch sind inzwischen endgültig abgeschlossen, nehme ich an?«

»So gut wie. Bonnieux streitet sich gerade mit Marseille.

Die Verhaftung von Franklin Slade und weiterer Personen aus seinem Umfeld, die Beschlagnahmung der Yacht und die Kreise, die das alles zieht, buchen die Kollegen in Marseille auf ihre Rechnung.«

Albin verstand. »Die werden sagen: Wir haben den Job erledigt. Es sind unsere Lorbeeren.«

»Aber *wir* haben die gesamte Vorarbeit geleistet und den entscheidenden Hinweis gegeben.«

»Was nun keinen mehr interessiert.«

»Natürlich nicht. Denn jetzt liegt die Bearbeitung im Fall Slade komplett in Marseille – und zwar mit weltweitem Echo in den Medien. Die Kollegen streichen alle Lorbeeren ein, und Bonnieux ärgert sich ein Loch in den Bauch.«

Albin lächelte. »Das würde ich wirklich sehr gerne erleben.«

»Es ist ärgerlich, Albin. Wir haben die Morde – und Marseille beansprucht das dicke Ende der Wurst.«

»Seien wir ehrlich, Castel: Mit Ermittlungen in der Größenordnung wären wir und Bonnieux heillos überfordert. Außerdem wissen Sie doch, wie es läuft. Keiner gönnt dem anderen etwas. Und der stärkere Hund schnappt dem kleineren immer die Wurst weg.«

»Ja.«

Albin zog an der Zigarette.

»Apropos Hund. Ich weiß, dass Sie und Ihr Lebensgefährte mir etwas verheimlichen, das nach meiner Meinung im unmittelbaren Zusammenhang mit meinem Mops und Ihrer Möpsin steht.«

Albin blies den Rauch an Castel vorbei.

Castel kaute auf der Unterlippe und schaute weg. Atmete ein, atmete aus.

»Albin …«, sagte sie dann. »Ich weiß nicht, wie ich es erklären soll …«

Albin machte eine ermunternde Geste.

»Es ist einfach so passiert.« Castel musterte ihre Fingernägel. »Genau genommen ist es sogar Ihre Schuld, Albin.«

»Was?«

Castel sah Albin wieder an. »Nun, ich war gerade auf der Terrasse, und Sie hatten aus den Flitterwochen angerufen, weswegen ich einen Moment nicht achtsam war, und in diesem Moment …«

»… geschah …?«

»… brach sich die Natur ihren Lauf, und …«

»… und jetzt?«

Castel versuchte einen Hundeblick. »Kleine Welpen?«

Albin zog an der Zigarette, bis die Spitze glühte.

»Wieso? Was? Welpen? Wann?«

»Heute Morgen.«

Albin fühlte sich schlagartig, als stehe er in einem Fahrstuhl, an dem gerade das Seil gerissen war.

Castel knetete ihre Fingerknöchel. »Albin. Was soll ich sagen? Ich weiß, es ist überwältigend, und ich hätte schon viel eher erzählen sollen, was mit Mila ist. Aber ich fürchtete mich vor Ihrer Reaktion, denn ich hatte ja versprochen, darauf zu achten, dass nichts geschieht. Ich habe mich einfach nicht getraut. Jedenfalls schauten wir heute Morgen in Milas Körbchen – und da waren sie plötzlich. Acht kleine Möpse, vier schwarze und vier beigefarbene.« Castel strahlte. »Ist das nicht unglaublich? Albin? Ist das nicht einfach toll? Es ist so süß.«

Albin hatte das Gefühl, sich irgendwo festhalten zu

müssen. Ihm war schwindelig. Nicht nur, dass Tyson und Mila Sex gehabt hatten. Mila war auch noch trächtig geworden, ohne sein Wissen, und jetzt … acht Mopsbabys. Aus heiterem Himmel. Einfach so. Und nun? Wohin damit?

Albin rang nach Worten. Er stammelte. »Ich … Ich kann nicht noch einmal Vater werden, ich … Die Verantwortung … Das geht nicht … Acht? Wohin damit … *Acht* Stück?«

Castel nickte. »Ja, Albin. Darüber machen Sie sich bitte keine Sorgen. Als ich heute im Hôtel de Police davon erzählt habe, sagte Theroux direkt, dass seine Frau gerne einen hätte …«

»Theroux? Will einen … Mops? Wie ich?« Langsam wich die Fassungslosigkeit und machte etwas anderem Platz – der nächsten Phase des Entsetzens.

»Ja«, sagte Castel, »Miolan, Zahir und sogar Montfavet wollen …«

»Montfavet?! Der Chef?!«

»… ebenfalls unbedingt einen haben, vielleicht auch Bonnieux …«

»… der Staatsanwalt???!!!«

»… und Jean sagt, dass es überhaupt gar kein Problem ist, die weiteren Tiere zu vermitteln. Natürlich steht Ihnen als Tysons Besitzer ebenfalls einer zu. Denke ich. Also, ich wollte ohnehin vorschlagen, dass wir mit dem Wurf einfach halbe-halbe machen. Oder? Was meinen Sie?«

Albin blies eine riesige Wolke aus. Er drehte sich zur Seite und drückte die Gitanes in einem Aschenbecher auf dem Sims der Treppe aus. Er ging an Castel vorbei und pfiff in Richtung Tyson.

»Albin, ich …«, hörte er Castel sagen, aber machte eine abwehrende Geste.

Tyson spitzte die Ohren und lief zu Albin, während die anderen Frauen Albin und Castel ansahen und zu spüren schienen, dass da etwas nicht in Ordnung war.

»Mitkommen«, knurrte Albin zu Tyson und ging los.

»Albin, bitte …«, hörte er Castel.

»Albin?«, hörte er Veronique.

Er ging einfach weiter.

»Papa?«

»Was hat er denn?«, vernahm er die Stimme von Matteo.

»Was ist los?«, fragte Veronique.

Albin kickte einen Stein fort, steckte die Hände in die Hosentaschen, stapfte über den Kies und ging um die Ecke.

»Es … ist so …«, sagte Castel. Doch der Rest ging im Motorengeräusch eines vorbeifahrenden Lkws unter.

Albin blickte zur Seite. Tyson hechelte neben ihm her und versuchte, Schritt zu halten.

Was ist denn, Chef?, schien er zu fragen.

»Das weißt du sehr genau.«

Ich bin vollkommen unschuldig.

»Ich sage nur: Mila.«

Ja, die habe ich lange schon nicht mehr gesehen.

»Hinter meinem Rücken hast du die Situation schamlos ausgenutzt. Castel hat es eben zugegeben.«

Du meinst …

»Ich sage nur: Mopsbabys!«

O mein Gott, ich werde Vater!

»Achtfacher Vater. Deine Rasselbande ist heute auf die Welt gekommen.«

Ich bin Vater!

»Aber es ist ja meine eigene Schuld. Ich Dummkopf vertraue auf das Ehrenwort von Castel und ihrem Freund – schlimmer noch, ich vertraue auf dein Ehrenwort, und was passiert? Nach Strich und Faden werde ich betrogen!«

Aber …

»Es gibt kein Aber!«

Aber das ist die Natur! Dagegen kann man als Hund nicht an, Chef. Du als Mensch bist in dieser Hinsicht vollkommen anders domestiziert und kannst deine Triebe sehr viel besser unterdrücken.

»Ich habe solche Triebe noch nicht einmal!«

Ja, eben. Was soll ich sagen … Ich wusste ja bisher gar nicht, dass Mila Welpen bekommen wird. Und nun erfahre ich sogar, dass sie schon da sind. Das ist überwältigend, Chef!

»Kann man wohl sagen! Ich hätte dich längst kastrieren lassen sollen!«

Aber Chef!

»Schnippschnapp!« Albin machte mit zwei Fingern eine Scherengeste.

Bitte nicht!

»Schnipp! Und! Schnapp!«, wiederholte Albin. »Das ist das Nächste, was passieren wird!«

Aber überleg doch mal: Mit kleinen Möpsen kannst du richtig Geld verdienen. Bei meinen erstklassigen Genen …

»Ha! Rede dich nicht raus!«

Tyson schien sich zu räuspern. Er gab sich nach wie vor Mühe, mit Albins Marschgeschwindigkeit mitzuhalten, der gerade gegen einen Stein kickte und schließlich zu der Straße gelangte, die sie für gewöhnlich gingen und die aus dem Ortskern herausführte.

Nach einigen Minuten, in denen Albin kein Wort gesagt hatte, erreichten sie schließlich den Baum und den großen Findling, auf den sich Albin meistens setzte, um zu rauchen und Pause zu machen. Was er nun tat.

Der Stein war warm von der Sonne. Der Wind trieb einige welke Blätter auf der Straße vor sich her. Ein Trecker kam vorbei. Er zog zwei Anhänger, die voller Körbe mit Weintrauben waren.

Albin steckte sich eine neue Zigarette an und paffte vor sich hin, während Tyson zu seinen Füßen im Halbschatten lag und ihn nachdenklich anblickte.

»Jetzt habe ich eine Horde Mopsbabys an der Backe. Und die halbe Polizei von Carpentras will welche haben. Sogar der Staatsanwalt. Na, herzlichen Dank.«

Bitte schön, schien Tyson zu erwidern.

Albin warf seinem Hund einen strengen Blick zu. Tyson sah schnell wieder fort und schaute einem fliegenden Blatt hinterher. Das tat Albin ebenfalls. Der Wind trieb es über ein bereits abgelesenes Weinfeld. Dahinter erhob sich im Dunst der graue Rücken des Mont Ventoux.

Albin zog an der Zigarette und inhalierte tief. Das Feld mit den Rebstöcken erschien ihm in diesem Moment wie ein Sinnbild für sein Leben. Abgelesen. Ja, das war er, oder? Mitten im Herbst des Lebens angekommen – wenngleich er sich oft fühlte wie in einem zweiten Frühling, seit er mit Veronique zusammen war. Aber um ehrlich zu sein: Das Gefühl würde natürlich irgendwann der Normalität weichen, und er würde sich wieder den Tatsachen stellen müssen. Er ging auf die siebzig zu, und er spürte es immer mehr in den Knochen. Zum Beispiel zuletzt in dem Antiquariat von Muriel Koulberg. Er hatte es niemandem erzählt, aber noch einige Tage danach hatte er Stiche im Herzen verspürt und sich ernsthafte Sorgen gemacht. Außerdem tat ihm die Schulter weh – vielleicht war er gegen irgendetwas gestoßen, ohne es zu bemerken, jedenfalls konnte er sich jetzt nicht mehr so gut bewegen wie vorher.

Ohne es jemandem zu sagen, war er zum Arzt gegangen, der sowieso einen Check wegen der Nierenzyste hatte vornehmen wollen. Der Docteur hatte sein Herz abgehorcht und gesagt, dass alles in Ordnung sei. Vielleicht habe er sich einen Wirbel verzogen, und der Schmerz habe nach innen ausgestrahlt. Was die Schulter anging, tippte er auf eine Verkalkung und gab Albin ein paar Gymnastiktipps und wollte ihm eine Physiotherapie verschreiben, was Albin jedoch empört abgelehnt hatte.

Tja, insgesamt zeigte das schlicht und ergreifend: Albin war keine vierzig mehr, was ihm auch der Arzt mit einem milden Lächeln quittiert hatte. Und wenn er in den Spiegel sah, musste er bestätigen: Er bekam immer mehr und immer tiefere Falten. Seine Haarfarbe wechselte stellenweise von Grau zu Weiß.

Weißt du was, Chef?

»Nein, was denn?«

Wir sind wie Glühwürmchen. Auch wenn wir noch so hässlich sind, leuchten wir manchmal und werden unendlich schön.

Albin lachte auf. »Wie meinst du das denn?«

Na ja, du hast deine Momente, oder? Du hast es immer noch auf dem Kasten, und ich glaube, das wird sich auch so bald nicht ändern. Es spielt keine Rolle, ob deine Haare weiß werden, deine Falten immer tiefer und man dir Phy-

siotherapie wegen der Schulter verschreiben will – die du im Übrigen doch annehmen solltest, wenn du mich fragst. Es kommt darauf an, dass du manchmal leuchtest wie ein Glühwürmchen. Und dann wird es magisch.

»Ich? Leuchten? Wie ein Glühwürmchen?«

Na, denk doch an deine Familie am Tisch von Matteo. Auch wenn du eine Menge falsch gemacht hast: Einiges hast du aber auch gut gemacht. Und denk an deine Fälle: Darin gehst du nicht nur richtig auf, du strahlst regelrecht. Deswegen verstehe ich nicht, warum du gerade so schwermütig bist.

Albin zog noch einmal an der Zigarette. Dann drückte er sie am Stein aus, der bereits mit dunklen Flecken von seinen Kippen besprenkelt war. Er suchte das welke Blatt in der Luft. Doch es war verschwunden.

»War nur ein kurzer Moment«, sagte Albin, wickelte den Filter in ein gebrauchtes Papiertaschentuch und steckte es ein. »Ist schon wieder vorbei.«

Na, zum Glück.

Albin stand auf. »Abgesehen davon kannst du mir sowieso nichts vormachen. Du hast mir lediglich Honig um den Mund geschmiert, um von deinen Missetaten abzulenken.«

Das hast du gemerkt?

»Schon vergessen, wer ich bin? Ich merke alles, mein Freund.«

Schließlich setzte sich Albin wieder in Bewegung. Tyson trottete ihm hinterher.

»Glühwürmchen, hm?«, fragte er, lachte dann, schüttelte den Kopf und dachte: Mein Hund hält mir Vorträge über Glühwürmchen und hängt mir ein Rudel Mopsbabys an die Hacken. Die Welt wird immer verrückter. Aber eigentlich, überlegte Albin, hatte er gar nicht so unrecht. Manchmal leuchten wir.

Epilog

Einige Wochen später

Alberto Grassi blieb kurz stehen. Er blinzelte in das Licht der Sonne. Es fiel durch ein großes Bleiglasfenster und zeichnete bunte Muster auf den Boden. Er betrachtete die Strukturen und las die Schrift, die durch die Einstrahlung regelrecht auf den Boden projiziert wurde.

»Lux aeterna luceat eis.« Das ewige Licht leuchte ihnen.

Ja, dachte er, das war ein frommer Wunsch. Dass es da irgendwo etwas gab, das die Dunkelheit vertrieb – zum Beispiel die Dunkelheit in einem selbst oder die, die einen umgab. Ein Licht, das manchmal nur schwach leuchtete oder an anderen Tagen strahlte wie ein heller Stern, das Trost spendete und niemals von der Finsternis gelöscht wurde.

Er hatte dieses Licht gesehen, als er in der Provence im Schmutz lag und das Bewusstsein verloren hatte. Zunächst war alles um ihn herum schwarz gewesen. Doch dann war es mit einem Mal gleißend hell geworden – und er hatte die Augen wieder geöffnet und in eine Lampe geblickt, mit der der Notarzt seine Augenreflexe überprüft hatte. War das das Licht gewesen, das er gesehen und das ihn wieder zurückgeleitet hatte? Oder war es doch ein anderes gewesen? Lux aeterna?

Wie auch immer: Grassi nahm nach wie vor Schmerzmittel, aber die Stichwunden im Körper und der Schnitt am Arm verheilten gut, hatten die Ärzte gesagt. Das galt auch für den Schienbeinbruch. Es waren die besten Ärzte. Dieselben, die viele Kirchenoberhäupter in Rom behandelten. Bischöfe, zum Teil auch den Heiligen Vater selbst.

Immerhin war Grassi wieder mobil, konnte spazieren gehen, wenngleich er noch leicht humpelte, und hatte vorhin einen Espresso an der Via della Conciliazione genommen, den er für einen der besten der Welt hielt. Er hatte am Morgen ein wenig dem Geschwätz der Leute zugehört, dem Verkehr zugesehen und sich ein Pastramisandwich einpacken lassen, bevor er zum Petersdom geschlendert war. Er trug heute einen dunkelblauen Anzug, ein hellblaues Hemd und braune Wildlederschuhe – ein lauer Tag in Rom, obwohl der Herbst unweigerlich bevorstand. Die Sonne schien warm und satt.

Grassi war über den großen Platz vor dem Petersdom geschlendert, der von Touristen in Steppwesten und dünnen Jacken bevölkert war. Er bewunderte das Bauwerk immer wieder, die gesamte Anlage, die während ihrer Bauzeit diverse Baumeister verschlissen hatte, darunter Michelangelo Buonarroti, der auch die Sixtinische Kapelle ausgemalt hatte.

Der Vatikan und seine Museen waren eine riesige Schatzkammer. Und manche der Schätze würde niemand je zu Gesicht bekommen, was gute Gründe hatte. Sie lagen tief in den Gewölben verborgen.

»Signore Grassi?«

Grassi wachte aus seinem kurzen Tagtraum wieder auf. »Ein schönes Fenster«, sagte er.

Der Priester lächelte und ging dann weiter.

Grassi folgte ihm durch einen langen Gang. Der Mann schob einen Rollwagen vor sich her, während Grassi sein Sandwich aß und im Gehen die Fresken an den Wänden betrachtete, bis sie schließlich eine wuchtige Tür erreichten, die der Priester aufschloss und dann mit Grassi hindurchging. Sie folgten einer abschüssigen Rampe und gelangten in einen kleinen Raum. Dort gab es einen Lastenaufzug und eine Treppe. Der Priester wandte sich zu Grassi um, lächelte knapp und ließ ihn dann allein.

Grassi aß den Rest seines Sandwichs auf, wischte die Hände mit einem Papiertaschentuch ab und steckte es in die Hosentasche. Dann nahm er die kleine Pappkiste von dem Rollwagen. Obenauf lag ein Clipboard, an dem Formulare sowie zwei QR-Codes und eine Schlüsselkarte aus Plastik befestigt waren. Er hob den Behälter an, der nicht größer war als ein Schuhkarton und auch nicht mehr wog. Dabei spürte er ein Zwicken in der Seite, was von der Verletzung rührte. Das geschah stets bei bestimmten Bewegungen, aber er hatte sich bereits daran gewöhnt.

Nicht gewöhnt hatte er sich an die Tatsache, dass er um Haaresbreite dem Tod entgangen war. Wäre die Klinge einen Zentimeter weiter links in seinen Körper eingedrungen, hätte sie eine Hauptarterie durchtrennt. Dann wäre er tatsächlich innerhalb kürzester Zeit verblutet, was auch passiert wäre, wenn nicht Leclerc gekommen und rasch einen Notarzt gerufen hätte. Im Krankenhaus in Avignon hatte man ihm gesagt, dass er keine fünf Minuten mehr durchgehalten hätte. Nachdem er nach Rom verlegt worden war, hatten die dortigen Ärzte wiederholt, dass Grassi einen Schutzengel gehabt haben musste.

Für ihn selbst spielte es keine Rolle, ob der Retter Flügel gehabt hatte oder ob es ein weißhaariger Polizeipensionär gewesen war. Auf das Ergebnis kam es an. Und weil es für ihn gut gelaufen war, konnte Grassi hier und heute mit dem Karton und den restlichen Sachen die Treppenstufen hinabsteigen, bis er das dritte Untergeschoss erreichte. Vor einer Metalltür stoppte er, nahm die Schlüsselkarte und hielt sie gegen einen Scanner, worauf das Schloss mit einem dumpfen Klacken aufsprang. Er trat hindurch, hielt einen Moment lang inne, um die Dimensionen des Raums dahinter zu erfassen, der die Größe einer Turnhalle mit einem Tonnengewölbe hatte und von tiefhängenden Neonleuchten erhellt wurde.

Die Luft war kühl. Alles war klimatisiert. An jedem der zahllosen Regale waren Raumentfeuchter zu erkennen. Der Boden bestand aus altem Stein. Die Regale waren mit Kisten in unterschiedlichen Größen gefüllt, mit Kartons, Holztruhen. Keine war beschriftet, es gab lediglich Schilder mit Inventarnummern.

Grassi hörte Schritte und sah, wie jemand zwischen den Regalen in der Mitte des Raumes auftauchte. Es war ein älterer Mann in schwarzem Anzug mit Kollar. Es dauerte fast zwei Minuten, bis er bei Grassi angelangt war. Er begrüßte ihn und schnäuzte sich die Nase, auf der er eine Lesebrille trug.

»Willkommen in der geschlossenen Abteilung«, sagte er, schnäuzte sich erneut und ergänzte mit einem Schulterzucken: »Die ewige Klimaanlage. Geht auf die Schleimhäute.«

»Kann ich mir vorstellen, Monsignore«, erwiderte Grassi.

»Und was haben wir da?«

Der Priester legte den Kopf in den Nacken. Betrachtete die Notiz auf dem Klemmbrett. Er nahm es vom Karton, las, und sagte: »Oh, darauf warten wir schon seit einer ganzen Weile. Um nicht zu sagen: seit ein paar Jahrhunderten.«

Grassi nickte. Ein verfluchtes Buch, dachte er. Wie viele Menschen hatte es im Lauf der Jahrhunderte ins Unglück gestürzt? Wie viele waren deswegen gestorben? In letzter Zeit jedenfalls so manche. Daran gab es keinen Zweifel.

Grassi hatte in der Zwischenzeit seine Schlüsse gezogen und seine Ermittlungen abgeschlossen, worauf er einige Lücken füllen und sich ein einigermaßen vollständiges Bild machen konnte. Dazu hatte er neben den Quellen, die ihm in den vatikanischen Archiven zur Verfügung gestellt worden waren, auch Recherchen von Michel Rival genutzt, dessen Laptop an Bord von Franklin Slades Yacht gefunden worden war, sowie Recherchen von Slade selbst, auf die er Zugriff bekommen hatte.

Wie man in Rom bereits angenommen hatte, war der Originaltext in die Hände der Templer gelangt, die eine Kopie davon in Geheimschrift anfertigten und sie außer Landes und in Sicherheit brachten. Sie hatten das Potenzial der Schrift zielsicher erfasst. Anschließend war es bei den Templerfeldzügen in die Hände der Kirche gelangt und im Papstpalast in Avignon vergessen worden, bis es jemand dort an sich brachte, vermutlich ein Soldat namens Teissier, dessen Nachfahren es an die Familie von Christophe Coulon gegeben hatten. Coulon hat das Buch geerbt und, als er knapp bei Kasse war, an die Mönche verkauft und sich in seiner Malerei von den Schriftzeichen beeinflussen lassen. Die Mönche hatten es auf Drängen ihres Bibliothekars Serge Koulberg erworben, der von dem Buch und der Übersetzung regelrecht besessen war und es sogar gestohlen hatte, nachdem er aus dem Orden ausgeschieden war.

Michel Rival war den Zusammenhängen auf die Fährte gekommen. Wie genau, das ließ sich aus den Daten auf seinem Computer und den Notizen nicht exakt ableiten. Da hätte man ihn schon persönlich fragen müssen, was der Ursprung gewesen war. Man konnte nur interpretieren. Wahrscheinlich war ihm irgendwo ein Bild Coulons aufgefallen, und er hatte die Schriftzeichen erkannt. Was Slade letztendlich auf das Buch gebracht hatte, blieb vorläufig noch unklar: Der Mann schwieg zu allem.

Die Buchhändlerin Muriel Koulberg jedenfalls hatte das Buch von ihrem Vater geerbt und sicher unter Verschluss gehalten. Sie hätte es mehrfach verkaufen können, aber ihrem Vater auf dessen Sterbebett versprochen, das nicht zu tun und es allenfalls in gute und sichere Hände abzugeben. Zum Beispiel in die der Kirche, in die von Grassi, der Muriel Koulberg gebeten hatte, ihn im Krankenhaus zu besuchen. Was sie getan hatte. Er hatte ihr erzählt, worum es sich bei dem Buch handelte. Und er hatte ihr erklärt, dass die Kirche es gerne besitzen würde, um es sicher zu verwahren. Grassi hatte ihr ein Angebot für den Ankauf gemacht. Die Summe hatte ihr für einen Moment die Sprache verschlagen. Schließlich hatte sie eingewilligt und gesagt, dass sie das Geld im Moment sehr gut brauchen könne. Die Frau tat Grassi sehr leid. Sie war vollkommen unbescholten in ein Komplott geraten, beinahe getötet worden und hatte außerdem jemanden erschossen. Zwar war es Notwehr gewesen, und dem Vernehmen nach hatte sie mit keinen juristischen Konsequenzen zu rechnen. Dennoch war sie durch die Geschehnisse sicherlich traumatisiert und hatte einige Dinge mit der Polizei und der Staatsanwaltschaft zu klären, bis ihr Leben wieder in ruhigeren Bahnen verlaufen würde.

Grassi betrachtete ein letztes Mal den Karton in seinen Händen. Dann gab er ihn dem Priester.

»Danke«, sagte der Mann und nickte Grassi zu. »Einen schönen Tag noch.« Damit drehte er sich um und ging.

»Monsignore?«

Der Priester blieb stehen und blickte über die Schulter zurück.

»Dieser Raum. Diese Regale. Was ist das alles?«

Der Priester lächelte. Mit der freien Hand winkte er ab. »Das wollen Sie gar nicht wissen, mein Lieber. Besser nicht. Aber sagen wir so.« Er klopfte auf den Karton. »Dieses Buch wird sich in guter Gesellschaft befinden.«

Dann drehte er sich wieder um und ging weiter.

Grassi sah ihm nach, bis er zwischen den Regalen verschwand.

Kisten in diversen Größen. Manche riesig und eckig. Andere flach. Manche sehr klein.

Nein, dachte Grassi. Besser, er wusste es nicht. Dann drehte auch er sich um und ging.

Er könnte noch einen Espresso vertragen. Oder zwei.

Pierre Lagrange

Bedrohliche Provence

Dunkle Wolken drohen am blauen Himmel der Provence

Ex-Commissaire Albin Leclerc ist Vater geworden – sein Mops Tyson hat Nachwuchs bekommen. In all dem Alltagswahn kommt es ihm gerade recht, dass sein alter Bekannter Arnault Langlois anruft und um Hilfe bittet: Seine Nichte Sandrine und ihr Lebensgefährte sind verschwunden. Albin will helfen, doch es ist zu spät – das Pärchen wird erschossen aufgefunden. Vermutlich planten die beiden die Entführung der Ehefrau eines reichen Rotlichtbosses. Wurden sie deshalb getötet? Aber es bleibt nicht bei einem Mord. Die Polizei ermittelt auf Hochtouren. Und Albin trifft schließlich auf eine Person, die zu allem bereit ist ...

320 Seiten, Klappenbroschur

978-3-651-00124-4

Weitere Informationen finden Sie auf

www.fischerverlage.de